文治
© wénzhì books

更好的阅读

以我们结束

It Ends with Us
Colleen Hoover

[美]科琳·胡佛 著
孙依静 译

图书在版编目（CIP）数据

以我们结束/（美）科琳·胡佛著；孙依静译. --北京：北京联合出版公司, 2024.6
ISBN 978-7-5596-7532-3

Ⅰ.①以… Ⅱ.①科… ②孙… Ⅲ.①长篇小说—美国—现代 Ⅳ.① I712.45

中国国家版本馆 CIP 数据核字（2024）第 063391 号

北京市版权局著作权合同登记　图字：01-2024-1137 号

Simplified Chinese Language Translation copyright © 2024 by Beijing Xiron Culture Group Co., Ltd.
IT ENDS WITH US
Copyright © 2016 by Colleen Hoover
All Rights Reserved.
Published by arrangement with the original publisher, Atria Books, a division of Simon & Schuster, Inc.

以我们结束

作　　者：[美]科琳·胡佛
译　　者：孙依静
出 品 人：赵红仕
责任编辑：龚　将
封面设计：胡崇峯

北京联合出版公司出版
（北京市西城区德外大街 83 号楼 9 层　100088）
三河市中晟雅豪印务有限公司印刷　新华书店经销
字数 245 千字　880 毫米 × 1230 毫米　1/32　11 印张
2024 年 6 月第 1 版　2024 年 6 月第 1 次印刷
ISBN 978-7-5596-7532-3
定价：52.00 元

版权所有，侵权必究
未经书面许可，不得以任何形式转载、复制、翻印本书部分或全部内容。
本书若有质量问题，请与本公司图书销售中心联系调换。电话：(010)82069336

致我的父亲，他竭尽全力不让自己变得不堪；

还有我的母亲，她始终护着不让我们看见他的不堪。

目录

第一部分
-001-

第二部分
-203-

后记
-341-

第一部分

第一章

我跨坐在天台的围栏上,从十二楼高空俯瞰波士顿街头,不禁想到自杀。

并非指我自己,我十分爱惜生命,不会轻易结束它。

我关注的是别人,他们为什么最终决定一了百了。他们后悔过吗?在放手的瞬间和触地的前一秒,在这短暂的自由落体过程中,一定有一丝后悔吧。望着迎向自己的地面,他们会不会想:"好吧,该死!这主意烂透了。"

可不知为什么,我觉得他们不会。

我时常想到死亡。尤其是今天,因为十二小时前,我刚刚发表了一篇缅因州普勒赫拉市史上最惊世骇俗的悼词。好吧,或许它算不上惊世骇俗,说不定还有人觉得一塌糊涂。这得看你问的是我妈还是我。有了今天这一出,她可能一整年都不会搭理我。

别误会,我的悼词算不上深刻,不足以创造历史,比不上波姬·小丝在迈克尔·杰克逊葬礼上的悼词,也比不上史蒂夫·乔布斯妹妹或是帕特·蒂尔曼弟弟的哀悼。但它自有不凡之处。

一开始我很紧张,毕竟这是了不起的安德鲁·布鲁姆的葬礼。他在我的老家普勒赫拉市是人人敬仰的市长,是市内最成功的房地产中介的老板，是人见人爱、德高望重的助教詹妮·布鲁姆的丈夫。他还是莉莉·布鲁姆的父亲，那个古怪的红发女孩，曾经爱上一个流浪汉，让整个家庭蒙羞。

我就是那个红发女孩，莉莉·布鲁姆，安德鲁是我的父亲。

今天，我一念完悼词，就直接飞回波士顿，抢占了离我家最近的天台。重申一次，不是因为我想自杀。我不打算从天台跳下去。我只想冷静一会儿，呼吸一下新鲜空气，见鬼的是，这在我的破公寓里完全没法实现！我那位于三层的公寓不仅无法通往天台，而且还住着个热衷于唱歌自娱的室友。

谁知天台上面冷得很，我倒不是受不了，只是不舒服。好在，还有星星。在明亮的夜空下，我真切地感受到宇宙的浩渺，此时，去世的父亲、恼人的室友、可疑的悼词也显得没那么可怕了。

我喜欢天空，它让我变得渺小。

我喜欢今晚。

唉……或许换个说法更合适。

我曾喜欢今晚。

可惜，门被猛地推开了，如我预料的那般"吐"出一个人来。紧接着，门又"砰"地关上了，只有迅速穿过露台的脚步声。我也懒得抬头看。谁都不会注意到我就跨坐在门左侧的围栏上。况且来人脚步那样匆忙，根本没注意此处是否有别人，一会儿要是被吓一跳，责任可不在我。

我默默叹了口气，闭上眼睛，把头靠在身后的灰泥墙上，抱怨上天剥夺了我心里片刻的宁静和内省。但愿来人是个同性。如果非得有人做伴，我情愿是一位女士。在个头相仿的女生里，我也算强壮，凡事都能依靠自己。只是大晚上的，我不想在这屋顶之上与一个陌生男子独处，破坏了这难得的惬意。出于安全的考虑，我最好离开，但我真的不想走。我刚说过，我很惬意。

我终于把目光投向围栏旁的那个身影。真不走运，偏偏是个男的。他伏在栏杆上，但能看得出个子很高。他双手抱着头，这脆弱的姿势和宽阔的肩膀形成鲜明对比。他深吸一口气，又缓缓吐出来，一呼一吸间，我仿佛看得见他后背剧烈的起伏。

他看上去快崩溃了。我想着要不要说句话，或者清清嗓子，让他知道边上有人。我正寻思着，他猛一转身，一脚踹在身后的一张露台椅上。

椅子在地上发出刺耳的摩擦声，我退缩了。这家伙没料到自己还有个观众，踢了一脚不过瘾，于是一脚接一脚，冲着椅子猛踢起来。在暴力踢打下，椅子没有倒，只是越溜越远。

那把椅子的材料一定是航海用聚合物。

有一次，我看见爸爸倒车时撞上了一把航海用聚合物制成的户外露台桌子，保险杠撞凹了，桌子却没有一丝划痕，仿佛在嘲笑他。

这家伙也一定是认识到自己不是这种高质量材料的对手了，终于作罢。此刻，他站在椅子边上，双拳紧握在身体两侧。说实话，我有些羡慕他。他像个冠军一样将自己的负面情绪宣泄在露台家具上，显然今天过得很不顺。我也一样，可我只能把情绪吞进肚子里，转为消极抵抗。

以前我还能靠做园艺排解。只要一焦虑，我就跑到后院，把能找到的每一棵杂草都拔掉。自打我两年前搬到波士顿，后院没了，露台没了，甚至连杂草也没了。

也许我该买一把航海用聚合物露台椅。

我盯着那家伙多看了一会儿，想看看他会不会离开。可他只是站在那儿，垂头盯着椅子。他松开拳头，双手搭在后腰，我这才注意到，他衬衫的上臂处有些紧。衬衫其他地方都合身，只是他的手臂太粗壮。他在口袋里翻来翻去，掏出一支烟卷点上，我想这大概是他宣泄情绪的另一种方式。

二十三岁的我，大学已经毕业了，也尝过一两次这类消遣性物品。那家伙要是私底下抽上两口，我没意见。问题就在于这个时候并不是私底下，只是他还没意识到。

他深吸一口，转身走向围栏，呼气时，注意到了我。四目相对，他停下了脚步。看见我时，他的脸上没有惊讶，也没有兴致。他距离我大约十英尺[1]，但星光下，他的目光被我看得一清二楚。那双眼上下打量着我，却不流露一丝想法。这家伙隐藏得很好。他半眯着眼，嘴巴紧闭，活像一幅男版《蒙娜丽莎》。

"你叫什么名字？"他问。

我感觉他的声音直钻进我的胃里，这可不妙。声音应当留在耳边，可总有些时候，某个声音会穿过我的耳朵，一路回荡在我的身体里。他的声音便是这样，深沉、自信，奶油般丝滑。

见我不作声，他把烟卷凑到嘴边，又吸了一口。

"莉莉。"过了好一会儿，我才说。我讨厌我的声音，微弱得几乎飘不到他的耳边，更别说在他身体里回响了。

---

[1] 1英尺=12英寸=0.3048米，此处约合3.7米。（若无特殊说明，均为译注。）

他微微扬起下巴,头朝我这边转了转。"你先从那儿下来好吗,莉莉?"

听他这一说,我才注意到他的姿势。他站得笔直,近乎僵硬,仿佛担心我会掉下去似的。瞎操心。这围栏少说一英尺宽,更何况我在靠近天台一侧坐着,就算要摔下去我也能及时扶住。再说,风向也对我有利。

我低头瞥了一眼我的腿,接着抬头望着他。"不用了,谢谢。我在这儿惬意得很。"

他稍稍转过身,好像不敢直视我。"请下来吧。"尽管他用了"请"字,语气却更像命令,"这儿有七把空椅子。"

"快剩六把了。"我纠正道,提醒他刚刚试图谋杀其中一把。他没有察觉我话里的幽默。见我不听劝,他挪近了几步。

"再偏三英寸,你就能摔死。这一天已经够我受的了。"他再次示意我下来,"你搞得我神经紧张,还搅了我的雅兴。"

我翻了个白眼,摆过腿来。"糟蹋了你的烟卷可真是罪过。"我跳下来,把手在牛仔裤上擦了擦,"行了吗?"说着朝他走去。

他长舒一口气,仿佛刚才目睹我骑在围栏上的时候,他大气都没敢喘。我朝着视野更好的天台另一侧走去,从他身边经过时,不禁注意到他性感得没天理。

不对,说性感都是一种侮辱。

这家伙是个美男子。光鲜靓丽,一身金钱味,看上去比我大几岁。他一路目送着我,眉头微微皱起,嘴唇总给人一种紧紧抿着的错觉。我走到临街一侧,探出身子,望着底下来往的车辆,摆出不为他所动的模样。单看发型,我就知道他是那种轻而易举俘获人心的男人,我可不想迎合他的虚荣心。他倒没有什么自负的举动。毕竟他穿着一件休闲的博柏利衬衫,随随便便就能买得起这种牌子的人不一定会对我感兴趣。

我听见身后传来脚步声,不一会儿,他靠在我旁边的栏杆上。我从眼角的余光里看见他吸完一口,递过来给我,但我挥手拒绝了。我可不想在这家伙边上肆无忌惮。他的声音本身就是毒药。我有点想多听两声,于是向他抛了个问题。

"那椅子做了什么,惹你那么生气?"

他一脸真切地望向我,与我目光相遇,然后一眨不眨地盯着我看,仿佛我所有的秘密都写在了脸上。我从没见过这样幽深的瞳孔,就算有,他的也更深沉,更令人望而生畏。他不作声,但我的好奇心却难以平息。他既然命令我从那宁静而惬意的围栏上下来,最好给爱管闲事的我一个满意的回答。

"因为女人吗?"我问,"她让你心碎了?"

他闻声笑了笑。"要是我的困扰都像感情问题那么微不足道就好了。"他靠在墙上,面对着我,"你住几楼?"他舔了舔手指,掐掉烟头,把剩下的一截放回口袋里,"怎么之前没见过你?"

"因为我不住这儿。"我指着我公寓的方向,"看到那栋保险大楼了吗?"

他眯着眼睛,看着我手指的方向。"嗯。"

"我住在它旁边的一栋楼,太矮了,只有三层,从这里看不到。"

他转回来面对着我,把胳膊肘撑在围栏上。"你既然住那边,怎么到这儿来了?男朋友住这儿,还是……"

不知为何,他的话让我觉得自己很掉价。使出如此业余的搭讪伎俩,他也太轻看我了。凭这家伙的长相,我知道他的能耐不止这些。我不免怀疑他把更老到的搭讪伎俩留给了他认为值得的女人。

"这儿的天台不错。"我告诉他。

他挑了下眉,等着我往下解释。

"我想呼吸新鲜空气,想找一个方便思考的地方。我打开谷歌地图,就近找了一栋带屋顶露台的公寓大楼。"

他看着我,笑了笑。"至少你还挺节俭的,"他说,"这可是个好品质。"

至少?

我点了点头,我确实节俭,它也确实不失为一个好品质。

"你为什么想呼吸新鲜空气?"他问。

因为今天我爸爸入葬,而我发表了一篇无比糟糕的悼词。此刻,我快喘不过气了。

我望向前方,缓缓地呼了口气。"我们先别说话好吗?"

见我提议不谈,他似乎松了一口气,靠在围栏上,垂下一条胳膊,凝视着楼下的街道。他这样待了一会儿,我一直盯着他看。他大概知道我在盯着他,却似乎并不在意。

"上个月有人从这天台摔下去了。"他说。

他无视我想要安静的请求,我本该恼火,却不免又有些好奇。

"是意外吗?"

他耸耸肩。"没人知道。事发时很晚了。他老婆说自己正在做晚饭,他说要上来拍几张日落的照片——他是个摄影师。他们猜测他当时大概想俯身去拍天际线,结果滑倒了。"

我打量着围栏，好奇怎么会有人让自己置身一个可能失足跌倒的境地呢。可我转头就想到几分钟前，我还跨坐在天台另一侧的围栏上。

"当我妹妹告诉我出了什么事时，我唯一能想到的是不知道他有没有拍到照片。我真希望相机没有跟着一起摔下去，不然就全白费了，你说是吧？因为热爱摄影而死，却连最后那张让你付出生命的照片都没有拍到……"

他的想法令我忍俊不禁，虽然我不确定这应不应该。"你一向这么心直口快吗？"

他耸耸肩。"在大多数人面前不是。"

这话把我逗笑了。他甚至不认识我，可不知为何，没有把我看作大多数人，这点我还挺开心。

他背靠着围栏，双臂交叉放在胸前。"你是本地人吗？"

我摇摇头。"不是，我是大学毕业后才从缅因州搬来的。"

他皱皱鼻子，颇有些性感。我看着这家伙——穿着博柏利衬衫，理着两百美元的发型——摆出滑稽的表情。

"这么说，你身陷波士顿炼狱，是吧？这可有你受的。"

"什么意思？"我问他。

他翘起嘴角。"游客把你当本地人，本地人却把你当游客。"

我笑了起来。"哇。这描述非常准确。"

"我刚来两个月，还没机会踏进炼狱，你比我好多了。"

"你为什么到波士顿来？"

"医院实习，而且我妹妹在这里。"他点了点脚，说，"其实就在我们底下。她嫁给了一位波士顿技术精英，他们买下了整个顶层。"

我朝下看。"整个顶层？"

他点点头。"走运的浑蛋。他在家办公，连睡衣都用不着换，一年能挣七位数。"

真是个走运的浑蛋。

"什么医院实习？你是医生吗？"

他点点头。"神经外科医生。再过一年实习期就转正了。"

时尚，谈吐不凡，聪明，还抽烟，如果这是一道SAT[1]考题，我会问哪个选项不符合他。"医生能抽大麻吗？"

他得意地说："应该不能。不过，如果不偶尔放纵一下，我敢说，会有更多的医生从这围栏跳下去。"他望向前方，下巴垫在胳膊上，闭上眼睛，仿佛在享受迎面吹来的风。他这个模样看上去倒不令人生畏了。

"想不想知道一些只有本地人才知道的事？"

"当然。"他说着，重新把注意力转移到我身上。

我指着东边。"看到那栋大楼了吗？绿色屋顶的那栋？"

他点点头。

"那后面还有一栋大楼，在梅尔切街上。那栋楼顶上有一座房子，和普通房子没什么两样，不过建在天台上。你从街上是看不到的，楼太高了，因此很多人都不知道它的存在。"

"真的吗？"他似乎很感兴趣的样子。

我点点头。"我在谷歌地图里搜到过，就查了一下。似乎是

---

[1] 即美国高中毕业生学术能力水平考试。它是由美国大学理事会主办的一项标准化的、以笔试形式进行的高中毕业生考试。

一九八二年的时候获准修建的。那得多棒啊,住在楼顶的房子里!"

"坐拥整个屋顶。"他说。

这我倒还没想过。不过,那屋顶要是我的,我就在上面造个花园,这样就不愁没处发泄。

"谁住在那儿?"他问。

"不清楚。这是波士顿最大的谜团之一。"

他笑了起来,一脸好奇地看着我。"波士顿还有什么谜团?"

"你的名字。"话一出口,我赶紧敲了一下自己的脑门。这话听上去太像蹩脚的搭讪套路了,我只好自我解嘲。

他微微一笑。"我叫莱尔,"他说,"莱尔·金凯德。"

我叹了口气,陷入沉思。"这真是个好名字。"

"可为什么你听起来那么难过?"

"因为,我不惜任何代价也想换个好名字。"

"你不喜欢莉莉[1]这个名字吗?"

我歪着头,挑了一下眉毛。"我姓……布鲁姆[2]。"

他默不作声。我能感觉到他正努力掩饰他的同情心。

"我知道。这名字很烂。它只适合两岁的小女孩,不适合一个二十三岁的成年人。"

"一个两岁的小女孩不论长到几岁都是叫相同的名字。名字不会因为我们的成长而不适用,莉莉·布鲁姆。"

---

1 莉莉,英文 Lily,有百合花之意。

2 布鲁姆,英文 Bloom,有开花之意。

"是我倒霉,"我说,"更糟的是,我非常喜欢园艺。我喜欢侍弄花草。这是我的热情所在。我一直梦想着开一家花店,可又担心如果真的开了,人们会认为这并非我的真实所求。他们只会觉得我是图名字便利,不会觉得成为花匠就是我的理想职业。"

"或许吧,"他说,"可那又怎样?"

"也许也不会怎样。"我嘀咕着"莉莉·布鲁姆的花店",而他欣慰地笑了,"对花匠来说,这真是个好名字。可是我拿着商学硕士学位当个区区花匠,不是太屈才吗?我目前在波士顿最大的营销公司上班。"

"拥有自己的商店怎么能算屈才?"

我挑了挑眉。"除非它失败了。"

他赞同地点点头。"除非它失败了,"他说,"那你的中间名呢,莉莉·布鲁姆?"

我无奈地叹了口气,这倒让他来了兴致。

"你的意思是……更糟?"

我双手抱头,点了点头。

"罗斯[1]?"

我摇摇头。"更糟。"

"维奥莱特[2]?"

"我倒希望是,"我犹豫半晌,喃喃道,"布洛瑟姆[3]。"

---

1 罗斯,英文 Rose,有玫瑰之意。
2 维奥莱特,英文 Violet,有紫罗兰之意。
3 布洛瑟姆,英文 Blossom,有开花之意。

他沉默了好一会儿,终于轻声说了一句:"见鬼。"

"可不是嘛,布洛瑟姆是我妈妈的娘家姓,我父母觉得他们的姓氏是同义词,这是缘分。生了我以后,他们自然首选花名。"

"你的父母真是浑蛋。"

一个是,过去是。"我爸爸这周去世了。"

他瞥了我一眼。"得了吧。我不会上当的。"

"真的,这就是我今晚跑到这上面来的原因。我只是想好好哭一场。"

他将信将疑地盯着我看了一会儿,确认我没有和他开玩笑,没有为自己的冒失道歉,眼里反而生出一丝好奇,似乎很感兴趣的样子。"你们关系好吗?"

这问题很难回答。我把下巴枕在胳膊上,俯瞰楼下的街道。"不好说,"我耸耸肩,"作为他的女儿,我爱他。可作为一个人,我恨他。"

我能感觉到他先是端详了我一会儿,然后说:"我喜欢你的诚实。"

他喜欢我的诚实。我大概脸红了吧。

我俩沉默了一会儿,他开口说:"你会不会希望人能更透明一些?"

"怎么说?"

他用拇指把一块翘起的灰泥抠下来,把它弹出围栏。"我觉得人人都在掩饰真实的自己,可在内心深处,大家都同样地不堪一击。只是有些人隐藏得更好罢了。"

要么是尼古丁起作用了,要么就是他原本善于反省,不管怎样，我都不介意。我最喜欢的对话都是没有真正答案的。

"我觉得有所保留没什么不妥,"我说,"赤裸的真相往往并不美好。"

他盯着我看了一会儿。"赤裸的真相,"他重复道,"我喜欢。"他转身朝天台中央走去,调整好我身后一把躺椅的椅背,欠身坐下。他近乎躺着,双手托在脑后,仰望着天空。我在他身旁的躺椅上坐下,把椅背调成相同的高度。

"告诉我一个赤裸的真相吧,莉莉。"

"关于什么的?"

他耸耸肩。"我不知道。一些你并不引以为傲的事情,一些能让我内心感觉不那么不堪一击的事情。"

他盯着天空,等着我回答。我的视线顺着他下巴的线条,扫过脸颊的曲线,落到他嘴唇的轮廓上。他眉头紧锁,陷入沉思。不知为何,此刻他似乎需要有人和他说说话。我思索着他的问题,试图找到一个诚实的回答。想到时,我挪开视线,望着天空。

"我爸爸会家暴。不是对我——是对我妈妈。他们一吵架,他就怒不可遏,有时会动手打她。每当有这种情况,接下来一两个星期,他都会尽力补偿她。他会给她买花,或者带我们出去吃顿丰盛的晚餐。有时他也会给我买东西,因为他知道我讨厌他们打架。小时候,我竟有些期待他们争吵的夜晚,因为我知道,如果他打了她,接下来的两个星期就会很美好。"我停顿片刻,不确定自己是否坦言过这一点,"当然,如果可以,我希望他永远没有碰过她。然而,在他们的婚姻里,虐待不可避免,甚至成了常态。长大后,我意识到袖手旁观的我也难辞其咎。我大半生都在恨他,恨他那么坏，而我自己似乎也好不到哪里去。也许我们都是坏人。"

莱尔若有所思地看着我。"莉莉，"他直截了当地说，"这世上哪有什么坏人，我们不过是偶尔做了坏事的普通人。"

我张开嘴想说点什么，却哑口无言。我们不过是偶尔做了坏事的普通人，可以这么说。没有谁是绝对的恶，也没有谁是绝对的善。只是有的人不得不更努力地去遏制恶的一面。

"该你了。"我对他说。

看他的反应，我猜想他大概不想玩自己发起的游戏，只见他重重地叹了一口气，用手捋了捋头发，欲言又止。他思考了一会儿，终于开口说道："今晚我目睹了一个小男孩死去。"他的声音很沮丧，"他只有五岁。他和弟弟在父母的卧室里发现了一把手枪，弟弟拿着枪，一不小心就走火了。"

我胃里一阵翻腾，这真相对我来说有些太残酷了。

"人送到手术台时，已经回天乏术了。在场的每个人——护士，其他医生——都为这家人感到痛心。'这对可怜的父母。'他们说。可当我走进候诊室，告诉这对父母他们的孩子没能救活时，我没有丝毫歉疚。我想让他们受苦。他们竟然把一把上膛的枪放在两个天真的孩子触手可及的地方，我要让他们尝尝无知的代价。我要让他们知道，他们不仅失去了一个孩子，还毁了那个意外扣动扳机的孩子的一生。"

天哪，这远比我预想中的沉重。

我甚至无法想象，这个家庭怎样才能迈过这道坎。"可怜了那孩子的弟弟，"我说，"我无法想象，目睹了这样的事情会对他造成什么影响。"

莱尔掸了掸牛仔裤膝盖处的什么东西。"会毁了他一辈子,这就是对他造成的影响。"

我侧过身,用手托住头,面对着他。"每天都看到这样的事情,一定很难吧?"

他轻轻地摇了摇头。"原本要难得多,但我接触的死亡越多,它也就越成为我生活的一部分。我也不知道该作何感想。"他又一次与我对视。

"你再说一个,"他说,"我觉得我的比你的扭曲得多。"

我虽不敢苟同,却还是将我十二小时前做的一件扭曲的事告诉了他。

"两天前,我妈妈问我今天愿不愿意在爸爸的葬礼上致悼词。我告诉她我心里不好受,可能会在众人面前泣不成声,但这是骗她的。我只是不愿意,因为我觉得悼词应当交给那些敬重死者的人,而我并不敬重我爸爸。"

"那你去了吗?"

我点点头。"嗯。就在今天早上。"我盘腿坐起来,面朝着他,"你想听吗?"

他微微一笑。"当然。"

我把手搭在腿上,深吸一口气。"我实在不知该说些什么。大约在葬礼前一小时,我告诉妈妈我不想发表悼词了。她却说这事儿不难,我爸爸也会希望由我来做。她说我只要走上讲台,总结他生平最重要的五件事就行了。所以……我就是这么做的。"

莱尔把头撑在手肘上,显得更感兴趣了。他从我的神情中看出情况不妙。"噢,不是吧,莉莉,你做了什么?"

"来，我再给你演示一遍。"我起身，绕到椅子的另一侧，昂首站着，仿佛置身早上那间人头攒动的屋子里。我清了清嗓子。

"大家好。我叫莉莉·布鲁姆，是已故的安德鲁·布鲁姆的女儿。首先，感谢大家今天前来同我们一起哀悼他的离世。我想花一点时间和你们分享我父亲一生中最重要的五件事，以表示对他的悼念。第一件事……"

我低头看着莱尔，耸耸肩。"就是这样。"

他坐了起来。"什么意思？"

我坐回躺椅，重新躺好。"我在那上面站了足足两分钟，没再多说一个字。关于那个人，我说不出一句好话，于是我只好静静地盯着底下的人，直到我妈妈反应过来，让我叔叔把我从讲台上拉走。"

莱尔歪着头。"真的假的？你在亲生父亲的葬礼拒绝致悼词？"

我点点头。"我并不觉得自豪。我也不希望这样。如果可以的话，我情愿他是一个更好的人，值得我站在台上滔滔不绝地追悼一小时。"

莱尔又躺下了。"哇，"他边说边摇头，"你简直是我的英雄。你狠狠地挖苦了一个刚过世的人。"

"太失风度了。"

"嗯，算是吧。赤裸的真相太伤人。"

我笑了。"该你了。"

"我可超越不了你。"他说。

"我相信你可以做到和我不相上下。"

"我不确定我可不可以。"

我白了他一眼。"你可以的。别让我觉得自己才是更差劲的那个啊。告诉我你的最新想法，大多数人不会大声直说的那种。"

他把手举到脑后，直视着我的眼睛。"我想吻你。"

我惊得张大了嘴巴，又赶紧闭上。

我哑口无言。

他向我投来一个无辜的眼神。"你问我最新想法，我就实话实说了。你很漂亮，我又是个男人。你要是喜欢一夜情，我会带你去我楼下的卧室，然后……"

我甚至不敢直视他。他的话让我一时间不知所措。

"呃，我不喜欢一夜情。"

"我猜也是，"他说，"该你了。"

他一副若无其事的样子，仿佛刚才把我吓得无言以对的不是他。

"有你这个在先，我需要几分钟理一下思绪。"我笑着说。我试图回忆一些意料之外的事情，但内心始终不敢相信他刚才那么大声、直接地说出那样的话。或许是因为他是个神经外科医生，我从没想过一个这么有文化的人会随口说出那种话。

我多少……振作起来……说："好吧。既然说到这个话题……第一个和我发生性关系的男人是个流浪汉。"

他一下子来劲儿了，面对着我。"噢，具体说说看。"

我伸出胳膊，把头枕在上面。"我在缅因州长大。我们住的街区相当不错，但房子后面的那条街却一般。我家后院紧挨着一座危房，边上还有两块废弃的空地。我和一个名叫阿特拉斯的男孩成了好朋友，他就寄宿在那座危房里。不过除了我，没有人知道他住在那儿。我给他送过吃的、穿的,还有别的东西。可后来,被我爸爸发现了。"

"他做了什么?"

我的下巴不由得紧绷起来。我不知道自己为什么要提起这件事,直到今天,我仍然强迫自己不要每天去想它。

"我爸爸把他打了一顿。"我不想再继续这个话题了,赶紧说,"到你了。"

他默默地端详了我一会儿,似乎知道故事远没有结束。但他紧接着转移视线。"一想到婚姻,我就反感,"他说,"我快三十岁了,却没有娶妻生子的念头,我尤其不想要孩子。我唯一想要的就是功成名就。但如果大方承认,又显得我很自大。"

"事业有成,还是社会地位?"

他说:"两者都有吧。人人都可以生孩子,人人都能结婚。但不是每个人都能成为一个神经外科医生,为此我感到非常自豪。可是,我不甘心只做一个优秀的神经外科医生,我想成为该领域里的佼佼者。"

"没错,确实显得你很自大。"

他微微一笑。"我母亲担心我虚度年华,因为我整天埋头工作。"

"你是一个神经外科医生,你母亲却对你感到失望。"我笑着说,"这还有天理吗?父母什么时候才会对孩子感到满意?孩子又怎么样才算足够优秀呢?"

他摇摇头。"我的孩子永远不够优秀。没多少人有我这么强的上进心,到头来我只会让他们显得失败。这就是为什么我不要孩子。"

"我倒觉得这也值得钦佩,莱尔。大部分人都不会承认自己自私,不适合有孩子。"

他再一次摇了摇头。"唉,我太自私了,根本不适合有孩子,甚至不适合谈恋爱。"

"那你怎么避免呢?索性不约会吗?"

他转过来看着我,咧嘴笑了笑。"我闲下来时,会有女孩满足我的需求。在这方面我什么也不缺,如果你问的是这个的话。但我对爱情始终提不起兴趣,它更多的是一种负担。"

真希望我也能这样看待爱情,这样一来,我的生活就轻松多了。"我真羡慕你。我始终觉得有一个完美的男人在等待着我,但至今没有人能达到我的标准,慢慢地,我也厌倦了。我觉得自己仿佛无止境地追寻着一个圣杯。"

"你该试试我的方法。"他说。

"什么方法?"

"一夜情。"他挑了挑一边的眉毛,仿佛在邀请我。

我的脸火辣辣的,幸好在黑暗中。"如果看不到未来,我不会随便和他上床。"我大声说,但面对他,这话却显得苍白无力。

他慢慢地深吸一口气,仰面躺下。"不是那种女孩,对吧?"他说这话时,声音里带着一丝失落。

我和他一样失落。如果他有所表示,我不知道会不会拒绝,但我刚才好像阻止了这种可能性。

"如果你不愿意和刚认识的人……"他的目光再次与我相对,"那进展到什么程度你能接受呢?"

我心里没有答案。我翻身平躺下,他看我的眼神让我想重新考虑一夜情。我想，我也不是真的接受不了，只是从来没有合适的人向我提议过。

直到现在。

起码我这么认为。

他是向我提议一夜情吗？我一向不擅长调情。

他伸手抓住我躺椅的边缘，轻轻一拉，一把把我的椅子拽到他的身边，和他的躺椅并在了一起。

我整个人僵住了。这一刻，他靠得那么近，透过冰冷的空气，我能感觉到他温暖的呼吸。我只要一转头，就会发现他的脸近在咫尺。我不想面对他，他很可能会吻我，可除了几个赤裸的真相，我对这家伙一无所知。但当他把一只沉重的手搭在我的小腹上时，我却一点也不觉得不安。

"你能接受到什么程度呢，莉莉？"他的声音颓废而柔软，一路传到我的脚尖。

"我不知道。"我低声说。

他的手指滑到我的衬衫下摆。他慢慢撩起我的衬衫，露出我腹部的皮肤。"噢，天哪。"我嘀咕着，感受着他温暖的手掠过我的肚子。

我抛开理智，翻身面对他，他的眼里充满了期待、渴望与自信，将我彻底迷住。他轻咬下嘴唇，手指拨弄着我的衬衫。我知道他能感觉到我的心在胸腔里怦怦乱撞，他或许还能听到。

"这种程度过分吗？"他问。

我也不知道自己是怎么了，竟摇了摇头，说："差远了。"

他咧嘴一笑，把手指探进我的衣服里，轻轻抚摸着我此刻裸露在凉风里的皮肤。

我刚闭上眼睛,突然,一阵刺耳的铃声穿透空气。他的手僵住了,我俩都意识到了那是手机铃声,他的手机。

他把前额靠在我的肩膀,说了一句:"该死。"

他将手从我的衬衫底下抽出来时,我皱起了眉头。他从口袋里翻找出手机,起身,走到几英尺开外,接起电话。

"我是金凯德医生。"他说。他聚精会神地听着,一只手紧紧握住后颈。"罗伯特呢?这个点不该是我应诊。"过了好一会儿,他又说,"好的,等我十分钟,我这就来。"

他挂断电话,将手机放回口袋里,转身面对我时,他看上去有些失落。他指了指通往楼梯间的那扇门。"我得……"

我点点头。"去吧。"

他端详了我一会儿,举起一根手指。"别动。"他说着,伸手又掏出手机。他走近些,抬起手机,似乎要给我拍张照。我差点儿就拒绝了,我也不知道为什么。我穿着整齐,可就是感觉不对劲。

他拍下了我躺在躺椅上,双手慵懒地举过头顶的样子。我不知道他打算拿那张照片做什么,但我还是很开心他拍了。虽然他知道我们不会再见了,但他还是想要记住我的模样,这让我很开心。

他盯着屏幕上的照片看了几秒,微微一笑。我有点想给他也拍一张,不过又不确定要不要为这个萍水相逢的人留下念想。一想到我们不会再见了,我有些感伤。

"很高兴遇见你,莉莉·布鲁姆。希望你能克服圆梦路上的重重困难,真正实现自己的梦想。"

我微微一笑。这家伙害得我又伤感又困惑。我不记得之前认不认识他这样的人——一个生活方式和纳税等级与我截然不同的人。或许我今后也遇不到了。但让我惊喜的是,我们并没有那么不同。

误会解除。

他站在那儿,低头看着脚,不知该何去何从,仿佛他还想和我说点别的,可又不得不离开。他最后看了我一眼——这一回没有那么扑克脸——转身朝另一个方向走去。我看得出他的嘴角挂着失望。他打开门,冲下楼梯,我听着他的脚步声渐渐消失。这天台又属于我一个人了,可神奇的是,我竟为此感到一丝伤感。

第二章

露西，我那个喜欢唱歌自娱的室友，正在客厅里四处找钥匙、鞋子和太阳镜，忙得团团转。我坐在沙发上，把鞋盒一个个打开，里面塞满了我留在老家的旧物件。这周我回家参加父亲的葬礼，顺道把它们搬来了。

"你今天不上班吗？"露西问。

"嗯。我的丧假要休到周一。"

她停了下来。"周一？"她嘲弄道，"幸运的婆娘。"

"是啊，露西。我爸爸去世了，我真幸运。"我挖苦地回嘴，可当我意识到这话并没有多少挖苦的意味时，我有些尴尬。

"你知道我不是这个意思。"她咕哝着。她单脚站着，一边把另一只脚往鞋子里塞，一边伸手去抓钱包。"我今晚不回来，在亚历克斯家过夜。"话音刚落，门"砰"的一声关上了。

我们有许多共同点，同样的年纪，穿同样尺码的衣服，名字都是四个字母，以L开头，以Y结尾[1]，但除了这些浮于表面的东西，再没有什么能使我们突破普通室友的关系了。不过，我倒不介意。

---

1 露西，英文 Lucy；莉莉，英文 Lily。

除了爱唱歌,她还是比较好相处的。她爱干净,常常不在家,室友最重要的这两个品质她都具备。

我刚想掀开一个鞋盒的盖子时,手机响了。我把手伸到沙发另一头,抓过手机。看到来电的是我妈妈,我把脸埋进沙发里,搂着抱枕假装哭过。

我把手机放到耳边。"喂?"

那头沉默了两三秒,随后传来:"喂,莉莉?"

我松了口气,直起身子。"喂,妈妈。"真没想到她会主动和我说话。葬礼这才过去一天,这电话比我预想的提早了三百六十四天。

"你还好吧?"我问。

她重重地叹了口气。"还好,"她说,"你叔叔和婶婶今早回内布拉斯加州了。晚上我第一次一个人过夜,自从……"

"你可以的,妈妈。"我说,努力想显得有底气些。

她沉默了好一会儿,终于说:"莉莉,我只是想告诉你,你不用为昨天的事感到难为情。"

我顿住了。我没有,一点也不。

"人人都有怯场的时候,我明知道你心里难过,不该给你那么大的压力。我应该让你叔叔去的。"

我闭上眼睛。她又来了,掩耳盗铃,引咎自责。她肯定自欺欺人地觉得我昨天只是怯场,所以才一言不发。毫无疑问,这是她一贯的做法。我真想告诉她,那并不是失误,我也没有怯场,只是对于她为我挑选的父亲,那个毫不起眼的男人,我没什么可说的。

然而,我对自己的所作所为,确实有些惭愧,尤其是她也在场，我真不应该那样做。于是我只好顺着她的意思，不去计较。

"谢谢你，妈妈，我当时说不出话来，对不起。"

"没事的，莉莉。我先挂了，我还得去一趟保险公司，我得和那边碰个头，讨论你爸爸的保险单。明天给我回个电话，好吗？"

"好的，"我说，"爱你，妈妈。"

我挂断电话，把手机扔到沙发另一头，打开膝上的鞋盒，取出里面的物件。最上面是一个木制的中间镂空的小爱心。我用手指摩挲着它，想起收到它的那个晚上。可回忆一涌现，我立刻把它放在一旁。怀旧真是一件滑稽的事。

我把一些旧信件、剪报移到一旁，在箱子底下找到了我心心念念的东西。可我又暗暗希望它不在那里。

我的艾伦日记。

我用手抚摸着它们。这个盒子放了三本，而我总共记了八九本。自从上一次写完后，我就再也没有读过了。

以前我不愿意承认自己在写日记，那太老套了。我认为自己的做法很酷，因为严格来说它不能算日记。里面的每一篇都是写给艾伦·德杰尼勒斯的。早在二〇〇三年，她的节目一开播，那时还是个小女孩的我就已经追着看了。我每天放学后都守着她的节目，我还相信如果艾伦了解我，她也会喜欢我的。我常常给她写信，一直写到十六岁，只不过我的信看着像一篇篇日记。我当然知道艾伦·德杰尼勒斯不会对一个普通女孩的日记感兴趣，所幸我也从来没有寄给她。不过，我仍然喜欢把每一篇都写给她，一直写到我不再记日记。

我打开另一个鞋盒，找出了另外几本。我把它们一一排序，挑出十五岁那年的日记。我翻开本子,寻找我遇见阿特拉斯的那一天。其实遇见他之前,我的生活里并没有太多值得记录的东西,但不知怎的,在他闯入我的生活之前,我依旧记录了满满六本。

我曾经发誓再也不看这些日记,可爸爸去世后,我常常想起我的童年。也许看完这些日记后,我能有一些勇气去宽恕。不过我担心这只会徒增我的怨恨。

我躺在沙发上,开始阅读。

亲爱的艾伦:

在告诉你今天发生的事之前,我帮你的脱口秀想了绝妙的新环节,就叫"居家的艾伦"。

我想很多人都想了解工作之余的你。我常常在想,你在家的时候,没有摄像机,只有波西亚在身旁,是什么样子呢?或许制片人可以给波西亚一台摄像机,她偶尔便可以偷偷靠近你,记录你的日常生活,例如看电视、做饭,或是收拾花园。她偷拍完一段,突然大喊"居家的艾伦!"吓你一跳。这样才公平,你不也喜爱恶作剧嘛。

好啦,说完啦(我一直想着要说,但总忘记),和你聊聊昨天的事吧。有趣极了。如果不算上那天阿比盖尔·艾沃里因为卡尔森先生偷看她的乳沟而扇了他一巴掌,这可能是我最有趣的一天了。

你还记得前阵子我和你说的住在我家后面的伯利森太太吗?在暴风雪夜去世的那位,听我爸爸说,她欠税太多,房子的所有权不能归她女儿所有。我相信她女儿应该无所谓,毕竟那房子都快散架了,对她而言,更多是个负担。

伯利森太太去世后，房子就一直空着，差不多两年了。我卧室的窗子就朝着后院，看得清楚，记忆里再没人进出过那间房子。

直到昨晚。

我坐在床上洗牌。我知道这听起来很离谱，我连牌都不会打，但这是我的小习惯。爸妈吵架时，洗牌有时能让我平静下来，集中注意力。

总之，天色很暗，我随即察觉到窗外有光，虽然昏暗，但确实是从那间老房子里传来的，似乎是烛光。于是我跑到后门，找来爸爸的望远镜，想瞧瞧那边发生了什么，但什么也看不见。天太黑了。不久，那光消失了。

今天早上，准备去上学时，我瞧见那栋房子后面有东西在动。我伏在卧室窗前，见有个人影从后门溜出来，是个男的，背着背包。他环顾四周，确保没有人注意到他，这才从我们家房子和邻居房子之间穿过，径直走到公交站，站在那儿。

我之前从来没有见过他，也是头一回见他乘这路公交车。他坐在后边，我坐在中间，没能和他说上话。但到了学校，他下了车，我见他走进学校，料想他一定也在这里上学。

至于他为什么会睡在那栋房子里，我一无所知。想必那儿没有电和自来水。我猜测也许他在玩真心话大冒险，但今天下午他和我在同一站下车。他沿街走去，像是要去其他地方，我赶紧跑回房间，偷偷往窗外看。不出所料，几分钟后，他悄悄溜回那间空房子里。

我犹豫着要不要告诉我妈妈，我一向讨厌多管闲事，毕竟那不关我事。但要是他没有其他地方可去，我想妈妈或许知道怎样帮助他，毕竟她在学校工作。

我不知道。或许我该等几天再说，看看他是否会回家。也许他只是任性离家出走几天。我偶尔也有这种念头。

先写到这儿吧。到时和你说明天的情况。

——莉莉

亲爱的艾伦：

看脱口秀时，我把你跳舞的那段快进了。以前，我会看着你在观众席间跳着舞登场，现在看多了，我宁愿只听你说话。希望你不要生气。

哦，我知道那家伙是谁了，没错，他依旧住在那间房子里。已经两天了，我还没有告诉任何人。

他叫阿特拉斯·科里根，今年高三，眼下我只知道这些。乘公交车时，凯蒂坐在我旁边，我问她他是谁。她白了一眼，告诉我他的名字。随后她又说："其他的我就不知道了，但他身上有股怪味。"她皱着鼻子，像是觉着恶心。我想朝她大吼，告诉她他也没办法，他根本没有自来水。但我只是回头看着他。或许是盯得久了些，他察觉到我在看他。

回到家，我跑到后院侍弄花草。我的小萝卜熟了，可以拔了。这是园子里仅剩的作物了。天渐渐冷了，没有别的可以种了。其实等两天再拔也无妨，但我太爱管闲事了。

我发现一些萝卜不翼而飞了，看着像是刚被挖走的。我知道不是自己拔的，而爸妈从来不管我的园子。

这时我想到阿特拉斯，越想越觉得是他。但我没有细想他是怎么做到的,只想着他要是没法洗澡,大概也没有吃的。

我走进屋子,做了几个三明治,又从冰箱里拿了两瓶苏打水和一袋薯片。我把它们装在午餐袋里,跑到那栋废弃的房子后门,把袋子放在门廊上。不知他有没有看到我,我使劲地敲敲门,接着赶紧跑回家,直奔我的房间。我跑到窗前想看看他会不会出来,可发现袋子已经不见了。

我这才意识到他也一直留意着我。他晓得我知道他住那儿了,我有些紧张。明天他要是主动和我说话,我该说些什么呢?

——莉莉

亲爱的艾伦:

我今天看到你采访总统候选人了,你紧张吗?你采访的可是一个有望治理国家的人呀!我不太懂政治,但在那种场合,换了我,一定幽默不起来。

呀!我们俩近来的生活真丰富啊。你刚刚采访了一个有望继任总统的人,而我正在救济一个无家可归的男孩。

今天早上我到公交站时,阿特拉斯已经在那儿了。一开始只有我们俩,不瞒你说,气氛有些尴尬。我看见公交车从拐角处驶来,真希望它能开得快一点。车子刚一停下,他上前一步,头也不抬,说了一声"谢谢你"。

车门开了,他让我先上车。我没说"不用谢",因为我被自己的反应惊呆了。他的声音令我颤抖,艾伦。

有没有哪个男孩的声音让你那么心动过?

噢,等等,抱歉。有没有哪个女孩的声音让你那么心动过?

去学校的路上，他没有坐在我旁边，但回家时，他最后一个上车。车上没多少空座了，他扫视着所有乘客，我看得出他并非在找位子。他在找我。

当他的目光扫到我时，我本能地低下了头，看着大腿。在男生面前，我总是那么不自信，真讨厌。也许到了十六岁，我就能自信一点了。

他在我身边坐下，把背包放在两腿间。我这才理解凯蒂的话。他身上确实有股怪味，但我没有因此嫌弃他。

一开始他什么也没说，只是一味摆弄着他牛仔裤上的破洞。那不是时髦牛仔裤上刻意做出来的破洞。我看得出那是旧裤子上年深日久磨出来的真正的破洞。裤子看起来甚至有点短，他的脚踝裸露在外面。其他地方倒勉强合身，因为他实在太瘦了。

"你告诉别人了吗？"他问我。

他说话时，我望着他，他也注视着我，忧心忡忡的样子。我这才看清他的长相。他长着一头深棕色的头发，但我想如果他洗个头，发色看上去也许不会那么深。和浑身上下其他部分不同，他的双眼很是明亮。真正的蓝眼睛，就像你在西伯利亚哈士奇脸上看到的那样。我不该把他的眼睛和狗的相比，可当我看着他的眼睛，我首先想到的就是哈士奇。

我摇摇头，赶紧望向窗外。我原以为他确认我没有告诉别人后，会站起来另外找个座位，但他没有。车子过了几站，见他仍坐在我身边，我稍稍鼓起勇气，低声问："你为什么不在家和你爸妈住一起呢？"

他盯着我看了几秒，仿佛在决定要不要相信我。随后他说：

"因为他们不要我。"

说完他站了起来。我原以为我惹他生气了,接着发现原来是我们到站了。我拎起我的东西,跟着他下车。他没有像往常一样,试图隐瞒他的去向。通常,他都是沿着街道,绕过整个街区,以免我看到他穿过我家后院。但是今天,他陪着我一道朝我家院子走去。

我们走到一个拐角,按理我要拐进屋里,他继续往前走,但我俩都停了下来。他用脚拨弄着地上的泥土,望着我身后的房子。

"你爸妈什么时候回来?"

"五点左右。"我说。那时是下午三点四十五分。

他点点头,欲言又止,只再次点了点头,径直往那栋没有食物,没有电,也没有水的屋子走去。

艾伦,不用你说,我也知道自己接下来的举动很愚蠢。我喊他的名字,他停下来转过身,我说:"动作快一点的话,你可以赶在他们回来前先洗个澡。"

我的心跳加速,因为我知道,如果我爸妈回家,发现一个无家可归的男生在我家浴室里,我可就闯大祸了。但我不能眼睁睁地看着他回去,什么也没能帮到他。

他低下头看着地面,我感觉到了他的难为情。他甚至没有点头,只是跟着我走进屋里,一言不发。

他洗澡期间,我一直提心吊胆,不停望着窗外,寻找我爸妈车子的踪影,尽管我知道他们怎么也得一小时才能到家。我又担心有邻居看到他进屋,但他们和我不熟,想必不至于觉得有访客很反常。

我给了阿特拉斯一身换洗的衣服,因此当我爸妈到家时,他不仅得离开我家,还得跑得远远的。不然,我爸爸肯定会发现邻里有一个陌生少年穿了他的衣服。

我一边留意着窗外的情况,一边紧盯着时间,一边还不忘往我的一个旧背包里塞东西。一些不需要保鲜的食物,几件爸爸的T恤衫,一条或许比他大两个号的牛仔裤,还有一双换洗的袜子。

他从走廊出来时,我正在拉背包的拉链。

我猜得不错。他头发虽然湿着,但是发色仍然比之前看起来要浅一些,显得他的眼睛更蓝了。

他一定是在里边刮了胡子,看起来比洗澡前年轻多了。他像换了个人似的,我惊讶地咽了口唾沫,赶紧低下头看着背包,唯恐他看穿我那全然写在脸上的想法。

我又望了一眼窗外,把背包递给他。"你还是从后门离开吧,这样不会被人发现。"

他从我手中接过背包,盯着我的脸端详了好一会儿。"你叫什么名字?"他边问边把书包甩过肩头。

"莉莉。"

他笑了起来。这是他第一次冲我笑,那一刻,我脑海中闪过一个可怕又浅薄的念头。我不懂一个笑容如此美好的人怎么会有那么糟糕的父母。我随即又厌恶自己竟有这样的想法,父母理所当然会爱自己的孩子,不论他们是胖是瘦,是可爱还是丑陋,是聪慧还是愚笨。但有的时候,谁都控制不住自己的想法,只能训练自己不往这个方面想。

他伸出手,说:"我叫阿特拉斯。"

"我知道。"我说,没有和他握手。我不知道自己为什么不和他握手。并不是因为我害怕碰到他。我是说,我的确害怕碰到他,但不是因为我自认为比他优越,而是他让我觉得很紧张。

他把手放下,点了下头,说:"我想我该走了。"

我退到一边,方便他绕过去。他指着厨房那头,仿佛在问那是不是去后门的路。我点点头,跟着他一路穿过大厅。走到后门时,他看到我的卧室,停顿了一下。

见他盯着我的卧室,我突然有些难为情。从来没有人参观过我的房间,我也从来不觉得有必要把它装饰得成熟一些。我还留着十二岁那年的粉色床单和窗帘。我头一回想把亚当·布罗迪[1]的海报从墙上扯下来。

阿特拉斯似乎并不关心我房间的装饰,他直直地看着正对着后院的那扇窗户,接着又回头看了我一眼。出门前,他说:"谢谢你没有蔑视我,莉莉。"

说完他便走了。

当然,"蔑视"这个词,我并不陌生,但从一个少年口中听到,不免有些奇怪。更奇怪的是,关于阿特拉斯的一切都显得那么矛盾。一个明明谦逊有礼,会用"蔑视"这类词语的人,怎么会沦落到无家可归呢?一个十几岁的孩子,怎么会无家可归呢?

我得弄清楚,艾伦。

我要弄清楚他究竟经历了什么。你拭目以待吧。

——莉莉

---

[1] 美国男演员。

· · ·

我正要翻开另一篇,手机响了。我爬到沙发那头去找手机,发现又是妈妈,我却一点也不惊讶。爸爸去世后,家里只剩她一个人,她给我打电话的次数可能会是之前的两倍。

"喂?"

"你觉得我搬去波士顿怎么样?"她开门见山地说。

我抓起身旁的抱枕,把脸埋进去,捂住我的尖叫声。"嗯。哇噢,"我说,"真的吗?"

她沉默片刻,说:"只是有这么个想法。明天再说。我得赶紧去保险公司了。"

"好的。拜拜。"

那样的话,我想搬离马萨诸塞州。她不能搬到这里来。她在这里一个人也不认识,就指望着我每天哄她开心。别误会,我爱我妈妈,但我搬到波士顿就是为了自食其力,和她住在同一个城市却总让我觉得不够独立。

三年前,我还在上大学,爸爸被诊断出患有癌症。如果莱尔·金凯德在这里,我会告诉他一个赤裸的真相:看到爸爸病重,无法对我妈妈动手,我感到如释重负。这彻底改变了他们之间的关系,我也不必为了确保她安然无恙而留在普勒赫拉市。

既然爸爸走了,我也不必担心妈妈,可以说,我期待着展翅翱翔。

但现在她要搬来波士顿?

我感觉我的翅膀突然被剪断了。

航海用聚合物椅子呢,我需要它的时候,它在哪里?!

我烦躁起来,如果妈妈搬来波士顿,我该怎么办?我没有花园,没有院子,没有露台,甚至没有杂草。

我得另找一个发泄的方法。

我决定进行大扫除。我先把所有装满日记本和笔记本的旧鞋盒放进卧室的壁橱里,接着整理整个壁橱:我的首饰、鞋子、衣服……

她不能搬来波士顿。

第三章

六个月后。

"噢。"

她只说了这一个字。

妈妈来回打量着这栋楼,伸手摸了摸身边的窗台,一层灰尘,她用手指摩挲着。

"……"

"要做的工作还很多,我知道,"我打断她,指着她身后的窗子,"但看看店面,会有前景的。"

她转身瞟了眼窗户,点了点头。她习惯性地从喉咙深处发出"嗯"的一声表示赞同,但嘴唇紧闭着。这意味着她实际上并不认可。紧接着她"嗯"了一声。两声。

我无奈地垂着手。"你觉得这是个愚蠢的决定?"

她轻轻地摇了摇头。"这要看结果如何,莉莉。"她说。这里以前是一家餐厅,店里仍然堆满旧桌椅。她走到身边的一张桌子旁,拉出一把椅子,坐了下来。"如果一切顺利,你的花店成功了,大家会说这是个勇敢、大胆、精明的经营决策。万一失败了,你的所有遗产就打了水漂……"

"到时大家会说这是个愚蠢的经营决策。"

她耸耸肩。"就是这么回事。你是学商务的，应该清楚。"她慢慢地环顾四周，仿佛在想象这里一个月后的样子，"确保它勇敢又大胆就行，莉莉。"

我欣慰地笑了。这个答复我乐意接受。"真不敢相信我没有事先问过你就买下了这里。"我说着，在桌旁坐下。

"你是成年人了，这是你的权利。"她说，但我听出了一丝失望。我想，我需要她的时候越来越少，她越发孤独了吧。爸爸已经过世六个月了，他虽然不是一个好伴侣，但对她而言，总好过孤零零的一个人。她在一所小学找了一份工作，最终还是搬到了这里。她选择了波士顿郊区，在一条死胡同里买了一座别致的两居室房子，带一个宽敞的后院。我梦想在那里造一个大花园，但花园需要天天照料，而我一周只能去一次，偶尔两次。

"这些杂物你打算怎么处理？"她问。

她说得不错。太多杂七杂八的东西了，仿佛永远清不完。"还没想好。我大概得忙活一阵子才能考虑装修。"

"你什么时候从营销公司离职？"

我笑着说："昨天。"

她叹了口气，紧接着又摇了摇头。"噢，莉莉。真希望一切顺利。"

我们刚要起身，店门开了。门边还摆着货架，我扭头张望，看见进来一位女士。她四下扫了一眼，看到了我。

"嗨。"她招了招手说。她长得很可爱，穿着讲究，但不巧穿了一条白色紧身裤。在这个灰尘肆虐的地带,一场灾难正在酝酿。

"需要帮忙吗?"

她把提包夹在胳膊底下,朝我走来,伸出手。"我叫艾丽莎。"她说。我同她握了握手。

"莉莉。"

她伸出拇指,指了指身后。"门口有一张招聘广告?"

我朝她身后望了一眼,挑了下眉。"有吗?"我并没有张贴招聘广告。

她点点头,紧接着又耸了耸肩。"不过,它看起来有点旧,"她说,"可能贴了有段时间了。我刚好散步路过,看到了,有些好奇,就是这样。"

我立即对她充满了好感。她的声音悦耳,笑容看上去也真诚。

妈妈搭着我的肩膀,凑上来吻了一下我的脸颊。"我得走了,"她说,"今晚新家开放参观。"我和她道别,目送她出门,把注意力转回艾丽莎身上。

"我还没开始招人,"我说着,朝周围挥挥手,"我打算开一家花店,但离开业还得几个月,至少。"我知道我不该先入为主,但她看起来不像是看得上低薪职业的人。她的包可能比这间店面还贵。

她双眼放光。"真的吗?我最喜欢花了!"她转着圈儿说,"这地方潜力无限。你要把它粉刷成什么颜色?"

我把胳膊交叉在胸前,双手握住手肘,把身体重心移到脚后跟,说:"我不确定。我一小时前才拿到这房子的钥匙,还没来得及想装修计划呢。"

"莉莉,对吧?"

我点点头。

"我不会谎称自己有一张设计文凭,但这绝对是我最喜欢的事。如果你需要,我可以免费帮你。"

我歪着头。"你愿意免费帮忙?"

她点点头。"我其实并不需要一份工作,只是恰巧看到了招聘广告,心想:里面在搞什么鬼?但有时候我确实觉得无聊。不论你需要什么,我都很乐意帮忙。打扫、装修、挑选油漆颜色。我可是拼趣(Pinterest)达人呢。"我身后的什么引起了她的注意,她伸手一指,"我可以把那扇破门改造得富丽堂皇。所有这些东西,真的。要知道,几乎每样东西都有它的用处。"

我环顾四周,心里明白单靠我一个人是无法应付的。这里面的东西,我一个人可能连抬都抬不动,终归还是得雇一个帮手。"我不会让你白干的。你要是说真的,我可以给你每小时10美元。"

她兴高采烈地拍起手来,我猜想要不是穿着高跟鞋,她大概会上蹦下跳。"什么时候开始上班?"

我低头看了一眼她的白色紧身裤。"明天行吗?你或许可以换一身方便点的衣服。"

她挥了挥手,把她的爱马仕包往一张积满灰尘的桌子上一放。"别说废话,"她说,"我老公在街边一家酒吧里看棕熊队[1]比赛。如果可以,我就陪着你好了,现在就开始。"

---

[1] 波士顿棕熊队(Boston Bruins),美国波士顿的国家冰球联盟队伍,该联盟的六个创始者之一。

• • •

两小时后,我确信自己遇到了新知己。而且,她果真是拼趣达人。

我们在便利贴上写上"留"和"弃",分别贴在屋里的每件东西上。她崇尚废物利用,于是我们给75%的旧物都设想了改造方案,剩下的她说可以让她丈夫有空的时候扔出去。等想好旧物的处理办法,我拿来笔记本和笔,我们在一张桌前坐下,写下设计构想。

"好嘞。"她说着,往椅背一靠。我有点想笑,因为她的白色紧身裤沾满了灰尘,但她似乎并不在意。"你对这个地方,有什么目标吗?"

"只有一个,"我说,"成功。"

她大笑起来。"你一定会成功的,我深信不疑。不过你得有一个愿景。"

我想了想妈妈的话"确保它勇敢又大胆就行,莉莉"。我笑着直起身子。"勇敢且大胆,"我说,"我要让这个地方与众不同。我要独辟蹊径。"

她眯着眼,啃着笔头。"可你卖的是鲜花,"她说,"花儿怎么才能勇敢又大胆呢?"

我环顾四周,憧憬着我的构思,然而我甚至不清楚自己的构思到底是什么。我只是心痒难耐,坐立不安,仿佛一个绝妙的想法马上要蹦出来了。"想到鲜花,你脑海中会浮现什么词?"我问她。

她耸耸肩。"不知道。我想应该是美好吧?它们充满活力,让我想到生命。或许是粉色,还有春天。"

"美好，生命，粉色，春天，"我重复道，"艾丽莎，你太棒了！"我站起来，在店里踱来踱去，"我们先罗列大家喜爱花的所有原因，然后反其道而行！"

她做了个鬼脸，示意她不明白。

"这么说吧，"我说，"如果我们展示鲜花的丑恶，而不是它的美好呢？用深色调来代替粉色调，例如深紫色，甚至黑色。我们还要赞美冬天和死亡，而不仅仅是春天和生命。"

艾丽莎瞪大了眼睛。"那……要是有人想要粉色的花怎么办？"

"好吧，我们当然还是会满足他们的需求呀。不过，我们也可以给他们一些他们不知道自己想要的东西。"

她挠了挠脸颊，忧心忡忡地说："这么说，你真的打算卖黑色的鲜花？"这不能怪她，她只是看到了我设想中最黑暗的一面。我重新坐下，试图说服她。

"曾经有人告诉我，这世上哪有什么坏人，我们不过是偶尔做了坏事的普通人。这话给我留下了深刻的印象，因为说得太对了。我们每个人身上都有一点点善良和邪恶。我想以此作为花店的主题。我们可以把墙面粉刷成暗沉的深紫色，而不是甜腻的亮色。不同于把普通的彩色鲜花插在单调的水晶瓶里这种生机勃勃的插花方式，我们要走前卫路线。勇敢且大胆。我们先用皮革或是银链扎花，再把花插进黑玛瑙石瓶……嗯……或是镶银钉的紫色天鹅绒花瓶。这样的创意举不胜举。"我又站了起来，"每个地方都有为爱花的人而开的花店。但那些讨厌鲜花的人呢，有迎合他们喜好的花店吗？"

艾丽莎摇摇头。"一家也没有。"她低声说。

"没错,一家也没有。"

我们盯着彼此看了一会儿,我一刻也忍不住了。我像个小孩一样高兴得忘乎所以,放声大笑起来。艾丽莎也笑了,她跳起来,抱住我。"莉莉,这太扭曲了,简直绝妙。"

"我知道!"我焕发出新的活力,"我需要一张办公桌,才能坐下来好好地制定企划书!可我未来的办公室里堆满了废旧蔬菜箱!"

她朝店铺后面走去。"那我们就把它们都清出去,再给你买一张办公桌!"

我们挤进办公室,把板条箱一个一个搬出来,挪进后面的房间。我站在椅子上,把箱子摞成一摞,好腾出更多的活动空间。

"这些非常适合我设想的橱窗陈列。"她递给我两个箱子,又走开了。我踮起脚,把它们摞在最上面,但整摞箱子翻倒了。我试图抓住点什么来保持平衡,但箱子把我从椅子上撞了下来。倒地的瞬间,我感觉一只脚扭向了错误的方向,一阵剧痛紧接着直蹿上我的大腿,又冲到脚趾。

艾丽莎冲进屋,把我身上的两个箱子挪开。"莉莉!"她说,"我的天哪,你还好吧?"

我勉强坐起来,但脚踝根本不敢使劲。我摇摇头说:"我的脚踝……"

她立即脱下我的鞋子,从口袋里掏出手机拨了一串号码,接着抬起头来看着我。"我知道这个问题很蠢,但或许你恰巧有冰箱,里头还有冰块?"

我摇摇头。

"我猜也是。"她说。她开了免提模式,把手机放在地板上,帮我把裤腿卷起来。我紧锁着眉头,倒不是因为痛,只是我不敢相信自己竟然这么笨手笨脚。如果脚摔断了,我就完蛋了:我继承来的全部遗产都砸在了这家花店上,却连着几个月没法装修。

"嘿,伊莎,"她的手机里传来轻柔的声音,"你在哪儿呢?比赛结束了。"

艾丽莎拾起手机,举到嘴边。"在上班。听着,我需要……"

那人打断她:"在上班?宝贝,你甚至都没有工作。"

艾丽莎摇着头说:"马歇尔,听着。情况紧急。我老板可能把她的脚踝摔断了。我需要你拿些冰块到……"

他笑着再次打断她。"你老板?宝贝,你连工作都没有。"他重复道。

艾丽莎翻了个白眼。"马歇尔,你喝醉了吧?"

"今天是'连体裤日',"他口齿不清地说,"你送我们来的时候不就知道嘛,伊莎。啤酒免费畅饮一直到……"

她无奈地叹了口气。"让我哥哥接电话。"

"好吧,好吧。"马歇尔嘀咕着。电话那头传来一阵簌簌声,随后有人说了一声:"喂?"

艾丽莎一口气说了我们的位置。"赶紧过来。拜托。记得带一包冰块。"

"遵命,女士。"他说。听起来这位哥哥似乎也有些醉了。手机里先是一阵笑声,其中一人说:"她心情不太好。"接着电话就断了。

艾丽莎把手机放回口袋。"我到外面等着,他们就在这条街上。你在这儿没事吧?"

我点点头，伸手去够椅子。"或许我该试着走一下。"

艾丽莎按住我的肩膀，让我靠墙坐着。"别，你别动。等他们先过来，好吗？"

虽然不知道两个醉鬼能帮上我什么忙，但我还是点点头。我的这位新员工这时更像我的老板，我多少有点怕她。

我在店里等了约莫十分钟，听到店门开了。"到底怎么回事？"一个男人的声音说道，"你怎么一个人在这栋阴森森的房子里？"

艾丽莎答道："人在里面。"她走了进来，身后跟着一个穿连体裤的男人。他个子很高，有点瘦，帅气的脸上略显稚气，一双大眼睛很真诚，一头凌乱的深色头发看着早就该理理了。他手上拿着一袋冰块。

我有提到他穿着一身连体裤吗？

我是说，一个大男人穿着一身海绵宝宝的连体裤。

"这是你的丈夫？"我皱着眉问她。

艾丽莎翻了个白眼。"很不巧，是的。"她瞟了他一眼说道。另一个男人（同样穿着连体裤）跟在他们身后，但我的注意力一直在艾丽莎身上，她正在解释他们为什么在周三下午穿着睡衣。"街边一家酒吧给每个穿连体裤来看棕熊队比赛的客人提供免费啤酒。"她向我走来，示意他俩跟上来。"她从椅子上摔下来，扭伤了脚踝。"她朝另一个男人说。那人绕过马歇尔走上前，我一眼就注意到了他的手臂。

该死，我认得这双手臂。

这是那位神经外科医生的手臂。

艾丽莎是他的妹妹？那个坐拥整个顶层，老公穿着睡衣工作还年入七位数的妹妹?

我一和他四目相对,他即刻笑逐颜开。我已经——天哪,多久来着——有六个月没见过他了吧?这过去的六个月里,我不能说完全没有想他,事实上,我想起过他好几次。但我从没想过还能再见到他。

"莱尔,这是莉莉。莉莉,这是我哥哥,莱尔。"她指着他道,"那位是我的丈夫,马歇尔。"

莱尔走上前,蹲在我面前。"莉莉,"他微笑地看着我说,"很高兴认识你。"

显然他还记得我——从他会意的微笑中看得出来。但和我一样,他假装这是我们初次见面。我可没有心情解释我们究竟是怎么认识的。

莱尔检查了一下我的脚踝。"能动吗?"

我试着动了一下,一阵剧痛直蹿上我的腿。我咬牙切齿地抽了一口气,摇了摇头。"还不行,很疼。"

莱尔示意马歇尔。"找个东西把冰块放进去。"

艾丽莎跟着马歇尔走出房间。他们走后,莱尔看着我,咧着嘴笑了。"我不会收费的,但只是因为我有点醉了。"他说着,眨了下眼。

我歪着头。"第一次见到你时,你在抽烟,这回又喝醉了。我开始担心你成不了一个合格的神经外科医生了。"

他笑起来。"看起来是这么回事,"他说,"但我向你保证,我很少抽,而且今天是我这一个月以来第一天休假,我真的需要喝一杯。或者说五杯。"

马歇尔回来了,用一块破布裹着冰块,递给莱尔。他把冰块按在我的脚踝上,对艾丽莎说:"我需要你汽车后备厢里的急救箱。"她点点头,抓着马歇尔的手,把他又拉了出去。

莱尔用手掌按住我的脚底,说:"用力踢我的手。"

我把脚踝向下压,很疼,但勉强能推动他的手。"断了吗?"

他左右移动了一下我的脚,说:"没有。先等几分钟,待会儿看能不能承重。"

我点点头,看着他调整姿势。他盘腿坐下,把我的脚拉到他的腿上。他四下看了看,又把注意力转回到我身上。"这是什么地方?"

我露出一个大大的笑脸。"莉莉·布鲁姆的店。两个月后,这里将会是一家花店。"

我发誓,他满脸洋溢着自豪的神色。"不是吧,"他说,"你成功啦?你真的要开自己的花店了?"

我点点头。"没错。我觉得,趁我还年轻,还能从失败中振作起来的时候,应该放手尝试一下。"

他的一只手把冰袋按在我脚踝上,另一只则握住我光着的脚。他漫不经心地用拇指在我的脚上来回摩挲着。相比脚踝上的疼痛,他握在我脚上的手更让我分心。

"我看起来很滑稽,对吧?"他低头看着那身纯红色的连体裤。

我耸耸肩。"至少你选择了没有卡通人物的,看起来比海绵宝宝成熟些。"

他笑起来,把头靠在身后的门框上,笑容随即又消失了。他赞赏地端详着我:"你在白天更漂亮了。"

这种时候,我尤其讨厌自己的红头发和白皮肤。我的难为情不仅可以在脸颊上一览无遗——我的整张脸、手臂还有脖子全都变得绯红。

我把头靠在身后的墙上，注视着他，就像他注视着我一样。"你想听一个赤裸的真相吗？"

他点点头。

"那晚过后，我不止一次地想回到那个天台，但又害怕你会在那里。你让我有些紧张。"

他的手指不再摩挲我的脚。"该我了？"

我点点头。

他把手移到我的脚底，微眯着眼睛，手指慢慢地从我的趾尖掠到脚跟。"我还是非常想要吻你。"

有人倒抽了一口气，但不是我。

我和莱尔同时朝门口望去，只见艾丽莎站在那里，目瞪口呆。她张大了嘴，指着莱尔："你刚刚……"她看着我说："我很抱歉，莉莉。"她怒目瞪着莱尔："你刚刚是和我老板说你想吻她吗？"

噢，天哪。

莱尔轻轻地咬了一下下嘴唇。这时马歇尔走了进来，问："怎么啦？"

艾丽莎看了一眼马歇尔，又指着莱尔。"他刚刚告诉莉莉说想吻她！"

马歇尔看看莱尔，又看看我。我不知道是该笑，还是该爬到桌子底下躲起来。"你真这么说了？"他扭头又看着莱尔问道。

莱尔耸耸肩。"好像是有这回事。"他说。

艾丽莎把脸埋进手掌里，"我的天哪，"她看着我说，"他喝醉了。

他俩都醉了。拜托不要让我的浑蛋哥哥影响你对我的印象。"

我微笑着,挥了挥手。"没事,艾丽莎。很多人都想吻我。"我又看着莱尔,他还是若无其事地摩挲着我的脚,"至少你哥哥说出了他的想法。不是每个人都有勇气说出他们的真实想法的。"

莱尔朝我眨了眨眼,小心翼翼地把我的脚踝从他的腿上移开。"我们来看看它能不能承重。"他说。

他和马歇尔扶我站起来。莱尔指着几英尺外靠墙的一张桌子。"你试着走到那张桌子,我才好判断。"

他的手臂紧紧地搂着我的腰,又牢牢地抓着我的胳膊,确保我不会摔倒。马歇尔差不多就是象征性地站在我身旁。我稍稍向脚踝使劲,有点疼,但不剧烈。在莱尔的搀扶下,我勉强能单脚跳到桌子那里。他把我扶起来,让我坐到桌子上。我靠在墙上,腿向前伸着。

"好吧,好消息是它没摔断。"

"那坏消息呢?"我问他。

他打开急救箱,说:"你得休养几天,或许一个星期,甚至更久,取决于你的恢复情况。"

我闭上眼睛,把头靠在身后的墙上。"可我还有一大堆事情要忙。"我抱怨道。

他小心翼翼地替我包扎脚踝,艾丽莎站在他身后看着。

"我渴了,"马歇尔说,"有人要喝点什么吗?对面有个便利店。"

"我不用。"莱尔说。

"我想要瓶水。"我说。

"雪碧。"艾丽莎说。

马歇尔拉过她的手。"你和我一起去。"

艾丽莎把手挣开,双臂交叉在胸前。"我哪儿也不去,"她说,"我哥哥这人不可信。"

"艾丽莎,没事的,"我告诉她,"他只是开玩笑。"

她默默地盯着我看了一会儿,接着说:"那好吧。不过他要是再乱说话,你可不能因此开除我啊。"

"我保证不会开除你。"

听到这话,她拉着马歇尔的手,离开了房间。莱尔还在包扎我的脚。"我妹妹替你打工?"

"没错。几小时前刚聘用的她。"

他从急救箱里拿出胶带。"你知道她这辈子从来没有工作过吧?"

"她提醒过我。"我说。他紧绷着下巴,看上去不像刚刚那么放松了。我突然想到,他或许会觉得我是为了接近他才雇用艾丽莎的。"我发誓,在你进来之前,我压根儿不知道她是你妹妹。"

他瞟了我一眼,接着又低头看着我的脚。"我没说你知道。"他开始用胶带把绷带缠住。

"我知道你没说。我只是不想让你觉得我企图勾引你。别忘了,我们想要的是两种截然不同的生活。"

他点点头,小心地把我的脚放回桌子上。"不错,"他说,"我专攻一夜情,而你在追寻你的圣杯。"

我笑了起来。"记忆力真好。"

"没错。"他说,嘴角泛起慵懒的微笑,"但你也令人难以忘怀。"

天哪。不要再说这样的话了。我双手按在桌上,把腿放下来。"赤裸的真相来啦。"

他靠在我身旁的一张桌子上："洗耳恭听。"

我毫无保留。"我被你深深地吸引了，"我说，"你身上没有什么是我不喜欢的。但我们既然追求不同的东西，如果有缘再见，我希望你别再说这种让我意乱情迷的话。这对我而言不公平。"

他点了点头，然后说："该我了。"他把一只手撑在我身旁的桌子上，倾身向前，"我也被你深深吸引了，你身上也没有什么是我不喜欢的。但我有些希望我们不要再见了，因为我不想时常惦记你，虽不是很频繁，但也超出了我的预期。所以，如果你还是不同意一夜情，我想我们最好尽量回避对方。不然对你对我都没有好处。"

我不知道他这时怎么会离我这么近，大约只有一英尺远。这让我的注意力无法集中到他说的话上。他的目光落到我的嘴唇上，但一听到店门打开的声音，他就退到了房间中间。等艾丽莎和马歇尔走进来，莱尔正忙着把坍倒的箱子重新摞起来。艾丽莎低头看着我的脚踝。

"诊断结果怎么样？"她问。

我努努嘴唇。"你的医生哥哥说我得休养几天。"

她把水递给我。"好在你还有我。你休养期间，我可以来上班，尽量把这里打扫干净。"

我喝了一口水，擦了擦嘴巴。"艾丽莎，我宣布你为本月最佳员工。"

她咧着嘴，转向马歇尔。"你听见了吗？我是她最好的员工！"

马歇尔搂着她，亲吻着她的头顶。"我为你感到骄傲，伊莎。"

我喜欢他喊她"伊莎"，我猜是艾丽莎的简称。我揣摩着自己的名字,如果有人把我的名字也简化成这样一个腻歪又可爱的昵称该多好。伊莉。

不。不要一样的。

"你回家需要帮忙吗?"她问。

我跳下来,试了试我的脚。"扶我到车上吧。伤的是左脚,所以开车应该不成问题。"

她走过来搀着我。"你要是放心把钥匙放我这儿,我就负责锁门,明天再来打扫。"

他们三个送我到车上,不过莱尔让艾丽莎包揽了大部分工作。不知为何,他现在几乎不敢碰到我。我坐上驾驶座后,艾丽莎把我的包和其他东西放到车上,自己坐在副驾驶座上。她拿出我的手机,把她的号码存进去。

莱尔探进车窗。"接下来几天记得尽可能多冰敷。泡澡也有帮助。"

我点点头。"谢谢你的帮忙。"

艾丽莎凑过去说:"莱尔,要不你开车送她回家吧?到时你再打个车回公寓,以防万一。"

莱尔低头看着我,摇摇头。"我觉得这主意不妥,"他说,"她会没事的。我喝了点酒,最好别开车。"

"至少陪她回家吧。"艾丽莎提议道。

莱尔摇摇头,用手拍了拍车顶,转身走了。

我还在看着他,这时艾丽莎把手机还给我,说:"说真的,非常抱歉。他先是打你主意,这会儿又变成了一个自私自利的浑蛋。"她下了车,关上车门,又探进车窗里来,"这就是为什么他这辈子都注定会单身。"她指着我的手机,"到家给我发条信息。有什么需要,随时给我打电话。我不会把帮忙算进工作时间里的。"

"谢谢你,艾丽莎。"

她微笑着。"不,我该谢谢你才对。自从去年保罗·努提尼的演唱会过后,我好久都没有像现在这样对生活充满了热情。"她挥手和我道别,朝马歇尔和莱尔站着的地方走去。

我在后视镜里目送着他们沿街道走去。拐过街角时,莱尔回过头,朝我的方向瞥了一眼。

我闭上眼睛,呼出一口气。

和莱尔的两次邂逅,都发生在我宁可忘记的日子里:我爸爸的葬礼后和我扭伤了脚踝。然而,不知为何,他的出现却使得这些原本不幸的日子幸运了些许。

他竟然是艾丽莎的哥哥,真讨厌。我预感这不会是我最后一次见到他。

第四章

下车后,我走了半小时才走到公寓,途中给露西打了两个求助电话,她都没有接。可等我回到公寓,却看见她躺在沙发上,手机举在耳边,我有些恼火。

我"砰"地甩上前门,她抬头瞥了我一眼,问:"出什么事了?"

我扶着墙,单脚跳到门厅。"脚崴了。"

当我走到卧室门口,她大喊道:"不好意思,我刚刚没接电话!我在和亚历克斯打电话!刚打算回你呢!"

"算了!"我冲她吼了一声,"砰"地把房门关上。我去卫生间找了一些之前塞在柜子里的止痛片,吞了两片后,一头倒在床上,盯着天花板。

我真不敢相信接下来一周我都要被困在这个公寓里。我抓起手机,给我妈妈发短信。

脚踝扭伤了。没有大碍,不过你能帮我从商店买点东西吗?我发你一份清单。

发完,我把手机往床上一扔,自从我妈妈搬到这边,我头一回庆幸她住得离我还算近。其实，有她在一旁也没那么糟糕。爸爸过世后，我反倒更喜欢她了。从前我恨她，只是因为她从不离开他。不过，虽然我对她的怨恨消退了大半，但想起我爸爸，我的恨意依旧在。

时至今日，我对爸爸的所作所为还耿耿于怀，于情于理都说不过去。但是，该死的，他太差劲了，不论是对我妈妈，对我，还是对阿特拉斯。

阿特拉斯。

这几个月来，我一直忙着妈妈搬家的事，还要在工作之余偷偷地物色店面，实在没有时间读完之前翻开的日记。

我可怜巴巴地单脚跳到衣柜，途中不幸绊了一下，好在我扶了一把梳妆台。拿到日记后，我又跳着回到床上，找了个舒服的姿势躺下。

既然不能工作，接下来一周我也无事可做。与其对着现在的自己自怨自艾，我不妨同情一下过去的自己。

亲爱的艾伦：

我忘了告诉你了，去年电视圈最出彩的是你主持的奥斯卡颁奖典礼。那段你推着吸尘器的小品简直让我笑得前仰后合。

对了，我招募了阿特拉斯作为你的新晋粉丝。先别急着怪我又带他到家里来，让我先和你解释一下个中缘由吧。

昨天我留他在家洗澡后，晚上就没再见到他了。不过，今早在公交车上，他又坐在我身边。他看起来比昨天开心了些，因为他入座后，冲我会心一笑。

不瞒你说，我看见他穿着我爸爸的衣服，感觉怪怪的。但裤子比我预想的要合身得多。

"你猜怎么着？"他说着，俯身拉开了背包的拉链。

"怎么？"

他抽出一个袋子，递给我。"我在车库里发现了这个。上面本来全是泥，我尽量清理了一下，但没有水，只能将就一下了。"

我接过袋子，不解地盯着他。这是我第一次听他一口气说这么多话。我低头打开袋子，里头似乎是一堆旧园艺工具。

"那天我看见你用一把铁铲在挖萝卜，猜想你可能没有真正的园艺工具，这些刚好没人要，于是……"

"谢谢你。"我说。我有些不知所措。我之前有过一把园艺用的小铲子，但手柄上的塑料剥落了，把我的手磨出了水泡。去年生日，我让妈妈给我买一些园艺工具，可她给我买了大铁铲和锄头，我不忍心告诉她那不是我要的。

阿特拉斯清了清嗓子，压低了嗓音，说："我知道这算不上真正的礼物，它不是我买的。但……我想送你点什么。你知道的……因为……"

他没有把话说完，我于是点了点头，把袋子系起来。"你能帮我保管到放学吗？我的背包装不下了。"

他从我手中接过袋子，把背包提到腿上，袋子重新放进包里。他双手抱着背包，问道："你多大了？"

"十五岁。"

不知为何，他的眼神中流露出一丝忧伤。

"你上十年级了？"

我点点头，但老实说，我实在想不出该对他说什么。我和男生接触得不多，特别是高年级男生。我一紧张，便哑口无言。

"我不知道会在那个地方待多久。"他再一次压低嗓门说道，"但放学后，你要是需要帮忙收拾园子或是别的什么，我刚好也没什么事儿。毕竟我那里也没有电。"

我笑了起来，可转念一想，他是在自嘲，我或许不该笑。

我们一路上都在讨论你，艾伦。他说他很无聊，我问他有没有看过你的脱口秀。他说自己很想看，觉得你很幽默，但电视需要用电。他说这话时，我本来也不该笑的。

我告诉他放学后可以和我一起看你的节目。我总是把节目录在DVR上，一边做家务一边看。我想我可以把前门锁上，要是爸妈提早回家了，我就让阿特拉斯赶紧从后门离开。

直到放学坐车回家，我才再见到他。这次他没能坐在我旁边，凯蒂比他早上车，占了我边上的座位。我本想让她挪个位子，又怕她误以为我对阿特拉斯有意思。凯蒂肯定会小题大做的，我只好让她坐在这儿。

阿特拉斯坐在前排，所以比我早下车。他局促地站在站台上，等着我下车。我下来后，他打开背包，把那袋工具递给我。早上邀请他一起看电视时，他没说什么，我就当他同意了。

"来吧。"我说。他跟着我进屋，我把门锁上。"要是我爸妈提早回来，你就从后门逃走，不要让他们看见你。"

他点点头。"放心吧，我会的。"他笑着说。

我问他要不要喝点什么，他说好呀。我做好小点心，和饮料一起端到客厅。我坐在沙发上，他坐在爸爸的椅子上。我打开你的节目，我们就这么看着，没怎么说话，我把所有的广告都快进了。不过，我留意到，他总是笑得恰到好处。我认为一个人性格中最重要的就是适时的幽默感。每当看见他被你的笑话逗得哈哈大笑，我偷偷带他进屋的愧疚感就减少一些，我也不知道为什么。也许是因为如果他是一个真正值得交的好朋友，我就不会那么内疚了。

你的节目一结束，他就离开了。我本想问问他需不需要再借用一下浴室，但那会儿刚好卡在我爸妈回家的点上。我可不想看到他冲出浴室，光着身子穿过我家后院。

不过，那一定又滑稽又有趣。

——莉莉

亲爱的艾伦：

拜托，不是吧。重播？整整一周的重播？我知道你需要休息，不过我提个小小的建议，与其每天录一期，你不妨录两期。这样一来，你事半功倍，我们也不用看重播了。

我的"我们"指的是我和阿特拉斯。他成了我看《艾伦秀》的固定搭档啦。我猜他或许和我一样喜欢你，但我不打算告诉他我在日记里给你写信，免得显得我太迷妹了。

他已经在那栋房子里住了两个星期了，其间，又来我家洗了几次澡，每次他来，我都给他准备吃的。他放学后过来，我还帮他洗衣服。他不停道歉，仿佛自己是个累赘。但说实话，我很喜欢做这些。他让我心无旁骛，每天只盼望着放学后和他在一起。

爸爸今天很晚才回家，说明他下班后去酒吧了，这就是说他可能要和妈妈吵架了，也就是说他可能又要干出一些蠢事了。

说真的,我有时真的气她一直和他在一起。我知道我才十五岁,可能理解不了她选择留下的种种原因,但我不想她拿我当借口。或许离开他以后她会一贫如洗,或许我们不得不搬进一间破烂公寓里,一直到我毕业都只能吃拉面,所有这些我都不在乎。那也总比现在好。

现在,我能听见他冲她大吼大叫。有时候他一这样,我就走进客厅,希望他能冷静下来。他不想当着我的面打她。或许我该去试试。

——莉莉

亲爱的艾伦:

如果此刻我手头上有枪或刀,我会杀了他。

我一走进客厅,就看见他把她推倒在地。他们站在厨房里,她拉着他的胳膊,试图让他冷静下来,他反手直接把她击倒在地板上。我很确定他正打算踢她,但是看到我走进客厅,就停了下来。他低声嘀咕了几句,走进卧室,"砰"的一声把门一摔。

我冲进厨房,想要帮她,但她不希望我看见她这副模样。她挥手让我离开,说:"我没事,莉莉,我们只是瞎吵了一架。"

她哭了,我看得见她脸颊上红色的巴掌印。我走近她,想确保她真的没事,她转过身去,扶着灶台,背对着我。"我说了我没事,莉莉。回你自己房间去。"

我跑回门厅,但没有回房,而是径直冲出后门,穿过后院。我气她凶我,我不想和他们任何一个人待在同一个屋檐下。尽管天已经黑了,我还是跑到阿特拉斯住的房子前,敲了敲门。

我能听见里面的动静，他似乎不小心碰翻了什么东西。"是我。莉莉。"我悄声说。不一会儿，后门开了，他朝我身后看了看，又左右望了一眼。直到看着我的脸，他才发现我哭了。

"你还好吗？"他钻出门来，问道。我用衬衫擦了擦眼泪，注意到他没有邀请我进门，而是走了出来。我坐在门廊的台阶上，他在我身边坐下。

"我没事，"我说，"我只是很生气。有时气过头了，我就会哭。"

他伸出手，帮我把头发别到耳后。我喜欢他这样做，心中的怒气一下子平息了下来。接着，他伸出胳膊，搂过我，让我把头靠在他的肩膀上。我不知道他是怎么一言不发就让我平静下来的，但他确实做到了。有的人就是有一种宁静的气质，他就是。而我爸爸却截然不同。

我们就这么坐着，直到我看到我卧室的灯亮了起来。

"你该回去了。"他悄声道。我们都能看见我妈妈站在我的卧室里找我。直到那一刻，我才意识到，从他这个位置，恰好可以看见我的卧室。

回家的路上，我试着回顾阿特拉斯住在那栋房子里的这段时间，试着回想天黑后我有没有开着灯在房间里走动，因为我晚上在房间里通常只穿一件T恤衫。

我竟然有些希望如此。艾伦，这才是最疯狂的。

——莉莉

止痛药起作用了，我合上日记。明天再看吧。也许会继续看。一读到我爸爸以前对妈妈犯下的事，我就怒不可遏。

读着有关阿特拉斯的点点滴滴，我又难过不已。

我想着莱尔，试图入睡，而与他相关的种种，却叫我既恼怒又难过。

或许我该想想艾丽莎，今天她的到来让我别提有多高兴了。未来的几个月，我不仅多了一个帮手，更多了一个朋友。我有预感，这会比我料想的艰难得多。

第五章

莱尔说得不错。没过几天，我的脚踝就好多了，我又能下地走动了。不过我还是过了整整一星期才敢离开公寓。我可不想再受伤。

没错，我出门的第一站就是我的花店。我到的时候，艾丽莎已经在店里了。我进门那一刻，说是震惊都算轻描淡写了。花店已改头换面，和我刚买下时的样子截然不同。当然还有一大堆工作要做，但她和马歇尔已经把我们当时标记为垃圾的杂物都清理掉了。余下的每样东西都有序地叠放在一起。窗户擦过了，地板也拖过了，她甚至把我打算改造成办公室的区域都打扫干净了。

我今天帮忙了几小时，但她一开始不肯让我干太多需要走路的活儿，于是我主要负责制订开张计划。我们挑选了油漆颜色，定了开业日期，大约是五十四天后。她走后的几小时里，我接过所有她之前不肯让我碰的活儿。回来的感觉真好。不过，可把我累坏了。

这就是为什么听到门口的敲门声时，我挣扎着到底要不要从沙发上爬起来去应门。露西今晚又去了亚历克斯家，而五分钟前我妈妈刚和我通过电话，可以断定不是她们俩。

我走到门后，从窥视孔中查看。来人低着头，我一开始没认出是谁,可当他抬头朝右侧张望时,我心里猛地一惊。

他怎么来了?

莱尔又敲了敲门,我赶紧理了理散在脸上的头发,用手捋顺,但这无济于事。忙活了一整天的我一身狼狈,除非开门前能有半小时时间让我洗个澡、化个妆,再换身干净的衣服,不然他只能将就这样的我了。

我打开门,他的第一反应让我不知所措。

"我的天哪。"他把头往门框上一靠,说道。他上气不接下气,像刚锻炼过似的,我这才注意到他看起来不比我干净或是精神多少。他脸上的胡茬儿看起来好几天没刮了——我从没见过他这副模样——头发也不如平时有型,看着有些凌乱,眼神也飘忽不定。"你知道我敲了多少户门才找到你吗?"

我摇了摇头,我确实不知道。但既然他提起了——他到底是怎么知道我家住这里的?

"足足二十九户人家。"他说。接着,他伸出手,一边嘀咕,一边用手指比画着"二""九"。

我的目光落在他的衣服上。他穿着外科手术服,可此刻,我格外讨厌他这身衣服。不过,这可比连体裤好太多了,甚至完胜那件博柏利衬衫。

"你为什么敲了二十九户人家的门?"我歪着头问道。

"你从来没告诉过我哪家公寓是你家,"他一本正经地说,"你只提过你住这栋楼,但我不记得你有没有说过哪一层楼。对了,我差点就直接从三楼开始了。我要是跟着直觉走,一小时前我就到这儿了。"

"你来做什么？"

他无奈地抹了把脸，指着我身后，问："我能先进去吗？"

我回头瞥了一眼，把门开大一点。"行吧，但你得告诉我你想干什么。"

他走了进来，我随手把门关上。他四下看了看，穿着那性感的外科手术服，双手搭在屁股上，面对着我。他看起来有些失望，我不知道是不是我的错觉。

"准备好迎接一个重大的赤裸的真相，好吗？"他说，"打起精神。"

我把双臂抱在胸前，看着他吸了一口气，准备开口。

"接下来的几个月是我整个职业生涯的最关键时期。我必须全神贯注。我的实习期快结束了，我必须静下心来准备考试。"他在客厅里踱来踱去，发疯似的对着自己的手讲话，"可过去的一个星期里，我一直无法把你赶出我的脑海。工作时也好，在家时也罢，我满脑子想的都是当我靠近你时，我那神魂颠倒的感觉，我需要你让它停下来，莉莉。"他终于停下脚步，面对着我说，"求求你，让它停下来吧。就一次，一次就够了，我发誓。"

我望着他，指尖不知不觉抠进手臂的皮肤里。他依旧上气不接下气，眼神飘忽不定，但同时他又眼巴巴地看着我。

"你多久没睡了？"我问他。

他翻了个白眼，好像因为我听不懂他的话而感到崩溃。"刚结束一个四十八小时的轮班，"他轻描淡写地说，"专心点，莉莉。"

我点点头，琢磨着他的话。要不是了解他……我差点以为他……

我吸了一口气,让自己平静下来。"莱尔,"我谨慎地说,"你敲了二十九户人家的门,只是为了告诉我,一想起我,你就心乱如麻,我应该和你上床,好让你彻底对我断了念想吗?你在开玩笑吗?"

他抿着嘴,思考了大约五秒钟,随后慢慢地点了点头。"嗯……是吧,不过……从你嘴里说出来,好像变味儿了。"

我又好气又好笑。"因为这简直荒唐,莱尔。"

他咬着下嘴唇,环顾四周,仿佛突然想逃跑。我打开门,示意他离开。他没有走。他的目光落在我的脚上。"你的脚踝看上去好多了,"他说,"感觉怎么样?"

我白了他一眼。"好多了。今天头一次到店里,能帮艾丽莎的忙了。"

他点点头,假装要出门。可他一走到我身旁,就转过身来,双手撑在我头两侧的门上。面对他的靠近以及他的固执,我吓了一跳。"好不好嘛……"他说。

我摇摇头,尽管我的身体开始出卖我,乞求我的理智让我顺从他。

"我很擅长的,莉莉,"他咧着嘴说,"你什么都不用干。"

我强忍着笑,他的不依不饶既讨人厌,又讨人喜爱。"晚安,莱尔。"

他垂着头,左右晃动着。过了会儿,他推开门,直直地站着,接着半转身,朝门厅走去,可突然,跪倒在我面前,搂着我的腰。"求你了,莉莉,"他自嘲地笑着,说,"求你和我上床吧。"他瞪着小狗眼,巴巴地望着我,脸上挂着既期待又可怜的微笑,"我非常非常想要你。我发誓,就这一回,以后我就从你的眼前消失。我保证。"

一个神经外科医生,跪在地上,恳求我和他上床,我受不了了。这太可悲了。

"起来,"我推开他的手说道,"这样只会令你自己难堪。"

他慢慢地站起来,把我圈在两臂之间。"这算是同意了吗?"他的胸口几乎贴着我,这样强烈地被渴望着,感觉真好。我本该倒胃口,可看着他,我无法呼吸,尤其是看到他的脸上挂着那种暗示性的微笑。

"我现在没有感觉,莱尔。我忙了一整天,累坏了,一身汗味,还有尘土味。你要是给我点时间,让我先洗个澡,等我觉得感觉好了,或许会想和你上床。"

我话还没说完,他就兴奋得直点头。"洗澡。你尽管去。我等你。"

我把他从我身上推开,关上大门。他跟着我进了卧室,我让他在床上等我。

幸好,我昨晚打扫了房间。平日里,衣服随处丢,床头柜上会堆满书,鞋子和内衣也不会收进衣柜里。但今晚,屋里很干净,连床也铺整齐了,上面还摆着奶奶送给家里每个成员的难看的拼布抱枕。

我迅速扫视了一眼房间,确保没有什么令人难堪的东西会引起他的注意。他在我的床上坐下,我看着他四下打量我的卧室。我站在浴室门口,给他下了最后通牒。

"你说这能让你停下来胡思乱想,但我现在警告你,莱尔,我就像一剂毒品。你如果今晚和我上床，只会火上浇油。但只有这一次。我可不想变成你口中的那种——那天晚上你是怎么说的来着，满足你的需求的女孩？"

他把头枕在胳膊肘上。"你不是那种女孩，莉莉。我也不是那种三番两次需要别人的人。没什么可担心的。"

我关上门，心想这家伙到底是怎么说服我的。

一定是那件手术服。外科手术服是我的软肋。与他无关。

不知道上床时，他能不能也穿着？

· · ·

平常不到半小时我就能洗完澡，但今天花了快一小时。脱毛也做得更细致了些，即使有的部位可能都没必要处理。接下来的整整二十分钟，我都处于过度兴奋状态，我不得不说服自己打消开门让他离开的念头。不过，既然现在我的头发吹干了，又洗得比以往任何时候都干净，我想我或许做得到。我都二十三岁了，完全可以体验一次一夜情。

我打开门，他还在我床上。看见他的手术服上衣扔在地上，我不免有些失望，但我没看见他的裤子，他一定还穿着。不过他盖着被子，我也看不出来。

我关上身后的门，等着他转身看我，但他一动不动。我上前几步，这才发现他打着呼噜。

不是轻轻的——"噢，我不小心睡着了"——呼噜，而是熟睡时的鼾声。

"莱尔?"我轻声说。我摇晃他,他也毫无反应。

开什么玩笑?

我重重地坐到床上,根本不在乎会不会吵醒他。我累死累活了一整天,还为了他花了一小时洗漱,他就是这么对待这个夜晚的?

可我却气不起来,尤其是看他睡得那么安详。我很难想象四十八小时的轮班。再说,我的床特别舒服,舒服得一个休息了一整晚的人都能马上睡着。我应该提醒他的。

我看了一眼手机上的时间,快晚上十点半了。我把手机调成静音,在他身边躺下。他的手机就放在枕头上,我拿起它,打开相机,举过头顶,确保我的胸口性感而饱满。我拍下照片,到时他就会知道自己错失了良机。

我关上灯,不禁想笑。我将要在一个半裸的男人身边入睡,而这个人,我甚至没有亲吻过。

• • •

我还没睁开眼睛,却感觉到他的手指顺着我的手臂向上爬。我强忍疲倦的笑意,假装还睡着。他的手指顺着我的肩头滑向我的脖子,却在锁骨处停了下来。那里有一个小文身,我在大学时文的。那是一个简单的心形,顶上有一个小开口。我感觉他的手指在文身旁打着圈,接着,他弯下腰,把嘴唇贴在文身上。我紧紧闭上眼睛。

"莉莉。"他低声唤道,一只手搂过我的腰。我呻吟一声,试图醒来,随后翻身躺平,仰面望着他。我睁开双眼时,他正低头注视着我。看着透过窗子落在他脸上的晨曦,我知道,还不到七点。

"我是你见过的最卑鄙的男人吗?"

我笑着点点头。"差不多。"

他微笑着,拂去我脸上的散发,倾身在我额头上亲了一下。我讨厌他这样做。这下好了,我成了那个夜不能寐的人,因为我想要在脑海中不断重映这一幕。

"我得走了,"他说,"快迟到了。首先,我很抱歉。其次,我再也不会这么做了。我保证这是你最后一次见到我。再次,或许你无法理解,但我真的很抱歉。"

我想皱眉,却强颜欢笑,因为我很讨厌他的第二点。其实我并不介意他再来一次,可转念又提醒自己,我们想要的是截然不同的生活。他睡着了,我们甚至没有接吻,这是好事。如果我真的和穿着外科手术服的他上床,我将会是那个跪在他门前,乞求更多的人。

很好。长痛不如短痛,随他走吧。

"愿你生活美满,莱尔。祝你一切顺利。"

他没有回应我的告别,只是皱着眉头,低头默默地看着我,随后说道:"好的,你也是,莉莉。"

接着,他翻身站了起来。此刻,我连看都不敢看他,我侧过身,背朝着他。我听着他穿上鞋子,伸手去拿手机。他停顿了好一会儿,我知道他一直注视着我。我紧闭双眼,直到屋外传来关门声。

我的脸立刻烧了起来,但我不允许自己闷闷不乐。我挣扎着爬下床,我有自己的工作要做。我不能因为自己不足以让一个男人为了我重新规划他所有的人生目标就心烦意乱。

再说,我眼下也有自己的人生目标要操心。我满怀期待,真的分不出时间给任何男人。

没有时间。

没有。

忙碌的女孩在此!

我是一个勇敢而大胆的商业女性,绝不让穿着外科手术服的男人有机可乘。

第六章

自从那天一早莱尔走出我的公寓,已经五十三天了,也就是说我已经五十三天没有收到他的消息了。

不过没关系,过去的五十三天里,我一直在为这一刻做准备,忙得没有时间想他。

"准备好了吗?"艾丽莎问。

我点点头,她把店门口的挂牌翻过来,显示"营业中",我们拥抱在一起,像孩子一样欢呼雀跃。

我们赶紧绕到柜台后面,期待第一位顾客的光临。今天只是试营业,我还没有做任何的市场推广,只想确保在正式开业之前万无一失。

"这里面真好看。"艾丽莎对着我们的劳动成果,赞叹地说道。我环顾四周,内心的自豪都快溢出来了。我当然想成功,但此刻我不知道那是否重要。我有过梦想,也竭尽全力实现了它。今后不论发生什么,都将是梦想蛋糕上的糖霜,只会锦上添花。

"这里面真香啊,"我说,"我爱这香味。"

虽然不知道今天会不会有顾客光临,但对我们而言,开张仿佛已经是发生在我们身上的最美好的事情,所以有没有顾客都无关紧要。而且,马歇尔稍后会过来,我妈妈下班后也会来,这不至少有两个顾客了嘛,已经很多啦。

店门被打开时,艾丽莎捏了捏我的手臂。我突然有点慌乱,要是哪里出错了怎么办?

随后我真的慌了,因为确实有一处出了差错,彻彻底底地错了。我的第一位顾客不是别人,正是莱尔·金凯德。

他推门进来,立在门后,满眼赞叹地四下打量。"不是吧!"他转着圈说道,"这怎么回事?"他望着我和艾丽莎,"这太不可思议了。简直不像同一间房子!"

好吧,我勉强接受他作为我的第一位顾客吧。

他禁不住东看看西摸摸,好一会儿才走到柜台。等他终于走到这边,艾丽莎跑出柜台,抱住他。"很漂亮吧?"她说着,朝我挥了挥手,"都是她的主意,全部都是。我只是帮着打打杂。"

莱尔哈哈大笑。"难以置信,你的拼趣技能竟毫无用武之地。"

我点点头。"她只是谦虚罢了。要实现这一愿景,她的技能可是功不可没。"

莱尔冲着我笑了笑,他的笑容像是直入我胸口的一把刀,我心里不禁"哎哟"一声。

他双手拍在柜台上,问道:"我是第一位正式顾客吗?"

艾丽莎递给他一张店里的传单。"你得买点什么,才算顾客。"

莱尔扫了一眼传单,把它放回柜台。他径直走到一个展柜前,拿起一个插满紫色百合花的花瓶。"我要这些吧。"他说着,把花放在柜台上。

我笑了起来,不知他有没有意识到自己刚刚选了百合花。真讽刺。

"需要帮忙配送到哪里吗？"艾丽莎问。

"你们俩送货吗？"

"我和艾丽莎不送，"我答道，"我们有个随时待命的配送司机。不过，今天或许不需要他。"

"你买花是要送给女孩子吗？"艾丽莎问。她在打探她哥哥的感情生活，这是妹妹自然而然会做的事，但我发现自己也不自觉地凑近了些，想听清他的回答。

"是啊。"他说，他和我对视一眼，补充道，"虽然我很少想起她。几乎从不。"

艾丽莎拿起一张卡片，滑到他面前。"可怜的姑娘，你真是个浑蛋。"她说着，用手指嗒嗒敲了敲卡片，"把你要说的话写在正面，她的地址写在背面。"

我看着他弯下腰，在两面都写上字。明知自己没有权利，我心里却充满了醋意。

"这周五你会带这女孩来我的生日派对吗？"艾丽莎问他。

我密切注视着他的反应。他只是摇了摇头，头也不抬地说："不会。你去吗，莉莉？"

单凭他的声音，我判断不出他是希望我去还是不去。鉴于我给他造成的压力，我猜是后者。

"我还没决定。"

"她会来的。"艾丽莎替我回答，她看着我，眯着眼说，"不管想不想，你都得来我的派对。你要是不来，我就辞职。"

莱尔写完后，把卡片塞进花束上的信封里。艾丽莎把价格输入收银机,他付了现金。他一边数钱,一边看着我,说道:"莉莉,你知道新开的店通常会把赚到的第一张美元裱起来吗?"

我点点头。我当然知道。他也知道我知道。他只是故意说给我听,只要这家店开着,他的那张美元就会被裱起来挂在墙上。我真想让艾丽莎给他退款,但生意毕竟是生意,不能把我那受伤的自尊心牵扯进来。

他一拿到收据,便咚咚敲着柜台,以引起我的注意。他微微低下头,带着真诚的微笑说:"恭喜你,莉莉。"

他转身走出了花店。店门刚一关上,艾丽莎就揪过那个信封。"他到底送花给谁呢?"她说着便把卡片抽了出来,"莱尔可不是轻易送花的人。"

她把卡片正面的内容大声念出来:"让它停下来吧。"

我的天!

她盯着它看了好一会儿,重复着这句话,问道:"让它停下来吧……这究竟是什么意思?"

我再也忍不住了,从她手中夺过卡片,翻过来。她凑上前来,和我一起看。

"他真是个笨蛋,"她笑着说,"他背面写的竟然是我们花店的地址。"她从我手中抽出卡片。

哇,莱尔刚刚给我买了花!不是普通的花。他刚刚给我买了一束百合。

艾丽莎拿起她的手机。"我得给他发个短信,告诉他,他写错了。"她发完信息,看着花大笑起来,"一个神经外科医生怎么能这么蠢?"

我不禁咧着嘴笑了。幸好她只是看花而没有看我,不然她可能会猜出其中的端倪。"在弄清他要送到哪里之前,我先把花放在我的办公室吧。"我捧起花瓶,赶紧把我的花收起来。

第七章

"不用坐立不安。"德温说。

"我没有坐立不安。"

他挽着我的胳膊,领着我朝电梯走去。"你明明就有。你要是再把领子拉到胸口以上,那穿这条小黑裙还有什么意义?"他抓着我的上衣,猛地向下一拉,接着帮我调整领口。

"德温!"我把他的手拍开,他笑了起来。

"放松点,莉莉。我摸过的胸比你的好得多,但我仍是个同性恋。"

"是啊,不过我敢说,长着那些胸的人和你鬼混的次数可不止每六个月一次吧。"

他笑着说:"确实,不过这一半是你的错。是你把人家晾在一边,跑去侍弄花花草草的。"

德温是我在前营销公司上班时最喜欢的同事,但我们的关系还没有要好到工作之余也能成为好朋友。今天下午他来花店,艾丽莎一下子就喜欢上了他,恳请他和我一起参加她的生日派对。我正好不想一个人,也一道恳请他去。

我用手捋顺头发,又对着电梯墙照了照。

"你干吗这么紧张?"他问。

"我没有紧张。我只是不喜欢出席这种一个人也不认识的场合。"

德温狡黠地笑了笑,问道:"他叫什么名字?"

我长舒一口气。我有那么容易被看透吗?"莱尔。他是个神经外科医生。他非常非常想和我上床。"

"你怎么知道他想和你上床?"

"因为他直接跪在地上说:'求你了,莉莉,求你和我上床吧。'"

德温挑了下眉。"他求你的?"

我点点头。"倒也没有听起来这么可悲。他平日里挺矜持的。"

电梯"叮"的一声,门开了,走廊里飘来音乐声。德温拉过我的双手,问道:"要我怎么做?让他吃醋吗?"

"不用,"我说,摇了摇头,"没这个必要。"不过……每次见面,莱尔确实都明确表示过他希望再也不要见到我。"要不让他吃点儿?"我说,皱了皱鼻子,"一丁点儿?"

德温扬起下巴说:"包在我身上!"出电梯时,他把手搭在我的腰上。走廊里只有一扇门,我们径直走了过去,按下门铃。

"为什么只有一扇门?"他问。

"这一层楼都是她的。"

他略略笑了。"那她还给你打工?该死,你的生活真是越来越有趣了。"

门开了,看见艾丽莎站在我面前,我着实松了一口气。歌声与笑声从她身后的公寓里涌出来。她一手握着一只香槟酒杯,一手抓着一条短马鞭。见我一脸不解地盯着那条鞭子,她一把将它扔到身后,拉过我的手。"说来话长,"她笑着说,"快进来,快进来!"

艾丽莎拉着我进门,我捏了捏德温的手,把他拖在身后。她拉着我们穿过人群,走到客厅的另一头。她拉了拉马歇尔的胳膊,说了一声:"嘿!"他转过身,冲着我笑,接着又抱了抱我。我朝他身后和四周张望,没有发现莱尔的踪影。或许我走运,他今晚临时加班。

马歇尔同德温握了握手。"嘿,哥们儿!很高兴认识你!"

德温一手搂过我的腰。"我叫德温!"他提高嗓门,盖过音乐声,"我是莉莉的约会对象!"

我笑着用胳膊肘捅了捅他,凑到他耳边,说:"这是马歇尔,你弄错人了,不过干得不错。"

艾丽莎抓过我的手,把我从德温身边拖走。马歇尔和他聊了起来,眼看着艾丽莎要把我拖走,我赶紧把手伸向德温。

"你会没事的!"德温喊着。

我跟着艾丽莎走进厨房,她把一杯香槟塞到我手里。"喝吧,"她说,"你值得庆贺一下!"

我抿了一口,然而看着她颇具工业规模的厨房——两个功能齐全的灶台,一台比我的公寓还大的冰箱——我真的无心品尝。"我的天哪,"我嘀咕着,"你真的住这里吗?"

她咯咯笑了。"我知道,"她说,"不过,我可不是图他的钱才嫁给他的。我爱上他时,他开着一辆福特平托,口袋里只有七美元。"

"他不是还开着福特平托吗?"

她叹了口气。"是啊,那辆车里有我们许多美好的回忆。"

"真恶心。"

她皱了皱眉毛。"话说……德温挺可爱的。"

"他对马歇尔可能比对我更感兴趣。"

"噢,不是吧?!"她说,"真没想到。我本想借着邀请他来派对的机会,撮合你俩呢。"

厨房门开了,德温走了进来。"你丈夫找你。"他对艾丽莎说。她转着圈,一路笑嘻嘻地走出厨房。"我很喜欢她。"德温说。

"她超棒的,对吧?"

他往岛台上一靠,说道:"我想我刚刚看见了'乞求者'。"

我的心在胸腔里咚咚乱撞。我觉得神经外科医生这个外号更好听。我又抿了一口香槟。"你怎么知道是他?他自我介绍啦?"

他摇摇头。"没有,不过他一听马歇尔说我是'莉莉的对象',那眼神简直要把我烧死。我赶紧躲进来。我很喜欢你,但我可不想为你丧命。"

我被逗笑了。"别担心。我敢说,那个死亡凝视肯定是他在对你笑。大多时候,它们都是同时出现的。"

门又开了,我顿时僵住。见是派对承办商,我才松了口气。德温喊了一声"莉莉",仿佛我的名字很令人失望。

"干什么?"

"你看上去像是要吐了,"他责备道,"你真的喜欢上他了。"

我翻了个白眼,随即装出垂头丧气的模样,扯着哭腔说:"我知道,德温,我知道。可我也不想这样啊。"

他接过我手中的香槟杯,把剩下的酒一饮而尽,接着挽着我的胳膊,说:"我们去逛逛。"说着,强行把我拖出厨房。

屋里这会儿更拥挤了，看着有百来人。我可能总共也认识不了这么多人。

我们东走走西逛逛，和大家闲谈。基本上是德温在说话，而我躲在他身后。每遇到一个人，他总能发现他们共同认识的人，跟着他转了半小时后，我确信，他已经把寻找共同好友变成他的个人游戏了。其间，我的注意力一半在他身上，一半在房间里寻找莱尔的踪影。哪儿都没有看到他，我不禁怀疑德温看到的那个人究竟是不是莱尔。

"呃，真奇怪，"一位女士说，"你说它是个什么呢？"

我抬起头，见她正盯着墙上的一幅艺术画。它看上去像是放大在画布上的照片。我歪着头，想一探究竟。那位女士一脸不屑地说："我真搞不懂怎么会有人把这种照片做成装饰画。太可怕了，模糊得甚至看不清是什么。"她气呼呼地走开了，我松了口气。坦白说……它确实有点怪，但我有什么资格评判艾丽莎的品味呢？

"你觉得怎么样？"

他的声音低沉、深邃，就那么出现在我身后。我赶紧闭上眼睛，吸了口气让自己平静下来，接着悄悄地吐出来，希望他不会注意到他的嗓音对我的影响。"我很喜欢，虽然我不知道它是什么，但很有趣。你妹妹很有品味。"

他上前一步，站在我身边，面对着我，接着又凑近一步，近得碰到了我的胳膊。"你带了个约会对象？"

我看得出来，他故意装作漫不经心。见我不回答，他凑上前，贴着我的耳朵重复了一遍，但这次不是一个问句。"你带了个约会对象。"

我鼓起勇气看了他一眼，但我立即后悔了。他穿着一身黑色的西装，相比之下，之前的外科手术服简直就像小巫见大巫。我竟然感觉喉咙哽住了，用力吞咽了一下，说道："我是带了个约会对象，有什么问题吗？"我把目光从他身上移开，回到墙上挂着的那张照片上，"我只不过想让你好过一些，你知道的。我只是试图让它停下来。"

他假意一笑，把杯中的酒一饮而尽。"你想得真周到，莉莉。"说完，他把空玻璃杯往房间角落里的垃圾桶一丢，投进了，但杯子撞到空垃圾桶底部，"砰"的一声碎了。我环顾四周，不过没人留意到刚刚那一幕。等我转过头来看莱尔时，他已经在走廊里了。他拐进一个房间，我站在原地，看着那张照片。

这时我才真正看懂它。

照片很模糊，一开始看不出什么。但我认出了照片上的头发。那是我的头发。连同我身下的那张航海用聚合物躺椅，错不了。这是我们第一次见面那天晚上，他在天台上拍的照片。他一定是把它放大到失真了，于是没人看得出是什么。我用手捂着脖子，感觉仿佛全身的血液都沸腾了。这里面太热了。

艾丽莎出现在我身边。"太怪了，对吧？"她看着那张照片说。

我抓了抓胸口。"这里面太热了，"我说，"你不觉得吗？"

她四下看看。"有吗？我没觉得，不过我有点醉了。我待会儿让马歇尔把空调温度调低点。"

说完，她又消失了。我越是盯着那张照片看，越是感到生气。那家伙把我的照片挂在他的公寓里，给我买花，还因为我带约会对象来参加他妹妹的生日派对，就给我脸色看。好像我们之间真的有什么似的,而我们甚至都没有接过吻!

生气、恼怒,以及刚在厨房里喝下的半杯香槟,一时间全向我涌来。我气坏了,甚至无法好好思考。如果这家伙那么想要和我上床……他就不该睡过去!如果不想让我念念不忘,他就不该送我花!他根本就不该在他住的地方挂上我的私照!

我只想要新鲜空气。我急需新鲜空气。好在我知道去哪里找。

不一会儿,我冲开通往天台的那扇门。

上面有三个脱离派对的人,坐在露台家具上。我不理会他们,径直走到视野较好的围栏旁,靠在上面。我深吸几口气,努力使自己平静下来。我想冲到楼下,让他下定决心,但我知道在这之前,我需要让自己的头脑先冷静下来。

空气有些冷,不知为何,我把这也怪罪在了莱尔头上。今晚的一切都是他的错。一切的一切。战争、饥荒、枪支暴力——一切都莫名与莱尔有关。

"可以让我们单独待几分钟吗?"

我转过身,只见莱尔站在其他客人边上。他们三个立即点点头,站起来给我们一些私人空间。我举起手说:"等等,"但没有人理我,"没这个必要。真的,你们不用离开。"

莱尔漠然地站在那儿,双手插在口袋里。其中一人咕哝着:"没事儿,我们不介意。"他们挨个走下楼梯间。只剩我们两人,我翻了一个白眼,转身靠在围栏上。

"人们总是按你说的做吗?"我生气地问。

他没有回答,从容不迫地朝我走来。我的心仿佛在速配约会上一样狂跳不止。我不禁又开始抓挠我的胸口。

"莉莉。"他在我身后叫我。

我转过身,双手握着身后的围栏。他的目光一直盯着我的胸口。我赶紧把裙子往上拉,这样他就看不见了,拉完仍然握住栏杆。他笑了,凑近一步。我们几乎贴到了一起,而我的脑子一片混乱。太可悲了。我太可悲了。

"我觉得你有很多话要说,"他说,"于是我想给你一个机会说出你赤裸的真相。"

"哈!"我冷笑一声,说,"你确定?"

他点点头,我打算如他所愿。我推了他一把,绕到他跟前,这样一来,他变成靠在围栏上的那个人了。

"我不知道你想要什么,莱尔!每一次我下定决心不去在乎你时,你又突然出现。你出现在我的工作中,出现在我的公寓门口,出现在派对上,你……"

"我住在这里。"他辩解道。这更让我生气了,我握紧了拳头。

"啊!你快把我逼疯了!你到底想不想要我?"

他直起身子,上前一步。"我想要你,莉莉。不要怀疑这一点。我只是不希望自己想要你。"

听到这句话,我全身都在叹息,部分出于受挫,部分是因为他说的每一个字都让我颤抖,而我厌恶自己任由他这样左右我的情感。

我摇摇头。"你还是不懂,是吗?"我压低了嗓音说。此刻,我的挫败感让我无力冲他大吼。"我喜欢你,莱尔。可你只想要一夜情,这让我非常、非常难过。放在几个月前,我们或许可以上床,之后依旧相安无事。但这已经不是几个月前了。我等得太久了,也为你投入太多感情了。所以我请求你，不要再和我调情了。不要把我的照片挂在你的公寓里。不要送我花。因为你这么做，我并不觉得甜蜜，反而很难过，莱尔。"

我心灰意冷又精疲力竭，打算离开。他静静地看着我，出于礼貌，我给他反驳的时间。但他什么都没说，只是转过身，靠在围栏上，俯瞰着底下的街道，仿佛我所说的，他一个字也没听到。

我穿过天台，打开门，原以为他会叫住我，让我别走。可直到走回公寓，我才彻底失望。我挤过人群，穿过三个不同的房间，这才找到德温。他看见我的神情，只是点了点头，穿过房间，朝我走来。

"准备走了？"他挽着我的胳膊说。

我点点头。"是啊，准备好了。"

我们在主客厅找到艾丽莎，同她和马歇尔说了晚安，借口说开业这一周我累坏了，明天上班前得好好睡个觉。艾丽莎抱了抱我，把我送到门口。

"我周一来上班。"她说着，在我脸颊上亲了下。

"生日快乐。"我对她说。德温打开门，我们刚要踏进走廊，只听见有人喊我的名字。

我转过身，见房间另一头莱尔正推搡着人群。"莉莉，等等！"他大喊，努力朝我走来。我的心突然悬住了。他走得很快，一路绕过人群，每每有人挡道，他都越发沮丧。他终于穿过人群，再一次与我目光相对。朝我走来时，他始终望着我的眼睛。他没有放缓脚步，而是径直向我走来，艾丽莎只得让到一边。起初，我以为他会吻我，或者至少会反驳我在楼上所说的一切。可他做了一件让我始料未及的事。他横着一把把我抱起来。

"莱尔。"我大叫,搂着他的脖子,害怕他会摔到我,"放我下来!"

他一手圈着我的脖子,一手托着我的背。

"我需要借莉莉一晚,"他对德温说,"可以吗?"

我望着德温,摇了摇头,瞪大了眼睛。德温咧着嘴说:"请便。"

叛徒!

莱尔转身朝客厅走去。经过艾丽莎时,我看见她疑惑地瞪大了眼睛。"我要杀了你哥哥!"我朝她大喊。

这时整个屋里的人都盯着我们。他穿过门厅,走进他的卧室,我一路都把脸埋在他的胸前,太尴尬了。他等房门关上,才慢慢地把我放下来。我立刻朝他大喊,试图把他推出门去。可他一转身,把我压在门上,握住我的手腕,把我的手举过头顶,说:"莉莉?"

他那样专注地看着我,我不再奋力推开他,而是屏住了呼吸。他的胸口压着我,我的背紧贴着门。随后他的嘴唇贴上来,暖暖地压在我的唇上。

他的双唇充满了力量,却又像丝般柔软。一声呻吟迅速贯穿了我全身,我不禁惊讶,而令我更为惊讶的是,我张开嘴,渴望更多。他的舌头滑入我口中,与我的交缠在一起,他松开我的手腕,捧着我的脸。他越吻越深,我抓着他的头发,紧紧贴着他,用全身的感官感受着他的吻。

我们疯狂地拥吻着,彼此的呻吟和喘息交织成一曲混响,嘴唇的触碰已无法满足身体的渴望。我感觉到他的手向下抓住我的腿,一把把我举起,我的双腿缠在他的腰上。

我的天，这家伙太会接吻了，仿佛他把接吻看得和他的事业同等重要。他把我从门上拉走，我突然意识到，哦，他这张嘴还能做很多事情。然而，它却不能对我在天台上所说的一切做个答复。

我只知道，我已经投降了。我正在满足他想要的——一次一夜情，而这却是此刻他最不值得拥有的。

我把嘴唇移开，推着他的肩膀。"放我下来。"

他继续朝着床走去，我又说了一遍："莱尔，马上放我下来。"

他停下来，把我放下。我得退后几步，避开他的方向，才能理清自己的思绪。不然，看着他，唇上依旧留有他的感觉，我会不知所措。

他的手臂搂过我的腰，头靠在我的肩膀上。"对不起。"他轻声说。他把我转过来，用手捧着我的脸，拇指在我的脸颊上摩挲着。"该我了，好吗？"

我没有回应他的抚摸。在容许自己有所回应之前，我依旧把胳膊交叉摆在胸前，等着他开口。

"拍了那张照片的第二天，我就把它做成了装饰画，"他说，"它已经在我的公寓里挂了好几个月了。你是我见过的最美的女孩，我想要每一天都看着它。"

噢。

"至于我出现在你家门口的那晚？我去找你，因为在我的生命中，从来没有人像你一样渗进我的皮肤里，久久不愿离开。我不知所措。而这周我送你花，是因为你追寻自己的梦想，我为你感到非常、非常骄傲。不过，如果每回冲动都送你花，恐怕你的公寓会无处落脚。我就是这么想你。是啊，莉莉，你说得不错，我在伤害你,可我自己何尝不受伤呢?直到今晚……我不知道怎么了……"

听了这些,我不知道自己哪里还有力气开口。"你为什么受伤?"

他把额头抵在我的额头上,说:"因为……我不知道自己在做什么。你让我渴望成为一个不一样的人,可要是我不懂得怎么样才能成为你需要的人,该怎么办?这对我而言是完全陌生的,我想向你证明,我想要你,绝不仅仅是一个晚上。"

这时的他看起来是那样脆弱。我想要相信他真诚的目光,但自从遇见他的第一天,他就那样坚定地想要一种与我截然不同的人生。我害怕一旦我屈服于他,他最终会离我而去。

"我怎样才能向你证明呢,莉莉?告诉我,我会去做的。"

我不知道。我甚至不了解他。我只知道我不想仅仅和他发生关系。但我怎样才能确定性关系不是他唯一想要的呢?

我注视着他的眼睛。"不要和我上床。"

他盯着我看了一会儿,神情叫我捉摸不透。随后他点点头,像是终于想明白了。"好的。"他说,依旧点着头,"好的,我不会和你上床,莉莉·布鲁姆。"

他绕过我,走到卧室门前把门锁了,把灯也关了,只留下一盏台灯,接着一边朝我走来,一边脱衬衫。

"你要干什么?"

他把衬衫丢在一把椅子上,随后脱下鞋子。"我们要睡了。"

我瞟了一眼他的床,看着他说:"现在?"

他点点头,朝我走来。他拉着我到床边,掀起被子,让我躺上去。他走到床的另一边说:"我们之前也是这样,只是单纯地一起睡。小意思。"

我笑了起来。他伸手用床边柜上的充电器接上手机。我扫视了一眼他的卧室。这个房间绝不是我印象中的次卧,大得能装下三个我的卧室。另一侧的墙边摆着一张沙发和一把椅子,正对着电视;卧室里单独隔出一个功能齐全的办公室,带有整面落地书墙。台灯熄灭时,我依旧努力观察着周围的一切。

"你妹妹真有钱。"我说着,他替我俩拉上被子,"她究竟拿我给她的每小时十美元干什么?擦屁股吗?"

他笑了,抓住我的手,手指滑进我的指缝中。"她很可能连支票都没兑现,"他说,"你查过吗?"

没有。不过现在我很好奇。

"晚安,莉莉。"他说。

我微微一笑,这有些滑稽,却又那么美好。

"晚安,莱尔。"

· · ·

我想我可能迷路了。

一切都那么洁白、那么干净,直晃我的眼。我匆匆穿过其中一间客厅,努力寻找通往厨房的路。我不记得昨晚把裙子放哪儿了,于是套上莱尔的一件衬衫。衬衫长过我的膝盖,我不禁怀疑他是不是要买大号尺码的衣服,手臂处才能合身。

这屋里窗户太多,光线太强,寻找厨房冲咖啡的途中,我不得不挡着双眼。

我推开厨房的门,找到一台咖啡机。

感谢上天。

我按下冲泡模式,接着去找马克杯,这时身后的厨房门开了。我转过身,发现艾丽莎也不总是妆容精致、首饰齐全的样子,心里宽慰了些。她的头发乱糟糟地盘成一个顶髻,睫毛膏也晕到了脸颊上。她指着咖啡机,说:"我也想来点。"说完坐到岛台上,无精打采地垂着头。

"能问你一个问题吗?"我说。

她几乎连点头的力气都没有。

我朝厨房四周挥了挥手。"这是怎么做到的?从昨晚的派对到我现在醒过来的这段时间,你的整个房子到底是怎么做到一尘不染的?你熬夜打扫了吗?"

她笑了。"有人专门负责这个。"她说。

"有人?"

她点点头。"不错,所有事情都有人负责,"她说,"你会大吃一惊的。你想一个方面,随便什么,大概都有人负责。"

"生活用品?"

"有人。"她说。

"圣诞装饰?"

她点点头。"也有。"

"那圣诞礼物呢?比如给家里人送礼?"

她咧咧嘴。"不错,也有人。每个特别的日子,家里的每个人都会收到一份礼物和一张卡片,而我连根手指都不用动。"

我摇摇头。"哇,你从什么时候开始这么有钱的?"

"三年了。"她说,"马歇尔把他开发的一些应用程序高价卖给了苹果公司。每六个月，他都进行一次程序更新并将其卖出。"

煮好的咖啡缓慢地淌出，我拿起一个马克杯，接满一杯。"你要加点什么吗？"我问，"还是说，这个你也有人负责？"

她笑了。"是啊，我有你啊，请帮我加点糖吧。"

我在她的杯子里加了点糖，搅拌后，端过去给她，接着给自己接了一杯。气氛变得有些安静，我搅动着杯里的奶油，等着她开口问我和莱尔的事情。谈话在所难免。

"我们能干脆一点，免得这一整天都尴尬吗？"她说。

我如释重负地叹了口气。"当然。我也讨厌这样。"我面对着她，抿了一口咖啡。她把手中的杯子放在一旁，双手抓着岛台。

"那到底怎么回事？"

我摇了摇头，尽量不让自己笑得像个热恋中的傻子。我不希望她觉得我是由于软弱或是愚蠢才屈服于他。"认识你之前，我们就见过。"

她歪着头。"等等，"她说，"在我们熟识之前还是相识之前？"

"相识。"我说，"一天晚上，我们有过一点什么，大约在遇见你的六个月前。"

"一点什么？"她问，"类似……一夜情？"

"不，"我解释道，"不是，我们直到昨晚才第一次接吻。我也不知道该怎么解释。我们之间的暧昧持续了很长一段时间，到昨晚达到高潮。就是这样。"

她端起咖啡，慢慢地喝了一口。她盯着地板看了一会儿，我注意到她看起来有些难过。

"艾丽莎？你生我气了，是吗？"

她立刻摇摇头。"不,莉莉。我只是……"她又放下杯子,"我只是了解我哥哥。我爱他,真的。不过……"

"不过什么?"

艾丽莎和我同时循声望去,只见莱尔正站在门口,双手交叉在胸前。他穿着一条灰色的慢跑裤,长度刚刚盖住屁股,没穿上衣。我要把这身打扮也纳入我心里的最佳穿搭列表里。

莱尔推开门,走进厨房。他走到我跟前,接过我手中的咖啡杯,俯身在我的额头上亲了一口,随后喝了一口咖啡,倚身靠在岛台上。

"无意打扰,"他对艾丽莎说,"你们继续。"

艾丽莎翻了一个白眼,说:"够了。"

他把咖啡杯还给我,转身去拿自己的杯子也喝起咖啡。"在我听来,你似乎要警告莉莉。我只是好奇,你要说些什么。"

艾丽莎跳下岛台,把手中的马克杯放入洗碗池中。"她是我的朋友,莱尔。你过去在男女关系方面的表现我可不敢恭维。"她冲了冲她的马克杯,随后靠在洗碗池旁,面对着我们,"作为她的朋友,关于她的约会对象,我有权给她一些我的看法。这是身为好朋友该做的。"

他俩之间的气氛变得有些紧张,我忽然感觉不自在。莱尔手中的咖啡一口也没喝,他朝艾丽莎走去,把咖啡倒进洗碗池里。他就站在她面前,而艾丽莎看都不看他一眼。"好吧,作为你的哥哥,我希望你能对我多点信心。这是身为妹妹该做的。"

他猛地推开门,走出厨房。他走后,艾丽莎深吸一口气。她摇了摇头,用手捂着脸。"抱歉,"她苦笑着说,"我需要洗个澡。"

"没人负责这个？"

她笑着走出厨房。我在洗碗池中洗了杯子，便朝莱尔的卧室走去。我打开门，见他坐在沙发上玩手机。我进来好一会儿了，他也不抬头看我，我想他或许也生我气了。不过，随后他把手机丢在一旁，靠在沙发上。

"到这儿来。"他说。

他拉着我的手，将我拉到他身边。我跨坐在他身上，他捧着我的脸，用力地亲吻我，我不禁怀疑他是不是想要证明他妹妹是错的。

莱尔松开我的嘴唇，目光慢慢掠过我的身体。"我喜欢看你穿我的衣服。"

我微笑着。"我得去上班了，真可惜，我不能穿着它。"

他拂去散在我脸上的乱发，说："我接下来有个非常重要的手术，得好好准备。可能意味着好几天都见不到你了。"

我强掩失落，不过如果他真的想要努力改变，让我们之间成为可能，我得学着适应。何况他早就提醒过我，他工作非常拼命。"我也很忙。花店这周五正式开业。"

他说："噢，那我周五前找你。保证。"

这一次，我没有掩饰自己的笑脸。"好的。"

他再次亲吻我，这回亲了整整一分钟。他把我放在沙发上，自己抽身起来，说："不行。我太喜欢你了，不能和你亲热。"

我躺在沙发上看他换上衣服去上班。

看着他穿上外科手术服，真是一种享受。

第八章

"我们得谈谈。"露西说。

她坐在沙发上,睫毛膏晕到了脸颊上。

噢,糟糕。

我放下包,冲向她。我一坐到她身边,她便哭了起来。

"怎么啦?亚历克斯和你分手了吗?"

她不住地摇头,我真的吓坏了。千万别告诉我是癌症。我抓起她的手,这才留意到——"露西!你订婚啦?"

她点点头。"抱歉,我知道我们的租约还有六个月才到期,但他希望我搬过去和他一起住。"

我盯着她看了一会儿。这就是她哭的原因?因为她想要退租?她伸手拿了一张纸巾,在眼睛上轻轻擦了擦。"我非常抱歉,莉莉,只剩你一个人了。我搬走了,你一个人孤苦伶仃的。"

这……

"露西,呃……我会好好的。我保证。"

她抬头看着我,眼里充满希望。"真的吗?"

她究竟为什么对我有这种印象?我再次点点头。"真的。我没有生气。我为你感到高兴。"

她张开双臂，抱着我。"噢，谢谢你，莉莉！"眼泪还没干，她就咯咯笑起来。她松开我，跳起来说："我得告诉亚历克斯！他原本还很担心你不肯让我退租呢！"她一把抓起包和鞋子，消失在门口。

我躺在沙发上，盯着天花板。她刚刚是在耍我吗？

我笑了起来，直到此时，我才意识到自己有多么期待这一刻的到来。整个房子归我啦！

更棒的是，莱尔可以来我家，不用担心打扰到别人。

上一次和莱尔说话还是周六从他公寓离开的时候。我们同意先试一下，暂时不做承诺，就当是一段试探期，看看这是不是彼此都想要的。可现在到周一晚上了，还没收到他的消息，我不禁有些失落。周六分开前，我给他留了我的电话号码，只是我真的不知该怎么发信息，尤其是在试探期。

无论如何，我是不会先发信息给他的。

我决定用年少的烦恼和艾伦·德杰尼勒斯来充实我的时间，我可不要傻傻地等着一个甚至没有上过床的家伙的召唤。不过，我为什么会觉得阅读关于第一个与我上床的人的日记会有助于把我的思绪牵离那个还没和我上过床的人？

亲爱的艾伦：

我的曾祖父叫埃利斯。我始终觉得这个名字对一个老人家而言实在是太酷了。他死后，我读到他的讣告。你敢相信吗，埃利斯甚至不是他的真名？他的真实名字叫作李维·桑普森，而我毫不知情。

我问过祖母"埃利斯"这个名字是怎么来的。她说他的名字首字母是L.S.，大家这么称呼他久了，于是乎便循着发音，管他叫埃利斯。

刚刚看着你的名字，我不由得想起这件事。艾伦是你的真实名字吗？你会不会也像我曾祖父一样，用名字的首字母做掩饰？

L.N.——我看穿你啦，"艾伦"。

说到名字，你觉得阿特拉斯是个很怪的名字吗？确实很怪，是吧？

昨天和他一起看《艾伦秀》时，我问他他的名字是怎么来的。他说他不知道。我不假思索地说他该去问问他妈妈。他只是看了我一会儿，说："有些太迟了。"

我不知道他这话是什么意思。我不知道他妈妈是否在世，或是她是否把他送人领养了。我们成为好朋友好几个星期了，我却依旧一点都不了解他，也不知道他为什么会沦落到无家可归。我大可直接问他，却又不确定他是否真的信赖我。他似乎有信任危机，我想这不能怪他。

我很担心他。这周天气转凉了，下周应该会更冷。他那儿没有电，意味着也没有暖气。希望他至少有条毛毯。要是他冻死了，你知道我会多内疚吗？我一定会内疚死的，艾伦。

这周我打算找些毛毯，给他送过去。

——莉莉

亲爱的艾伦：

快下雪了，我决定今天去收拾我的花园。小萝卜已经拔了，我只需给土壤施点混合肥，再铺一层护根土，用不了多长时间，但阿特拉斯坚持要帮忙。

他问了我许多园艺方面的问题，我很高兴他对我的兴趣也感兴趣。我教他怎么给土壤覆上混合肥和护根土，以抵御冰雪的毁坏。我的花园不大，大概十二英尺长、十英尺宽，不过爸爸只准我占用这么多后院空间。

阿特拉斯负责覆土，而我只是盘着腿坐在草地上看他。不是我懒，只是他想帮忙，我只好让着他。看得出他很勤劳。我不禁怀疑，或许保持忙碌能让他远离烦恼，所以每回他才渴望帮我的忙。

忙完了，他走过来，在我身边的草地上坐下。

"你为什么喜欢种东西？"他问。

我瞟了他一眼，他正盘着腿坐着，好奇地看着我。这一刻我才意识到，他或许是我最好的朋友，只是我们对彼此几乎一无所知。我在学校里也有朋友，只是没有特殊理由，我不能带他们到家里来。妈妈总是担心爸爸会突然发作，那么他的坏脾气就会传出去。可不知道为什么，我也从不去别人家里。或许我爸爸不希望我在朋友家过夜，担心我会发现一个好的丈夫该如何对待他的妻子。大概他希望我相信他对待我妈妈的方式再正常不过。

阿特拉斯是第一个进到我家里的朋友，也是第一个知道我喜欢园艺的朋友。而此刻，他又是第一个问我为什么从事园艺的朋友。

我一边思索着他的问题，一边伸手拔了根野草，把它撕成一小片一小片。

"十岁的时候，妈妈带我注册了一个网站，叫作'无名的种子'，"我说，"每个月我都会收到一份邮包，里面有一包没有标明品种的种子，以及关于种植和养护的说明书。种子发芽前，我不知道自己种的是什么。每天放学后，我都会跑到后院看它们的生长情况。这让我有所期待。而它们的成长又像是一种奖励。"

"奖励什么？"他问道，我能感觉到他注视的目光。

我耸耸肩。"奖励我恰当地爱护我的植物。你爱它们多少，它们就会回报你多少。你如果虐待或是忽视它们，就会一无所获。如果你关心爱护它们，就能收获蔬菜、水果或是鲜花，这都是它们回报的礼物。"我低头看着手中被撕成碎片的野草，已不足一英寸长。我用手指把它揉成一团，轻轻弹走。

我依稀感觉到阿特拉斯注视的目光，但我不想看他，只好望着我那覆了护根土的花园。

"我们很相像。"他说。

我们的目光碰到一起。"我和你？"

他摇摇头。"不，植物和人类。植物需要得当的爱护才能存活。人类也是。从一出生，我们就依赖父母的爱存活。如果他们爱护得当，我们就能成长为更好的人。但如果我们遭到忽视……"

他的声音变轻了，轻得近乎悲伤，他拿手在膝盖上擦了擦，想要擦掉一些泥土。"如果我们遭到忽视，我们只能无家可归，一事无成。"

他的一字一句让我的心感觉像是他刚刚铺下的护根土。我甚至不知道该说什么。他真的是这样看待自己的吗？

他正打算起身，我喊住了他。

他重新坐在草地上。我指着院子左边围栏旁的一排树。"看到那边的树了吗？"那排树中间挺立着一棵橡树，比边上的树都要高。

阿特拉斯朝那边望去，目光一路向上，望着树梢。

"它凭着自己的力量生长。"我说,"一些植物确实需要精心呵护才能存活,但另一些,比如树木,它们足够强大,完全可以倚靠自己,无须依赖他人。"

我不知道他有没有理解我没有直接表达出的意思。我只是希望他明白,我相信他足够强大,不论遭遇什么,他都能克服。我们才认识没多久,但我看得出他很坚韧。换了我,在这样的处境,我做不到像他这么坚强。

他目不转睛地盯着那棵树,甚至连眼睛也不眨一下。过了好一会儿,他微微点了点头,垂眼看着草坪。见他嘴巴抽动着,我以为他会愁眉苦脸,他却浅浅一笑。

看到他的笑容,我的心像从沉睡中骤然苏醒。

"我们很相像。"他拾起刚才的话题。

"植物和人?"我问。

他摇了摇头。"不是。我和你。"

我愕然,艾伦。我希望他没有留意到,但我的的确确猛地抽了一口气。我到底该怎么回应呢?

我只是坐在那儿,不知所措,直到他站起来。他转身,仿佛正准备回去。

"阿特拉斯,等等。"

他回头看着我。我指着他的手说:"回去前你可能想要冲个澡。复合肥是牛粪做的。"

他抬起手盯着,又看看沾满了复合肥的衣服。

"牛粪?没开玩笑?"

我咧着嘴,点了点头。他笑了一下,趁我不备,坐到我身边,把脏手往我身上擦。随即又把手伸进边上的肥料袋里，抓起复合肥往我的手臂上抹，我俩哈哈大笑。

艾伦，我相信接下来要写的句子，我从没有写过或者大声说出口过。

当他把牛粪往我身上抹的时候，可能是我最兴奋的时候。

不一会儿，我俩便倒在地上，气喘吁吁，狂笑不止。他终于起身，拉我起来。要在我爸妈回来前冲个澡，他可得争分夺秒。

他洗澡期间，我站在洗碗池旁洗手，想着他刚才说我们很相像是什么意思。

是夸奖吗？听起来很像。他那么说是因为他觉得我也很坚强？然而，很多时候，我自己倒不觉得。那时，一想到他，我就觉得自己软弱。我不知道，和他在一起时，我该如何处理我对他的感觉。

我也不知道还能瞒着爸妈多久，或是他还能在那座房子里住多久。缅因州的冬天，奇冷无比，他撑不下去的，如果没有暖气……

或者毛毯。

我打起精神，拿来所有我能找到的闲置毛毯。我原本打算他出来时给他，但已经过了五点了，他匆匆离开了。

明天再给他吧。

——莉莉

亲爱的艾伦：

小哈里·康尼克[1]太逗了。你有没有让他上过你的节目呀？不

---

[1] 美国爵士歌手、演员、钢琴家。

得不承认开播以来我可能错过了一两期。如果没有,你真应该邀请他。话说你看过《柯南·奥布莱恩深夜脱口秀》吗?每一期,那个叫安迪的家伙都会坐在节目的沙发上。真希望小哈里也能出现在你每期节目的沙发上。他的俏皮话太妙了,你俩一块儿,一定是最佳拍档。

我想和你说声谢谢。我知道,这档节目并不是为了逗我笑而开的,可有的时候,我情愿这么觉得。生活时不时让我感到我已经失去了大笑或是微笑的能力,但当我打开你的节目,不论之前心情怎样,看完你的脱口秀,我都感觉好了许多。

所以,谢谢你。

我猜你大概想知道阿特拉斯的最新情况,一会儿和你说。我想先和你聊聊昨天发生的事。

我妈妈在布里默小学任助教,上下班的车程有点远,所以她要到五点左右才到家。我爸爸在两英里外的地方工作,五点一到,他就在家了。

我们有个车库,里面塞满了爸爸的东西,只停得下一辆车。爸爸的车停在车库里,妈妈只能把车停在车道上。

昨天,我妈妈提早回家了。阿特拉斯还在屋子里,车库的开门声传来时,我们刚看完你的脱口秀。他赶紧从后门溜走,我急忙收拾客厅里的汽水罐和零食。

午饭时分,雪已经下得很大了。我妈妈有一堆东西要拎进屋子里,所以把车停进了车库,方便从厨房那个门把办公用品和食物搬进屋。我正在帮她搬东西,爸爸的车开进了车道。看到妈妈把车停在车库里,他气得直按喇叭。我猜他不想在大雪天下车,除此之外,我想不出其他理由解释他为什么此时此刻就让我妈妈把车开出来,而不能等她把东西卸完。现在想来,为什么爸爸总是霸占着车库?试问一个男人怎么会让自己心爱的女人用那么糟糕的停车位?

总之,他一按喇叭,妈妈眼中就充满了害怕,她让我把东西都搬到桌子上,自己去把车倒出车库。

我不清楚她出去后到底发生了什么,只听到一声巨响,随即传来她的尖叫声,我跑向车库,以为她在冰上滑倒了。

艾伦,我甚至不想描述接下来发生的事。对这整件事,我依旧惊魂未定。

我打开车库门,没有看见妈妈。只看到爸爸在妈妈的车后做着什么。我走近一步,这才明白为什么看不见她。他把她按在引擎盖上,双手扼住她的脖子。

他想掐死她,艾伦!

回想起来,我依旧想哭。他冲她大吼,眼里全是厌恶,说什么他辛苦工作,却一点没得到尊重。我不明白他为什么生气,真的,因为我听到的只有她的沉默和吃力的呼吸。接下来的几分钟我有些记不清了,不过我知道我开始朝他大喊,跳到他背上,打他的头。

后来,我不喊了也不打了。

我记不得具体发生了什么,他可能把我甩开了。我只记得前一秒我还在他背上,后一秒已经摔倒在地上,前额痛得难以想象。妈妈坐在我身边,托住我的头,说着对不起。我环顾四周,没找到爸爸。我撞到头之后,他钻进车里,把车开走了。

妈妈递给我一块抹布,让我捂住头,因为在流血,接着扶我上车,送我去医院。一路上,她只说了一件事。

"他们问起发生了什么,你就说在冰上滑倒了。"

她说这话时,我看着窗外,哭了起来。因为我本认为这毫无疑问会是最后一次——他竟然动手打我,她肯定会离开他。可那一刻,我才意识到她永远不会离开他。挫败感向我袭来,但由于害怕,我什么也没说。

我的额头缝了九针。我始终不知道自己撞到了什么,但这无关紧要。重要的是,我爸爸害我受伤了,但他甚至没有留下来,看我伤得重不重。他把我们抛在车库的地上,自己走了。

昨天,我很晚才到家,他们给我吃了止痛片,我一到家就睡着了。

今天早上去坐校车时,我尽量不直视阿特拉斯,怕他看到我的额头。我用头发挡住,让它不那么显眼,他也没有马上注意到。我俩在校车上并排坐着,放东西时,手不小心碰到了一起。

他的手冷得像冰,艾伦,像冰一样。

我这才想到,昨天由于妈妈提早到家,我忘了把备好的毯子拿给他了。车库里发生的事占据了我的全部思绪,我彻底把他给忘了。昨晚下了一整夜雪,他独自一人待在那黑暗的房子里。他冻坏了,我甚至不知道他是怎么熬过来的。

我拉住他的双手,说:"阿特拉斯,你冻坏了吧。"

他什么也没说。我搓着他的双手,让它们暖和点。我把头靠在他的肩上,尴尬的是,紧接着我哭了出来。我不常哭,但昨天的事太令人难过了,忘了给他拿毛毯,又让我十分自责,在去学校的路上,这一切一时间都向我袭来。他什么也没说,只是把手从我的手中抽出,握住我的手。一路上,我们就这样坐着,头靠在一起,他的手搭在我的手上。

要不是太难过，我或许还会觉得美好。

放学回家的车上，他才注意到我头上的伤。

说实话，我都忘了。白天在学校里，没有人问过我，所以他上车坐在我身边时，我甚至忘了用头发挡一挡。他直直地看着我，问："你的头怎么了？"

我不知道该说什么，只是用手指碰了碰伤口，转而望着窗外。我一直希望他能更信任我，能告诉我他为什么无家可归，因此我不想对他说谎，但我也不想和他说实话。

汽车开动了，他说："昨天从你家离开后，我听见那边发生了些什么。我听见了吼叫声，听见了你的尖叫，后来看见你爸爸走了。我本来想过去看看，确保你没事，但走到半路看见你妈妈带着你开车走了。"

他一定是听见了车库里的争吵，看见她带着我去缝针。我不敢相信他竟然会来我家。要是我爸爸看见他穿着自己的衣服，你知道会怎么对他吗？我突然为他感到担心，他大概不了解我爸爸的能耐。

我看着他说："阿特拉斯，你不能那样做！你不能在我爸妈在的时候来我家！"

他沉默了一会儿，说："我听见了你的尖叫声，莉莉。"他的语气仿佛我处于危险中，顾不得其他。

我知道他只是想要帮忙，我很内疚，但那样只会把事情弄得更糟。

"我摔倒了。"我对他说。话一说出口，我就为自己撒谎感到内疲。说实话，他看起来有些失望，那一刻，我想我们彼此都清楚那不仅仅是摔倒这样简单。

接着他挽起衬衫袖子，露出他的手臂。

艾伦，我的心猛地一沉。那画面触目惊心。他的手臂上布满了大大小小的伤疤。一些疤痕看着像是有人拿着烟头按在他的手臂上烫伤的。

他把胳膊扭过去，好让我看到另一侧。"以前我也常常'摔倒'，莉莉。"说完便把袖子放下来，不再说什么。

我一度想说事情不是阿特拉斯想的那样——我爸爸从来没有伤害过我，他只不过是想把我从他身上掙开。可紧接着我就意识到，我妈妈就是这样找借口的。

阿特拉斯猜到了我家里发生的事，这让我有些难为情。一路上，我一直看着窗外，不知道该和他说些什么。

到家时，妈妈的车已经在那儿了。当然，停在车道上。不在车库里。

这意味着阿特拉斯不能过来和我一起看你的节目了。我想说晚点给他拿毛毯，但他下车时，都没有和我说再见。他自顾自往前走，像是生气了。

现在天已经黑了，我正等着爸妈回房睡觉。等一下，我要给他送些毛毯。

——莉莉

亲爱的艾伦：

我简直昏了头了。

你有做过那些明知是错的,但又合理的事吗?我不知道怎么表达得简单些。

我是说,我才十五岁,确实不该让男生在我房里过夜。但是,如果你知道别人需要落脚的地方,那作为一个人不是有责任帮助他们吗?

昨晚爸妈睡后,我从后门溜出去,给阿特拉斯送毯子。天很黑,我拿着手电筒。雪依旧下得很大,走到那边时,我快冻僵了。我敲了敲后门,门一开,我便从他身边挤过去,躲避寒冷。

谁知……我没能躲开。不知怎的,在这旧房子里,我反而觉得更冷了。我仍旧握着手电筒,往客厅和厨房里探照着。这里面什么也没有,艾伦!

没有沙发,没有椅子,没有地毯。我把毛毯递给他,四下看着。厨房屋顶上有个大窟窿,风雪直往里灌。手电照到客厅时,我看见他的东西搁在一个角落里,他的背包,我给他的背包,还有一小堆我给他的其他东西,包括一些我爸爸的衣服。地板上铺着两条毛巾。我猜一条当垫子,一条当被子。

我吓坏了,用手捂着嘴巴。他就这样过了好几个星期!

阿特拉斯把手放在我背上,想送我出门。"你不该到这儿来,莉莉,"他说,"你会有麻烦的。"

我抓过他的手,说:"你也不该在这儿。"说着,就把他往外拉,但他挣开了我的手。我说:"今天晚上你可以在我房间的地板上睡。我把房门锁好。你不能睡这里,阿特拉斯。太冷了,你会得肺炎,会死的。"

他有点不知所措。我知道,想到如果他在我卧室里被发现,这同肺炎和死亡一样可怕。他回头看了看客厅的那个角落，点了点头，说："好吧。"

所以，告诉我，艾伦。昨晚我让他到我房间里睡，错了吗？我不觉得有错，反而觉得这是应做的事。但如果被发现，确实会有大麻烦。他睡在地板上，我只是给了他一个温暖的可以睡觉的地方，仅此而已。

昨晚，我对他的了解多了一些。我偷偷地从后门把他领进屋，带到我的房间后，我锁好门，在床旁边的地板上给他铺了一个地铺。我定了早上六点的闹钟，让他必须在我爸妈醒来前起床离开，有时我妈妈早上会叫我起床。

我爬到床上，趴在床沿上，这样说话的时候，我可以看着他。我问他会在那儿住多久，他说不知道。这才问到他怎么会沦落到那里。房里的灯还亮着，我们悄悄说话，可问到这个，他变得异常安静。他只是枕着手，盯着我。好一会儿，他才说："我不认识我的亲生父亲。我们没有过任何往来。一直以来，只有我妈妈和我。五年前，她再婚了，那个男人根本不喜欢我。我们常常吵架。几个月前，我十八岁时，我俩大吵了一架，他把我赶出了家门。"

他深吸了一口气，像是不肯再说下去。不一会儿，他接着说道："那以后，我一直住在一个朋友家里。但上个月他爸爸工作调动，他们搬去了科罗拉多，当然没办法带上我。我知道，他爸爸妈妈只是好心才收留我住在他们家，因此我告诉他们，我和我妈妈谈过了，会搬回家住。那天他们走后，我无处可去，只能回去。我和我妈妈说，我想搬回来，住到毕业。她不肯，说是怕惹恼我继父。"

他转过头，望着墙面。"于是我只好四处流浪了几天，直到发现了那座房子。我想先住那儿,等到事情有所好转,或是等到毕业。我报名参加了明年五月的海军陆战队,撑到那个时候就好了。"

还有六个月才到五月啊,艾伦,六个月!

他说完时,我的泪水在眼中打转。我问他为什么不找其他人帮忙。他说他试过,只是成人比儿童更难得到帮助,自己已经十八岁了。他说,有人给过他一些收容所的号码,说或许能帮到他。镇上方圆二十英里内共有三家,但两家是为受虐待妇女而开的;另一家倒是流浪儿收容所,只有几个床位,而且他如果想每天去上学,太远了。再者,每天得排很长的队,才有可能分到一个床位。他试过一次,还是觉得躲在那栋老房子里更安全。

面对这样的情况,我的想法仍旧天真得像个小女孩,我说:"那没有其他办法了吗?不能直接告诉学校辅导员吗?"

他摇摇头,说他已经过了领养的年龄。他满十八岁了,就算他妈妈不让他回家也不会有任何麻烦。他说自己上周打过领食品救济券的电话,但他没有去那里领取的路费。他没有车,也不好找工作。不过,他说他还在找。每天下午,从我家离开后,他就到处找工作,只是申请表上,他甚至没有可以填写的地址和电话,这也增加了他求职的难度。

我发誓,艾伦,我抛出的每一个问题,他都有现成的回答。他似乎已经尝试过所有办法,努力想改变现状,只是像他这种情况,可以寻求的帮助并不多。他的境况令我愤怒,我告诉他,他一定是疯了,才会想到参军。我不由得提高了嗓门,质问道:"这个国家任由你陷入这种境地,你竟然还要去为她效力?"

你知道他接下来说了什么吗,艾伦?他的眼里充满了悲伤,说:"我妈妈不在意我,并不是这个国家的错。"他说完,伸手关了我的台灯。"晚安,莉莉。"他说。

我没怎么睡。我太生气了,然而我甚至不知道我该生谁的气。我一直在想这个国家,这个世界,以及人与人之间不能多为彼此做些什么,这多么令人心寒啊。我不知道从什么时候开始,人人只想着自己。或许一直以来都是这样。我不禁想到,不知有多少人正像阿特拉斯一样。我想到,不知我们学校里还有没有其他无家可归的孩子。

每天去学校,我的内心总是不停地抱怨,我从来没有想过,学校或许是一些孩子唯一的家。这是阿特拉斯唯一可去、能拿到食物的地方。

如今,我再也无法尊敬富人了,他们宁可把钱花在物质享受上,也不愿用来帮助他人。

不要见怪,艾伦。我知道你很富有,但我想我指的不是像你一样的人。我看过你在脱口秀上为他人做的所有事,我也了解你赞助的所有慈善活动。但我也知道,世上许多富人都很自私。此外,该死,还有自私的穷人和中产阶级。看看我的父母就知道了。我们并不富裕,但绝不是穷到无法帮助他人。我从来没见过我爸爸为某个慈善机构做过任何事。

记得有一回,我们走进一家便利店,见一位老人在筹善款。我问爸爸,是不是可以给一些钱,他说不行,他的钱都是辛苦工作挣来的,他不肯让我白白送给别人。他说其他人不想工作,不是他的过错。接下来的时间里,他不停地和我说人们是怎么占政府便宜,如果政府不能停止给他们发放救济金,问题永远无法解决。

艾伦，我相信过他。三年来，我始终觉得无家可归的人之所以无家可归是因为他们懒惰、嗜毒，或是不肯像别人一样工作。现在我知道那不是真的。当然，在某种程度上，他说的确实不无道理，但他只看到了极端情况。并不是所有无家可归的人都是自作自受，他们只是寻求不到帮助。

而我爸爸这类人就是问题所在。他们非但不帮助他人，反而用最极端的情况来掩饰自己的自私与贪婪。

我不会变成那样的。我向你发誓，我长大后，一定尽我所能帮助他们。我会像你一样，艾伦，只是可能没那么富有。

——莉莉

第九章

我把日记本搁在胸前,惊讶地发现泪水滑过了我的脸颊。每次我拿起这本日记,都以为自己会好好的——毕竟过去那么久了,我不会再有当时的感觉了。

我太傻了。它让我渴望拥抱过去的那些人,特别是我妈妈。过去几年里,我从没有认真想过爸爸过世前她所经历的一切。我知道伤痛可能还在。

我拿起手机,刚想给她打电话,看到屏幕上显示着四条莱尔的未读短信。我的心猛地一颤。不敢相信,我竟然开了静音!但紧接着我翻了个白眼,恼怒自己不该这么激动。

莱尔:睡了吗?
莱尔:我猜你睡了。
莱尔:莉莉……
莱尔::(

那个哭脸是十分钟前发的。我点击回复,输入:"没呢。还没睡。"大约十秒后,我收到另一条信息。

莱尔：好的。我正在通往你家的楼梯上。二十秒后到。

我傻笑着跳下了床。跑到浴室，端详了一下自己的脸。很好。我跑到前门，一看见莱尔走上楼梯，就把门打开。他几乎是拖着身子走上最后一级台阶的，走到我门前时，他停下来喘了口气。他看上去很疲惫，眼睛红红的，眼下发黑。他搂着我的腰，把我拉到他身边，接着把脸埋进我的脖子里。

"你好香啊。"他说。

我把他拉进屋。"饿了吗？我给你做点吃的吧。"

他摇摇头，使劲脱下夹克。于是我越过厨房，径直朝卧室走去。他跟在我身后，随手把夹克衫丢在椅背上。他脱下鞋子，把它们踢到墙边。

他穿着外科手术服。

"你看起来累坏了。"我说。

他微笑着，把手搭在我的屁股上。"是啊。刚协助做完一场十八小时的手术。"他弯下腰，亲了一下我锁骨上的心形文身。

怪不得他累坏了。"这怎么可能呢？"我说，"十八小时？"

他点点头，把我拉到床边，让我躺在他身边。我们侧过身，面对彼此，枕着同一个枕头。"是啊，但很不可思议，史无前例。到时候医学杂志会刊登相关文章，会有我的署名，因此我不是在抱怨。我只是太累了。"

我凑上前，亲了一下他的嘴唇。他一手捧着我的头，往后靠了靠。"我知道，你或许迫不及待了，但我今天真的没有精力了。对不起,不过我很想你,不知道为什么,在你身边我睡得特别好。我可以留在这儿吗?"

我笑着说:"岂止可以。"

他倾身亲了亲我的额头。他握住我的手,把它放在枕头中间,他闭上了眼睛,但我一直睁着眼,端详着他。他长着一张让人不敢贪看的脸,因为你会迷失其中。我想到我可以一直看着这张脸,不用出于矜持而回避,因为他是我的。

或许。

毕竟我们还在试探期。我得时刻记着。

不一会儿,他松开我的手,活动了一下他的手指。我看着他的手,心想那是怎样一种体验呢……连续十八小时的站立,其间,保持着精细的动作技能一刻也不能松懈。我想不到有什么比这更累人的。

我溜下床,从浴室里拿来润肤露。我回到床上,盘着腿坐在他身边。我把润肤露挤在手上,拉过他的胳膊放在我大腿上。他睁开眼睛,望着我。

"你在做什么?"他咕哝着。

"嘘。接着睡吧。"我说。我用拇指按压着他的手掌,接着朝手指和手掌四周打圈涂抹开。他闭上眼睛,呻吟着把头埋进枕头里。给这只手按摩了五分钟后,我拉过他的另一只手。他一直闭着眼。按摩完他的双手,我让他翻个身趴在床上,骑在他背上。他配合着脱掉衬衫,但他的手臂无力得像根面条。

我按摩着他的肩膀和脖颈,后背和手臂。按摩完,我从他身上爬下来,躺在他身边。

我用手指梳开他的头发，按摩他的头皮，他睁开眼睛。"莉莉？"他真诚地看着我，低声说，"你或许是发生在我身上的最美好的事。"

这一字一句像一条温暖的毛毯包裹着我，我不知道该怎么回应。他伸出一只手，温柔地捧着我的脸，凝视的目光直透过我的肚子。他慢慢地凑过来，把嘴唇贴在我的唇上。我原以为只是轻轻一吻，他却没有后退。他的舌尖滑过我的双唇，轻柔地把它们分开。他的嘴那样温暖，越吻越深。我仿佛觉得这是我第一次被一个男人抚摸着。之前的几个都是小男孩，双手慌乱，嘴唇胆怯。莱尔则充满了自信。他十分清楚应该抚摸我哪里，或是怎样亲吻我。

他抬起头，看着我，眼里饱含着什么……我说不清。他把嘴唇压在我的唇上，说："你说得太对了。"

"什么？"

他缓缓抽出身，倒在自己的前臂上。"你提醒过我。你说我不会满足于和你的一次欢愉。你说你就像一剂毒品，只是没有告诉我，你是最令人上瘾的那种。"

第十章

"能问你个私人问题吗?"

艾丽莎点点头,她正给一束将要派送的花做最后的点缀。离正式开业还有三天,日子一天天忙碌起来。

"什么问题?"她问,面对着我。她倾身靠着收银台,抠起她的指甲。

"要是不想回答,你可以不回答。"我提醒她。

"呃,你要是不问,我怎么答呢?"

说得好。"你和马歇尔会给慈善机构捐款吗?"

她一脸困惑,说:"会啊。怎么啦?"

我耸耸肩。"只是好奇。不会因此对你有什么看法。只是最近想着或许应该办一个慈善机构。"

"什么样的?"她问,"我和马歇尔富裕后,给一些不同的慈善机构捐过款,但我最喜欢的是去年参与的一个,他们在其他国家建学校。单去年一年,我们就资助修建了三座新教学楼。"

我就知道自己喜欢她是有缘由的。

"当然,我没有那么多钱,不过还是想要做点什么。只是还不知道是什么。"

"先忙完最近的正式开业,到时你再开始考虑慈善问题。一步一个梦想,莉莉。"她绕过收银台,抓起垃圾桶。我看着她把装得满满的垃圾袋提出来,打好结。我不禁好奇,任何事情都有人负责的她究竟为什么会想要一份得亲手扔垃圾的工作呢。

"你为什么在这儿工作呢?"我问她。

她抬眼望了我一下,微微一笑。"因为我喜欢你呀。"她说。不过我留意到她转身,去往后门扔垃圾时,眼里全然没有了笑意。她回来时,我依旧观察着她,满是好奇。我又问了一遍。

"艾丽莎?你为什么在这儿工作呢?"

她放下手中的活儿,慢慢地吸了口气,仿佛考虑着要对我坦诚。她回到收银台,倚在边上,交叉着脚。

她低头看着自己的脚。"因为……我不能怀孕。我们尝试两年了,但毫无结果。我不想整天坐在家里,以泪洗面,因此决定找点事做,让头脑保持忙碌。"她直起身子,双手在牛仔裤上擦了擦,"而你,莉莉·布鲁姆,让我忙个不停。"说完,她便转身接着装点刚才那束花。已经拾掇了半小时了。她拿起一张卡片,塞进花束上的信封里,转身把花瓶递给我。"对了,这束是给你的。"

我从她手中接过花。"什么意思?"

她白了白眼,挥手让我进办公室。"在卡片上呢。自己看吧。"

见她那不耐烦的反应,我便知道花是莱尔送的。我咧嘴笑了笑,跑进办公室。在办公桌旁坐下,抽出卡片。

莉莉:

我正经历痛苦的"戒毒"过程。

——莱尔

我笑着把卡片塞回信封里。拿出手机,拍了一张我捧着花,吐着舌头的照片,发给莱尔。

我:我可提醒过你的。

他立马给我回信息。我紧张地看着界面上来回跳动的显示对方正在输入的圆点。

莱尔:需要再来一剂。我这边还有半小时就能结束。能带你去吃晚餐吗?
我:不行。我妈妈让我今晚陪她去一家新开的餐厅。她是个烦人的美食爱好者。:(
莱尔:我喜欢美食,也喜欢吃。你要带她去哪儿?
我:小市集边上一家叫比布的店。
莱尔:能多带一个人吗?

我盯着他的信息看了一会儿。他想见我妈妈?我们甚至还没有正式在一起呢。我是说……我不介意他要和我妈妈见面。她会喜欢他的。但他从绝不想要恋爱关系,到同意接受关系试探期,再到见家长,这一切转变都在五天之内?我的天哪。我还真是一剂毒品。

我:当然可以。半小时后在那儿见。

我出了办公室,走到艾丽莎跟前。把手机举到她面前。"他想见我妈妈。"

"谁?"

"莱尔。"

"我哥哥?"她说,和我一样惊讶。

我点点头。"你哥哥。我妈妈。"

她抓过我的手机,盯着短信内容。"哈,这太怪异了。"

我从她手中拿回手机。"感谢你投的信任票。"

她笑了,说:"你懂我的意思。我们说的可是莱尔啊。他自成为莱尔·金凯德以来,从来没见过别的女孩的家长。"

当然,听到她这么说,我很开心,但随即又不免担心,或许他这么做只是为了取悦我。又或许他违背自己的意愿做这些事,只是因为了解我想要一段恋爱关系。

不过,随后我笑得更开心了,不正应如此吗?为所爱的人牺牲,只求对方能够开心。

"你哥哥一定非常喜欢我。"我打趣地说道,看了一眼艾丽莎,想逗她笑,却看见她露出严肃的神色。

她点点头。"是啊。怕是真的如此。"她从收银台底下拿起她的包,说,"我得出去了。告诉我进展怎么样,好吗?"她绕过我,我目送着她朝门口走去,随后盯着门看了好长一段时间。

她似乎并不看好我和莱尔在一起,这令我苦恼。我不禁猜想,其间的情感纠葛,更多的是因为我,还是因为他。

• • •

二十分钟后，我把花店门口的挂牌翻到"休息中"一面。只需再过几天就能正式营业了。我锁上门，往停车场走去，见有人靠在我的车上，我立即停下脚步。好一会儿我才认出是他。他的脸朝着另一个方向，在接电话。

原以为他会在餐厅等我，不过也好。

按下解锁键，车喇叭鸣了两声，莱尔转过身来，看见是我，他随即咧着嘴笑了。"嗯，我同意，"他对着电话那头说，一手绕过我的肩膀，搂着我，在我额上吻了一下，"明天再谈，现在有要事。"

他挂了电话，将手机塞进口袋，开始吻我。这可不是一个简单的见面吻，而是"我一刻都无法停止想你"般的深吻。他的双臂环抱着我，把我抵在车上，不住地亲吻我，我不禁眩晕起来。抽身时，他低头望着我，眼里满是爱意。

"你知道你的哪里最让我疯狂吗？"他伸出手指，顺着我的笑意，摩挲着我的嘴唇，"这里，你的双唇。我喜欢它们的红润，好像你的头发，甚至都不用擦口红。"

我笑着亲了亲他的手指。"看来我得帮我妈妈提防着你，大家都说我们的嘴巴长得一模一样。"

他将手指压在我的唇上，严肃起来。"莉莉。求你……别……"

我笑了，打开车门。"我们要分坐两辆车吗？"

他替我把车门拉开些。"我下班打了个车过来的。我们一起坐你的车过去。"

• • •

我们到的时候我妈妈已经坐在餐厅里了。她背朝着门口,我领着莱尔往里走。

我一进门就被这家餐厅的装潢打动了。墙面温暖而自然的颜色,餐厅中央的巨树,无一不吸引着我的目光。那棵大树仿佛从餐厅地板上拔地而起,餐厅的整个布局设计似乎都围绕着那棵树。莱尔紧跟在我身后,一只手搂在我的后腰。一走到餐桌前,我便脱下我的夹克。"嘿,妈。"

她从手机上抬起头,说:"噢,嘿,宝贝。"她把手机塞回包里,手往周围挥了挥,"我已经爱上这儿了。看看这个灯光,"说着,她的手向上指指,"这些装饰,不正符合你对花园的想象嘛。"我在位子上坐下,她这才注意到莱尔正耐心地站在我边上。妈妈笑着对他说:"麻烦给我们倒两杯水吧。"

我看看莱尔,转而又望着妈妈。"妈,他是和我一起的,不是服务员。"

她不解地看着莱尔。他只是笑着伸出手:"无心之过,阿姨。我是莱尔·金凯德。"

她握住他的手,来回看了看我俩。莱尔松开她的手,坐到位子上。妈妈看起来有些紧张,这才说:"詹妮·布鲁姆。很高兴认识你。"她重新把注意力放在我身上,挑了下眉,问:"你的朋友吗,莉莉?"

难以置信,对这一刻,我竟毫无准备。到底该怎么介绍他呢?我的试用男友?不能说是男朋友,但也不算普通朋友。说是潜在男友又有些不合时宜。

莱尔注意到我的迟疑,一手放在我膝盖上,安慰地捏了捏。"我妹妹在莉莉那儿工作,"他说,"您见过她吗,叫艾丽莎?"

妈妈往前倾了倾身,说:"噢!对!当然。这么说来你俩长得还真像,"她说,"眼睛部分,我想。还有嘴巴。"

他点点头。"我们都随我妈妈。"

妈妈对着我笑了笑。"大家总说莉莉长得像我。"

"是啊,"他说,"一样的嘴巴。惊人相似。"莱尔在桌子底下捏了捏我的膝盖,我尽力忍住,不笑出声。"女士们,不好意思,我去下洗手间。"起身前,他凑上来,在我头上亲了一下,"如果服务员过来,我就要杯水。"

妈妈的目光一直尾随着莱尔离开,接着慢慢转过来看着我。她指着我,又指指我身边空着的座位。"我怎么从没有听你提过他?"

我微微一笑。"事情有些……其实不是……"我不知该怎么向我妈妈解释我俩目前的状态,"他很忙,我们在一起的时间也不多……很少。这也是我们第一次一起吃晚饭。"

妈妈挑了下眉。"真的?"她说着靠回位子上,"他看着不像。我是说,他和你在一起时那副真情流露的模样,可不像刚认识的样子。"

"我们不是刚认识,"我说,"距离第一次见面,都快一年了。相处有段时间了,只是没有约会。他工作很忙。"

"他在哪儿工作?"

"麻省总医院。"

她倾身向前,瞪大了双眼。"莉莉!"她压着嗓子道,"他是个医生？"

我忍住笑意，点点头。"神经外科医生。"

"女士们需要喝点什么吗？"一个服务员问。

"好啊，"我说，"我们要三杯……"

紧接着，我紧紧闭上了嘴巴。

我盯着这个服务员，他也紧盯着我。我的心提到了嗓子眼，记不得该说什么了。

"莉莉？"我妈妈说，她快速指了指服务员，"他问你喝什么。"

我摇摇头，结结巴巴地说："我要……呃……"

"三杯水。"我妈妈说，打断我支吾的话语。服务员许久才回过神来，铅笔在他的便笺本上轻轻敲打着。

"三杯水，"他说，"好的。"他转身离开，我望着他，只见他推门进厨房时，回头看了我一眼。

妈妈倾身说："你怎么回事？"

我指着身后。"那个服务员，"我说，摇着头，"他看着像极了……"

我正要说出"阿特拉斯·科里根"时，莱尔回到座位上。

他来回看了看我俩。"我错过了什么？"

我暗自咽了咽口水，摇了摇头。他肯定不是阿特拉斯。但那双眼睛、嘴巴……我知道好多年过去了，但我从来没有忘记他的样子，那人只可能是他。我知道是他，我也知道他也认出了我，目光相遇的那瞬间，他像丢了魂似的。

"莉莉？"莱尔说着，捏了捏我的手，"你还好吗？"

我点点头，挤出一个微笑，紧接着清了清嗓子。"噢，正说到你呢。"我说,瞥了我妈妈一眼,"这周莱尔协助完成了一个长达十八小时的手术。"

妈妈饶有兴味地凑上前。莱尔开始给她讲手术的事情。水送过来了,却换了个服务员。他问我们是否看了菜单,并推荐了主厨的特色菜。我们仨点了餐,我努力集中注意力,但目光不住往餐厅周围寻找阿特拉斯的身影。我需要重新振作起来。几分钟后,我凑近莱尔。"我需要去下洗手间。"

他起身让我出去,穿过餐厅时,我扫视着每一个服务员的脸。我推开门,走廊直直通往洗手间。只剩我一个人时,我靠在走廊的墙上,身体前倾,沉沉地呼了口气。回去前,我需要点时间振作精神。双手扶在前额上,我闭上了双眼。

这九年来,不知他都发生了些什么。九年了。

"莉莉?"

我抬眼一瞥,倒抽了口气。他站在走廊尽头,俨然一个来自过去的幽灵。我的目光不禁移到他脚上,以确保他没有飘浮在空中。

他没有。他是真实的,就站在我面前。

我依旧靠着墙,不知该对他说些什么。"阿特拉斯?"

一说出他的名字,他快速松了口气,向前迈了三大步。我发现自己也不禁朝他走去。我们站在走廊中央,拥抱着彼此。"真该死。"他说,紧紧地抱着我。

我点点头。"是啊,真该死。"

他把手搭在我肩上,向后退了一步,看着我。"你一点儿都没变。"

我用手捂着嘴,惊魂未定,上下打量着他。还是那张脸,只是再不是我记忆中瘦弱的少年了。"我可不能这么说你。"

他低头看看自己,笑了。"是啊,"他说,"八年军旅生涯,是会改变一个人的。"

我俩都还处于惊讶中,之后便没再说什么,只是一直难以置信地摇着头。他笑了,我也跟着笑起来。末了,他松开我的肩,双手交叉在胸前。"你怎么来波士顿了?"他问。

我很庆幸,他说得那样不经意。或许他早就不记得多年前我们关于波士顿的对话,倒免了我不少尴尬。

"我住这儿,"我说,尽量让自己的回答听起来像他的问题一样随意,"在公园广场那边开了家花店。"

他会意地笑了笑,仿佛并不惊讶。我瞥了眼门,知道自己该回去了。他留意到了,往后退了一步。他凝视着我的双眼,氛围安静了下来,异常安静。纵有千言万语,但我俩都不知该从何说起。不一会儿,他眼中没有了笑意,示意着门的方向。"你大概得回到同伴身边了,"他说,"我有空就去拜访,刚才说是公园广场,对吧?"

我点点头。

他也点点头。

门猛地开了,进来一位女士,抱着个学步的孩子。她从中间穿过,我们间的距离更远了。我朝门口迈了一步,他站在原地。走出去前,我回头朝他笑了笑。"很高兴再见到你,阿特拉斯。"

他微微一笑,笑意却未到眼上。"是啊,我也是,莉莉。"

• • •

余下吃饭的时间里,我几乎没怎么说话。我不知道莱尔或是我妈妈有没有注意到,她不住地向他抛了一个又一个问题。他一一对答,自信得像个冠军。不论哪一方面,他都很讨妈妈喜欢。

意外撞见阿特拉斯,令我的心绪大起波澜,但晚饭快结束时,莱尔又让我平静下来。

妈妈用餐巾擦了擦嘴,指着我说:"新晋最爱的餐厅,简直不可思议。"

莱尔点点头。"同意。我得带艾丽莎过来。她也喜欢尝试新餐厅。"

食物的确很可口,只是我不希望他们中任何一个再来。"还行吧。"我说。

付钱的无疑是莱尔,随后我们坚持送妈妈到她停车的地方。只消看一眼她自豪的神色,我便知道今晚她一定会给我打电话。

她走后,莱尔陪我走到我的车边上。

"我叫了车,这样你就不用绕路送我回去了。我们大概还有……"他低头看了眼手机,"一分半钟可以亲热一下。"

我笑了。他环抱着我,亲吻我的脖子和脸颊。"我很想去你家,但明早有个手术,我想我的病人可不希望前一天晚上我把精力都花在了你身上。"

我回吻着他,对他不能过来感到失落的同时,却又有一丝宽慰。"几天后就正式开业了。我也得好好睡。"

"多久才能再有空?"他问。

"很久。你呢?"

"很久。"

我摇了摇头。"完了。我们之间隔了太多的雄心和抱负。"

"这意味着我俩要到八十岁才能度蜜月了。"他说,"正式开业那天我一定来,到时我们四个可以一起出去庆祝下。"一辆车停在他身后,他捋了捋我的头发,捧着我的脸,和我吻别,"对了,你妈妈非常好。谢谢让我一起吃晚餐。"

他向后退着,钻进车里。我望着车开离停车场。

我对这个男人充满了好感。

我微笑着转向我的车,却一眼看到了阿特拉斯,我一手捧着胸口,倒抽了一口气。

只见他站在我车尾。

"抱歉。不是有意吓你。"

我深呼了口气。"不过,确实吓到我了。"我倚着车,阿特拉斯站在原地,离我三英尺远。

他望着街道那头。"所以……那走运的家伙是谁?"

"他是……"我支吾着。这太怪异了。我的胸口很堵,胃里翻腾着,不知是亲吻莱尔留下的悸动,还是惊于阿特拉斯的出现。"他叫莱尔。大约是一年前认识的。"

刚说完我们认识多久,我立刻就后悔了。听起来仿佛莱尔和我已经在一起那么久了,而实际上我们甚至没有正式约会。"那么你呢?结婚了?有女朋友了?"

我不知道,自己这么问只是为了继续他开始的话题,还是发自内心的好奇。

"实际上,我有女朋友了。她叫凯西。我们在一起差不多一年了。"

心痛。我想我心痛了。一年?我一手捂着胸口,点了点头。"挺好的。你看起来很幸福。"

他看起来真的幸福吗?我不得而知。

"是啊。好吧……真的很高兴见到你,莉莉。"他刚想转身离开,却又回过头来面对着我,双手插在裤子后袋里,"我想说……有点希望这一切可以发生在一年以前。"

我皱着眉,努力不去细想他的话。他转身,走回餐厅。

忙乱中我翻出钥匙,按下按钮,开了车钻进去,拉上门,紧紧握着方向盘。不知为何,一大颗眼泪滚下我的脸颊。一大颗悲哀的、温湿的、不知所以的泪水。我赶紧擦去,启动汽车。

我没有想到,再见到他会让我这么难过。

不过这是好事,总是有缘由的。我要交给莱尔的必须是一颗愈合的心,之前我可能做不到。

这是好事。

只是,我哭了。

不过很快就会好了。治愈旧伤,长出一层新的皮肤,不过是人性使然。

到此为止吧。

第十一章

我蜷在床上,盯着日记本。

快看完了,所剩不多。

我拾起本子,放在枕头上。

"我不会再看了。"我喃喃着。

毕竟,如果看完,我会崩溃的。今晚与阿特拉斯重逢,得知他有一个女朋友,一份工作,或许还有一个家,给我青春的篇章画上了一个完满的句号。不过,要是索性看完这些该死的日记,我就可以把它封在鞋盒里,再也不打开。

我最终把它拾起,平躺下来。"艾伦·德杰尼勒斯,你这坏女人。"

亲爱的艾伦:

"只管一直游下去。"

记得这句话吗,艾伦?这是《海底总动员》里多莉对玛林说的话。

"只管游吧,一直游,一直游下去。"

我不是特别喜欢卡通片,却十分中意这一部。我喜欢逗人发笑又发人深省的卡通作品。今天过后,我想《海底总动员》便是我最爱的卡通片。最近,我总有一种被吞没的感觉,有时人们需要一个提醒,告诉你只管一直游下去。

阿特拉斯病倒了。病得非常重。

接连几个晚上,他都悄悄溜进我窗户,睡在地板上,但昨晚,我一见他,便觉得他不对劲。昨儿是个周天,从周六晚上起,我便没见过他,现在他看起来糟透了,眼里布满血丝,肤色惨白,这么冷的天里,他的头发上竟全是汗。甚至无须多问他是否还好,我知道他不好。我用手探了一下他的额头,太烫了,慌得我只想喊妈妈。

他说:"我会没事的,莉莉。"说着便开始在地板上铺地铺。我让他在那儿等着,跑到厨房给他倒了杯水,并在橱柜里找了点药。是一些治疗流感的药,我甚至不知道他是不是流感,但还是让他吃了。

他躺在地板上,缩成一团,大约半小时后,说:"莉莉?我想我需要一个垃圾桶。"

我从床上跳起来,抓过书桌底下的垃圾桶,蹲在他面前。我一放下垃圾桶,他便扑在上面,吐了起来。

天哪,我感到很难过。他病得这么重,没有浴室,没有床,没有家,没有妈妈,只有我,而我甚至不知能为他做什么。

吐完后,我给他喝了点水,让他睡到床上去。他不同意,但我不由他。我把垃圾桶放在床旁边的地板上,让他挪到床上。

他烧得厉害,不停发抖,我不放心他睡在地上。我在他身边躺下,接下来的六小时里,每隔一小时,他都恶心想吐。我不停地将垃圾桶拿到卫生间里倒掉。不骗你,很恶心。那是我度过的最恶心的一晚,不过我别无选择。他需要我的帮助,而他仅有我了。

今早到了他该离开的时间,我告诉他先回那座旧房子,上学前我会过去看他。我不禁惊讶他竟还有力气爬出窗户。我留垃圾桶在床边,等着妈妈来叫我起床。她过来时,看到垃圾桶,立刻用手摸着我的额头。"莉莉,你还好吧?"

我哼哼着,摇了摇头。"不好。一整夜都恶心想吐。我想现在好些了,但我整晚没睡。"

她拎起垃圾桶,让我别起来,她会打电话通知学校我今天不去了。她去上班后,我过去接回阿特拉斯,告诉他今天一整天他都可以和我一起待在家里。他依旧病得很重,我让他在我房里睡着。大约每隔半小时过去看他一次,终于到了午饭时间他不再呕吐。他去冲了个澡,随后我给他炖了点汤。

他累得连吃东西的气力都没有。我拿了条毛毯,我俩在沙发上坐好,一起裹着。不知从何时起,和他依偎在一起不再让我觉得不自在,反而感觉很好。过了几分钟,他稍稍靠过来,嘴唇在我的锁骨上贴了下,就在我的肩膀与脖子之间。只是飞快的一个吻,我想他并非出于浪漫,更像是为表感谢的一个无言的举动,然而这却让我心乱如麻。此刻已过了几小时,我依旧不住地用手指摩挲着那个位置,我依然能感觉到。

我知道那或许是他一生中最糟糕的日子,艾伦。然而那却是我最爱的一天。

我非常过意不去。

我们一起看《海底总动员》,看到玛林因寻找尼莫而大为沮丧时，多莉对他说："当生活击倒你时，想知道你该怎么做吗？……只管一直游下去。只管游吧。只管游吧，一直游，一直游下去。"

多莉说到这里时，阿特拉斯抓过我的手。不像男朋友拉着女朋友的手那样，他捏着我的手，仿佛在说，那说的就是我们。他就是玛林，我是多莉，我正鼓励他游下去。

"只管一直游下去。"我在他耳边喃喃着。

——莉莉

亲爱的艾伦：

我很害怕，怕极了。

我很喜欢他。在一起时，脑海里全是他；分开时，又不住地挂念他。我的生活开始围着他转，我知道，这不好。但我控制不了，我不知道该怎么办，而他或许要离开了。

昨天看完《海底总动员》他先回去了，晚上我爸妈上床后，他又从我窗子爬进来。前天他病了我才让他睡到我床上，我也知道自己不该那么做，但昨晚睡前我把他的毯子丢进洗衣机里了。他问起他的地铺，我说他还得和我一起睡床上，我想洗一下他的毛毯，洗干净了他才不会又生病。

有那么一会儿，他像是要钻出窗子回去。不过随后他关上窗，脱了鞋，和我一起爬到床上。

他痊愈了，但他躺下时，我觉得或许我病了，胃里一阵搅动。然而我没病，胃里的搅动不过是因为他离我那样近。

我们面对面躺在床上，他说："你什么时候十六岁？"

"再有两个月。"我小声嘀咕着。我们就这样凝望着彼此，我的心跳越来越快。"你什么时候十九岁?"我问,试图找话聊,以防他听到我重重的呼吸声。

"得到十月份。"他说。

我点点头。不知他为什么好奇我的年龄,我不禁想知道他对十五岁有什么看法。他把我当成小孩子看待吗?像个小妹妹?我都快十六岁了,年龄相差两岁半也没那么糟糕吧?或许一个十五岁,另一个十八岁,这差距有点大。不过等我到了十六岁,就不会有人在意两岁半的年龄差了。

"我得和你说个事。"他说。

我屏住呼吸,不清楚他会说些什么。

"今天我联系上了我舅舅。以前,我妈妈带着我和他一起住在波士顿。他说等他出差回来,我就可以搬去和他一起住。"

这一刻,我本该为他感到高兴,本该微笑着祝贺他,而我却只感觉到我这个年纪的种种不成熟。我闭上眼睛,为自己感到羞愧。

"你会去吗?"我问。

他耸耸肩。"我不知道。想先和你聊一聊。"

他躺得离我这样近,我都能感觉到他温暖的气息。我还闻到了薄荷的香气,不禁想着来之前,他是否用瓶装水刷了牙。每天我都让他带很多水回去。

我伸出手,开始拔枕头上一根露出的羽毛。我将它整根拔出,在指间摆弄着。"我不知道该怎么说,阿特拉斯。你找到地方住,我很高兴。那上学呢?"

"我可以在那边继续念完。"他说。

我点点头。听起来他似乎已经下定了决心。"你什么时候走?"

不知波士顿有多远。或许只有几小时车程，但如果没有车，便像隔了一个世界。

"我还不确定要不要离开。"

我把羽毛放回枕头上，手缩回身边。"为什么不呢？你舅舅给你提供了住的地方。不是很好吗？"

他绷紧嘴唇，点了点头。随后他捡起我刚刚摆弄着的羽毛，用手指揉捻着。他把它放回枕头上，随着做了件出乎我意料的事。他伸过手指，抚摸着我的嘴唇。

天哪，艾伦。彼时彼刻，我觉得自己快死了。我的身体从未像那刻一样有那么深的触动。他的手指停留了几秒钟，接着说："谢谢你，莉莉。一切的一切。"他将手指从我的嘴唇上移开，捋过我的头发，随后倾身上前，亲吻着我额头。我的呼吸骤然急促，不得不张开嘴，以吸进更多空气。我能看见他胸口像我一样剧烈起伏。他看着我，我觉察到他的目光移动到我的嘴巴上。"有人吻过你吗，莉莉？"

我摇摇头，抬起脸，凑近他，我需要他在此时此地改变这个现状，不然我无法呼吸。

接着，他将嘴巴向下移动到我的嘴上，就那么停在上面，仿佛我是蛋壳做的一般……

我们不再谈论波士顿。

我依旧不知道他是否会离开。

——莉莉

• • •

亲爱的艾伦：

需要向你道个歉。

已经一周没给你写信，也一周没看你的节目了。别担心，我录下来了，因此你的收视率不会受影响，只是每天下了公交，阿特拉斯都和我在一起。

每一天。

这太棒了。

不知他身上有什么魔力，和他在一起，我觉得很舒服。他那样细心体贴，从不会做让我感到不舒服的事，也从未试图做过。

我不确定该向你透露多少，毕竟我们从未见过面。不，无论如何，我都无法理解，如此喜欢一个人时，怎么能日复一日地照常生活呢？要是我说啊，我们愿日日夜夜地在一起，什么都不干。他会讲有趣的故事。我爱他健谈的样子，他话不多，但他会手舞足蹈。他也爱笑，而我爱他的笑容胜过他的亲吻。而有时我索性让他不要说话，不要笑，不要吻我，我好静静地看着他。我喜欢凝视他的双眼，那样湛蓝，即便站在房间的另一头，你也能看出他的眼睛是那样蓝。亲吻时他唯一令我不喜的便是他会闭上眼睛。

噢，还没有——我们还是没有谈论波士顿。

——莉莉

亲爱的艾伦：

昨天下午在公交车上，凯蒂坐在我们后排的椅子上，阿特拉斯靠过来的时候，我听见她说了句："真恶心。"

她正和身边的女生说话："真不敢相信莉莉竟然让他碰她。他几乎每天都穿着同一套衣服。"

艾伦，我太生气了，同时也为阿特拉斯感到难过。他抽开身，我看得出凯蒂的话令他不安。她怎么能对一个自己一无所知的人指指点点呢，我转身冲着她大喊，但阿特拉斯抓住我的手，摇了摇头。

"不要这样，莉莉。"他说。

我不再发作。

但在车上余下的时间里，我依旧很愤怒。我愤怒，因为凯蒂不惜说些无知的话去伤害那些她认为不如自己的人。我也很难过，因为阿特拉斯似乎对此习以为常。

我不希望他觉得我是因为他人看到我们亲昵而尴尬。我比他们任何人都了解他，不论他穿得怎样，或是在我家洗澡之前身上有怪味，我都知道他是个很好的人。

我探过身，在他脸颊上亲了一下，靠在他的肩膀上。

"你知道吗？"我对他说。

他把手指滑过我的指间，捏着我的手。"什么？"

"你是我最喜欢的人。"

我感觉到他笑了一下，这让我欣慰。

"多少人里面？"他问。

"所有人。"

他亲了下我的头，说："你也是我最喜欢的人，莉莉，绝对是。"

公交车到站了,下车时,他没有松开我的手。他走在过道前边,我跟在他身后,他没有看到我转身对着凯蒂竖了个中指。

或许我不该那么做,但她的表情说着:活该。

到了我家门口,他从我手中接过我家钥匙,开了前门。见他如今在我家里这么熟络,我不免有些奇怪。他走进来,锁上门,我们这才注意到家里停电了。我望着窗外,见街边停着一辆维修卡车,正在抢修电路,这意味着我们看不了你的脱口秀了。不过我倒不那么心烦,或许这样我们就可以独处一个半小时啦。

"你家的烤箱用天然气还是用电?"

"天然气。"我说,对他的问题不免有些困惑。

他脱掉鞋子(是一双我爸爸的旧鞋),朝厨房走去。"我给你做点吃的。"他说。

"你会做饭?"

他打开冰箱,挑选里面的食材。

"没错。我喜欢做饭,或许就像你喜欢种东西一样。"

他从冰箱拿出几样东西,预热烤箱。我倚在灶台上,看着他。他甚至不用参考食谱。只见他把东西倒进碗里,开始搅拌,甚至不需要量杯。

我从未见我爸爸在厨房里帮过忙,哪怕举手之劳。我很肯定,他甚至不知道怎么预热家里的烤箱。我曾以为绝大多数男人都是这样,不过看着阿特拉斯在厨房里忙活的样子,我知道我错了。

"你要做什么?"我问他。我用手撑着跳到料理台上坐着。

"曲奇。"他说。他端着碗向我走来,用勺子舀起碗里的曲奇拌料,送到我嘴里,我尝了一口。曲奇饼简直就是我的软肋,而这是我吃过的最美味的。

"哇。"我说,舔着嘴唇。

他不禁笑了,我的心彻底融化了。一个快乐的阿特拉斯令我心旌摇曳,我愿去寻找这世界上他喜欢的每一样东西,全都送给他。

我在想,我爱他吗?我之前从未有过男朋友,因而我在情感上无法比较。事实上,在遇到阿特拉斯之前,我从未真正想过去拥有一段恋情。我所成长的家里,找不到一个男人应当怎么对待他所爱的人的好例子,因而每当涉及恋爱和他人,我总自然而然地抱着一种病态的不信任。

很多时候我都怀疑自己是否能够去相信一个男人。我对男人的厌恶多半来自我的父亲,他是我唯一的参考。和阿特拉斯相处的这些日子改变着我,虽然变化不大,因为我还是不相信大多数人,不过阿特拉斯足以让我相信,或许他是一个例外。

他端起碗,走到对面灶台,把面糊舀到两个曲奇烤盘上。

"想知道使用燃气烤箱烘焙的窍门是什么吗?"他问。

此前我从不关心烹饪,不知怎的,他让我想知道他所知道的一切事情。或许是因为他说起这些时,是那样开心。

"燃气烤箱有过热点,"他说着,打开烤箱门,把烤盘放进去,"得十分小心,转动烤盘,这样才能均匀受热。"他关上门,摘下隔热手套,丢在灶台上,"用比萨重石也可以。即使不烤比萨,把石头放在烤箱里,也有助于降低过热点。"

他朝我走来,双手搭在我两边,吻了吻我的肩。

突然传来汽车开上车道,紧接着车库门打开的声音。我跳下料理台,慌乱地朝厨房四周张望。他的手捧着我的脸颊,让我看着他。

"看着点曲奇,再有二十分钟就烤好了。"他放开我,冲到客厅抓起他的背包。他跑出后门时,我正好听见爸爸的汽车引擎声停了下来。

他从车库进到厨房时,我正收拾着各种烘焙原料。他四下看看,见烤箱的灯亮着。

"你在做菜吗?"他问。

我点点头,我的心跳得那样快,害怕张口回答时,他会听见我声音里的颤抖。对着灶台上一处一尘不染的角落擦了一会儿,我清了清嗓子,说:"曲奇,我在烤曲奇。"

他把公文包放在厨房桌子上,走到冰箱旁,拿出一瓶啤酒。

"停电了,"我说,"有些无聊,等待期间决定烤点曲奇。"

爸爸在桌旁坐下,接下来的十分钟里,一直问我学校里的情况,以及我有没有想过上大学。只有我俩的时候,我偶尔也能感受到那稀松平常的父女关系:和他坐在厨房桌旁,谈论大学、择业和高中。尽管多数时候我那样恨他,却依旧憧憬能多点这样的时刻。如果他一直是这些时刻里的样子,一切都会非常不同——对我们所有人来说。

我像阿特拉斯说的那样转动曲奇烤盘,时间到了,把它们从烤箱里拿出来。我拿起一块曲奇,递给我爸爸。对他这么友善,我十分不情愿,感觉仿佛浪费了一块阿特拉斯的饼干。

"哇,"爸爸说,"太好吃了,莉莉。"

虽然不是我做的,我还是勉强说了句谢谢,毕竟我不能说实话。

"要带到学校里的,所以你只能吃一块。"我撒谎道。等到剩下的曲奇凉了,我把它们装进保鲜盒,带到房里。我不想在阿特拉斯不在的时候吃,便一直等到晚上他过来。

"你该趁热吃一个,"阿特拉斯说,"那是最好吃的时候。"

"但我想和你一起吃。"我说。我们靠着墙坐在床上,吃了半盒曲奇。我告诉他很好吃,却没有说那是我吃过的最棒的曲奇。我不想让他太得意,我喜欢他谦虚的样子。

我想再拿一块,但他把保鲜盒端走,合上了盖子。"吃太多你会腻的,到时你就不再喜欢我做的曲奇了。"

我笑了。"怎么可能。"

他喝了点水,接着站起来,面对着床。"我给你做了点东西。"他说着,手伸进口袋里。

"更多的曲奇?"我问。

他微笑着摇摇头,伸出一只握着拳的手。我抬起手,他把一个硬邦邦的东西放在我掌心。一个木刻的扁平的爱心,小小的,大概两英寸长。

我用拇指在上面摩挲着,努力不让自己笑得太灿烂。心形不十分规整,却也不像手绘的形状。表面有些不平,中间挖空。

"你做的吗?"我问,抬头望着他。

他点点头。"用那座旧房子里找到的一把削刀雕的。"

爱心不是闭合的,两端微微朝里弯曲,在顶部开了个小口。我甚至不知该说些什么。他坐回床上,而我的目光无法从爱心上抽离片刻,甚至没能对他说声谢谢。

"我用一根树枝雕的,"他低声说,"就是你后院里那棵橡树的树枝。"

我发誓，艾伦，我从未想过自己会如此喜欢一样东西。或许我的喜欢并非缘于礼物本身，而是缘于他。我握紧这颗爱心，倾上前，用力地拥抱他。

"要知道有这奖励，我真该用那棵橡树给你雕刻一座房子。"他喃喃着。

我笑了。"不要这么完美，"我说，"你已经是我最喜欢的人了，这样下去，对他人多不公平呀，他们无论如何都比不上你了。"

他一手托着我的头，将我转过来仰卧着。"那我的阴谋就得逞了。"

我一直攥着那颗爱心，想要相信它只是个没有特殊原因的礼物，却又不由得害怕这是他去波士顿前给我的留念。

我不想回忆他。如果只能回忆，那意味着他不再是我生活的一部分。

我不想他搬去波士顿，艾伦。我知道自己很自私，也知道他不能一直住在那破房子里。那些我所害怕的事，我不知道哪一件会成真，是眼睁睁看着他离开，还是自私地求他留下来。

我知道我们该好好谈谈。今晚他过来时，我会问他波士顿的事。之所以不想昨晚问，是不想破坏那么完美的一天。

——莉莉

亲爱的艾伦：

只管一直游下去。只管一直游下去。

他要搬去波士顿了。

我真的不想谈论这件事。

——莉莉

亲爱的艾伦：

这回我妈妈可瞒不下去了。

我爸爸每回打她，都会有意识地不在显眼的地方留下伤痕。他可不想市里的人发现他对她做了什么。我见过他踢她或是掐她、打她的背和肚子，扯她的头发。有那么一两次他打了她的脸，不过总是扇一巴掌，印记不久就消了。

但我从未见过他昨晚的恶行。

他们回家时，已经很晚了。那是个周末，他和妈妈一起参加了某个社区活动。爸爸开了家房地产公司，还是市长，因此他们常常出席一些公共活动，例如参加慈善晚宴。很讽刺的是，他讨厌慈善活动。我猜他不过是为了面子。

他们到家时，阿特拉斯已经在我房里了。他们一走进前门，我便听见吵架的声音。谈话的许多内容都模糊不可辨，不过听来大致是爸爸指责妈妈和某个男的调情。

我很了解妈妈，艾伦，她才不会干这种事。顶多是某个男人多看了她几眼，我爸爸嫉妒了。因为我妈妈很漂亮。

我听见他骂她是个荡妇，接着开始有打斗声传来。我刚要爬下床，阿特拉斯把我拉住，让我不要去，说我可能会受伤。我告诉他偶尔会奏效，我走过去时，我爸爸会有所退让。

阿特拉斯试图阻拦，不过最终我还是爬下床，走进客厅。

艾伦。

我当场……

他正压在她身上。

他们在沙发上,他一只手扼着她的脖子,另一只手却把她裙子使劲往上拉。她竭力挣扎,而我僵在那里,不知所措。她不停地求他,他对着她的脸猛地一击,让她闭嘴。我永远不会忘记他所说的。"你想要关注?我他妈的给你关注。"这时她僵住了,不再反抗。我听见她的哭声,听见她说:"求你小声点。莉莉在呢。"

她竟然说,"求你小声点"——强奸我的时候,请你小声点,亲爱的。

艾伦,我从不知道一个人内心能激起如此深的恨意。我说的不是我爸爸,而是我自己。

我径直走进厨房,打开一个抽屉,抓起我能找到的最大的刀,我……我不知道该怎么解释,仿佛我已不是自己。我手里攥着刀,穿过厨房,我知道自己不会用它,我只是需要比自己强大的东西来把他吓走。但我一走出厨房,突然有两只手圈住我的腰,从后面把我抱起。刀掉在地上,我爸爸浑然不觉,但妈妈听到了。阿特拉斯把我拖回房间时,我一直盯着她的双眼。回到房里,我不住地捶打他的胸口,挣扎着要回到妈妈那儿。我哭喊着,竭尽所能要挣开他,但他半步不肯让开。

他只管抱着我,说:"莉莉,冷静一点。"他反复说着这句话,拖住我,过了很久,我明白他不会让我出去的。他不会让我碰那把刀的。

他走到床边,拿起他的夹克,开始穿鞋。"到隔壁去,"他说,"我们报警。"

报警。

从前妈妈曾警告我不要报警。她说这样可能危及爸爸的事业。不过说真的,我一点都不在乎这一点。我不在乎他是市长,不在乎那些敬爱他的人还不了解他可怕的一面。我只想帮助我妈妈,因此我穿上外套,到衣帽间里找出门的鞋子。当我从衣帽间里出来时,阿特拉斯正盯着我卧室的门。

门开了。

我妈妈走了进来,快速关上门,锁好。我永远不会忘记她当时的样子,嘴唇上滴着血,眼睛已经开始肿了,肩上散落了一簇头发。她先是看看阿特拉斯,又看着我。

她抓到一个男生在我房里,而此时我却没时间感到害怕。我一点都不在乎,只是担心她。我走过去,握住她的手,把她带到床边。我弹落掉在她肩上的发,拂去她额前的乱发。

"他正要去报警,妈妈。可以吗?"

她的眼睛瞪得大大的,不住地摇头。"不行,"她说,她望着阿特拉斯说,"你不能去。不行。"

他正欲从窗户离开,这会儿停了下来,看着我。

"他喝醉了,莉莉,"她说,"他听见你的关门声,便回房间了。他止住了。报警只会更糟,相信我。只消让他睡一觉,明天就会好的。"

我使劲摇着头,泪水刺痛着我的双眼。"妈,他刚刚企图强暴你!"

听到这句话,她别过头,面部扭曲着。她再次摇了摇头,说:"不是这样的,莉莉。我们结婚了,有时婚姻只是……你还小,不会明白的。"

突然一片死寂,随即我说:"希望我永远都不明白!"

她哭了起来。她捂着脸抽泣,我只能抱着她,和她一起哭。我从未见她这样烦乱,这样难过,这样害怕。我的心也碎了,艾伦。

我被击垮了。

她哭过后,我四下望了望,阿特拉斯已经离开了。我们走到厨房,我帮她擦洗嘴唇和眼睛上的伤。对阿特拉斯在我房里这件事,她没有说什么,一句话都没说。我等着她将我禁足,但她没有。我意识到,或许她只是装作没看见。她总是这样,将伤害她的事掩藏好,不再提起。

——莉莉

亲爱的艾伦:

我想现在可以同你说说波士顿了。

他今天走了。

我一遍一遍地洗着我的扑克牌,双手都生疼了。我担心如果不把我的想法写下来,我会憋疯的。

昨晚不尽如人意。一开始的亲吻因我俩的难过而未能投入。他告诉我,他改变主意不走了,这是两天里他第二次这样说。他说不想留我一人在这个家。而我已经和这样的父母一起生活了将近十六年。仅仅为了我,而放弃一个家,继续无家可归,太愚蠢了。我们都知道,只是免不了还是难过。

为了尽量使自己好受些,我们躺着时,我便让他给我说说波士顿。我告诉他或许哪天我毕业了,也可以去那儿。

他说起波士顿时,我注意到他的眼神。我从未见过他这个眼神,仿佛他在谈论天堂。他告诉我,在那儿,每个人的口音都那样动人,他们说话从不卷舌。他一定不知道,有时他也会省略卷舌音。他说从九岁到十四岁他都在波士顿,怪不得他也有点那边的口音。

他说起舅舅家的公寓楼,那里的屋顶露台非常酷。

"很多公寓楼都有露台,"他说,"有些甚至还有游泳池。"

而在这儿,缅因州的普勒赫拉市,甚至找不到配有屋顶露台的高楼。不知在那样高的地方会是什么感觉。我问他有没有上去过,他说有。小时候,他偶尔会到屋顶上去,俯瞰底下的城市,就那样坐着,思索着。

他还说了那儿的食物。我知道他喜欢烹饪,却不知他有如此浓厚的热情。我料想是因为他没有灶台也没有厨房,除了给我烤的曲奇,之前从不谈论烹饪。

他提及那儿的港口,他妈妈再婚前常常带他去钓鱼。"我是说,或许波士顿和其他大城市没有太大区别,"他说,"也不是特别出众。只是……不知道怎么说。那儿有一种氛围,一种非常棒的活力。人们说起自己住在波士顿时,总是很自豪。有时很令人怀念。"

我捋着他的头发,说:"不过你说得它仿佛这个世界上最好的地方。仿佛波士顿的所有东西都更好。"

他看着我,眼里充满了悲伤,说:"在波士顿,几乎所有东西都更好一些。除了女孩。波士顿没有你。"

我脸红了。他温柔地亲吻我,我说:"波士顿只是暂时没有我。总有一天我会搬到那儿去,然后找到你。"

他让我承诺，说如果我也搬到波士顿，才真的是一切都更好，那将是这个世界上最好的城市。

我们还做了些事情，只是不想说出来让你觉得无聊。虽然这并不是说这些事情本身很无聊。

一点儿也不。

到了今天早上，我不得不向他道别。他抱着我，不停地吻我，我害怕他一放手，我就会死掉。

然而我没有死去。他放手了，我依旧好好的。依然活着，依旧呼吸着。

只是更加勇敢了。

——莉莉

我翻到下一页，随后猛地把本子合上。只剩一篇了，然而此时此刻我不是很想看。或许永远都不想。我把日记本放回衣柜里，知道我和阿特拉斯的这一篇章结束了。他现在很幸福。

我也很幸福。

时间无疑可以治愈所有伤口。

至少是大多数伤口。

我关上灯，拿起手机，给它充上电。有两条莱尔的未读信息，一条妈妈的。

莱尔：嘿。赤裸的真相来啦，三……二……

莱尔：我曾担心，恋爱关系会加重我的负担，因此一直都在逃避。我已是自顾不暇，看到我父母的婚姻给他们造成的压力，又看到一些朋友失败的婚姻,让我对类似的东西避而远之。不过今晚过后,我意识到或许是很多人都用错了方法。因为我们之间的种种一点都不是负担,反而像是一个奖励。不知我何德何能,能够拥有它。

我把手机贴在胸前,满脸笑容。接着将这条短信截屏,我想永远保存着。我点开第三条短信。

妈:他是个医生,莉莉?你还有自己的事业?你是我的骄傲!

这条短信,我也截了屏。

第十二章

"你对那些可怜的花儿做了什么?"艾丽莎在我身后问。

我将另一片银色垫圈夹紧,套入花枝。"蒸汽朋克。"

我俩不约而同退后一步,欣赏着这束花。至少……我希望她是带着欣赏的目光看的。成品比我预期的要好。我先是用花艺浸染颜料将一些白玫瑰染成深紫色,接着用各种各样的蒸汽朋克元素装饰花枝,如套上金属垫片和齿轮,甚至还用强力胶把一个小闹钟粘在扎花的棕色皮带上。

"蒸汽朋克?"

"这是种潮流,原本是小说的衍生,却在其他领域流行起来。比如艺术、音乐。"我捧起这束花,微笑着转身,"现在还有花艺。"

艾丽莎接过花,高举在面前。"太……怪诞了。我好喜欢。"她抱住花,"能送给我吗?"

"不行,这可是正式开业时的展品,不出售。"我从她手中夺过花,取来昨天做的花瓶。上周我在跳蚤市场淘到一双纽扣女靴,不禁联想到蒸汽朋克风格,而这也正是我的灵感来源。我把它们刷洗干净,烘干,用强力胶粘上一些金属片。刷上转印胶水后,我便在靴里装上花瓶以便盛水插花。

"艾丽莎，"我把花摆在中央展示台上，"我相信这正是我这辈子想做的事。"

"蒸汽朋克？"她问。

我转起圈，眉开眼笑。"创新！"我说。离原定开业时间还有一刻钟，我便迫不及待地把门口的挂牌翻到"营业中"。

接下来一整天，我俩忙得团团转，真是始料未及。不停有电话订单、网络订单和临时顾客，竟忙得顾不上午饭。

"你得多招几个员工。"艾丽莎抱着两束花，从我身边匆匆而过。这时才刚下午一点。

"你得多招几个员工。"两点时，她又说了一遍，只见她一手举着电话，另一手记下订单，一边还不忘给店里的顾客结账。

三点过后，马歇尔到店探望。艾丽莎说："她得多招几个员工。"

四点，我帮着一位女士送鲜花到她车上，正往回走，见艾丽莎抱着一束花出来，气呼呼地说："你得多招几个员工。"

到了六点，她锁上门，翻过歇业挂牌，贴在门上，随即滑倒在地板上，巴巴望着我。

"我知道，"我说，"我得多招几个员工。"

她只是点头。

接着我俩不约而同笑了起来。我走过去，在她身旁坐下，我俩头靠在一起，看着花店。那束蒸汽朋克鲜花摆在前台正中央，这独有的一束，我不舍得卖掉，不过倒是接了八个预订订单。

"我为你骄傲，莉莉。"她说。

我微笑着："如果没有你，我做不到，伊莎。"

我们就这样坐了一会儿，享受这终于可以歇歇脚的时刻。这无疑是我生命中最美好的日子，却不禁因莱尔的缺席而难过。他甚至没有发短信。

"今天收到你哥哥的消息了吗？"我问。

她摇摇头。"没有，不过我相信他只是太忙了。"

我点点头。我知道他很忙。

突然有人敲门，我俩不约而同抬头看。莱尔双手拢在眼旁，脸紧贴着窗子，往里探看，我不禁笑逐颜开。他一低头，见我俩坐在地上。

"说曹操，曹操到。"艾丽莎说。

我跳起来，开门让他进来。门一打开，他便推门进来。"我错过啦？确实。我错过了。"他抱着我，"对不起，我想尽早过来的。"

我也抱住他。"没事的，你来了就好。今天简直完美。"他的到来，令我心花怒放。

"完美的是你。"他亲吻着我说。

艾丽莎从我们身旁挤过。"完美的是你，"她学舌道，"嘿，莱尔，你猜怎么着？"

莱尔放开我。"什么？"

艾丽莎拎起垃圾桶，放在收银台上。"莉莉得多招几个员工。"

我笑她不住重复这句话。莱尔捏着我的手说："看来生意不错。"

我耸耸肩。"我没什么可抱怨的。我是说……我虽不是脑外科医生，但对自己的事还是很在行的。"

莱尔乐了。"你俩需要帮忙打扫吗？"

艾丽莎和我随即安排他干活儿，帮忙打扫。差不多收拾完，备好明天的一切时，马歇尔过来了。他手里拎着一个麻袋，走了进来，将袋子往收银台上一放，从里面掏出大团大团的布料一样的东西，丢给我们。我接住我的，打开一看。

是件连体裤。

上面满是小猫图案。

"棕熊队比赛，免费的啤酒。队友们，穿起来！"

艾丽莎嘟嘴抱怨道："马歇尔，你今年赚了六百万美元呢。我们真的需要免费啤酒吗？"

他伸出一根手指，压住她的嘴唇。"嘘！别像有钱女孩一样说话，伊莎。小心犯了财神。"

她笑了，马歇尔抽出她手中的连体裤，拉开拉链，帮她穿上。穿戴齐全后，我们锁上门，朝酒吧走去。

我这辈子从未见过这么多穿连体裤的男人。女生里只有艾丽莎和我穿了，不过我倒挺喜欢的。酒吧里喧闹不堪。每每棕熊队打得出彩，艾丽莎和我都不得不捂紧耳朵，躲避嘈杂的呐喊声。大约过了半小时，天台的一个小隔间开放了，我们赶紧跑上楼占座。

"好多了。"坐下时艾丽莎说。这上面虽安静得多，但仍比平时嘈杂。

一位女服务员过来接酒水单。我刚一点红酒，马歇尔几乎从位子上跳了起来。"红酒？"他大叫，"你穿着连体裤呢！穿连体裤可不能喝到免费红酒！"

他让服务员给我改上啤酒，而莱尔让她上红酒。艾丽莎想要水，这让马歇尔更生气了。他让服务员上四瓶啤酒，莱尔却说:"两瓶啤酒,一杯红酒,一杯水。"服务员一脸不解地离开了我们桌。

马歇尔搂过艾丽莎,亲了亲她。"你要是一点酒都不喝,今晚我怎么能酒后乱性,让你怀上呢?"

艾丽莎的脸色一下就变了,我立马替她感到难过。我知道马歇尔只是说笑,但艾丽莎定是心烦了。她前些天刚刚和我说过,不能怀孕的事令她很是沮丧。

"我不能喝啤酒,马歇尔。"

"那么喝红酒吧,至少。你微醺的时候才更喜欢我。"他自嘲道,而艾丽莎却不觉风趣。

"我也不能喝红酒。实际上,我一点酒都不能喝。"艾丽莎神秘兮兮地说。

马歇尔不再傻笑。

我的心怦怦直跳。

他转过身握住她的肩膀,让她转身面对他。"艾丽莎?"

她只是点头,这时,我、马歇尔还有艾丽莎三人,争先大呼起来。"我要当爸爸啦?"他大喊。

艾丽莎依旧只是点头,我却高兴得像个傻瓜。马歇尔跳起来,站在座位上大喊:"我要当爸爸啦!"

此情此景,我难以描述。一个成年男子,穿着一身连体裤,站在酒吧的隔间位子上,向所有听得到的人大喊,他要当爸爸了。他拉她起来,他俩一同站在位子上,他亲吻着她,而这是我见过的最甜蜜的事情。

我转向莱尔,见他咬着下嘴唇,仿佛竭力忍住泪水。他瞟了我一眼,见我正盯着他,他转向别处。"闭嘴,"他说,"她是我妹妹。"

我微笑着,倾身在他脸颊上亲了一下。"恭喜啦,莱尔舅舅。"

等这对准父母停止亲热,莱尔和我立刻站起来,祝贺他们。艾丽莎说她近来一直觉着恶心,今早正式开业前做了下检测。本想今晚到家时和马歇尔说的,但她一刻也忍不了啦。

酒上来了,我们又点了吃的。服务员一离开,我便看着马歇尔。"你俩怎么认识的?"

他说:"让艾丽莎说吧,她说得比较精彩。"

艾丽莎直起身子,倾上前。"我讨厌他,"她说,"他是莱尔最好的朋友,老来我家。我那时觉得他很烦,因为他是从波士顿搬去俄亥俄州的,所以带着波士顿口音。他自认为很酷,但他每回说话,我都想扇他两巴掌。"

"她真讨人喜欢。"马歇尔挖苦地说道。

"你当时是个白痴,"艾丽莎白着眼回复道,"总之,有一天,莱尔和我邀请了一些朋友到家里来。不是什么大活动,只是爸妈不在,我们自然要欢聚一下。"

"当时有三十个人呢,"莱尔说,"算得上个派对了。"

"好吧,就算派对吧,"艾丽莎说,"我进了厨房,见马歇尔紧紧地贴着一个荡妇。"

"才不是荡妇,"他说,"她是个好女孩,嘴里有奇多的味道,只是……"

艾丽莎瞪了他一眼,他赶紧闭嘴。她接着转向我,"我完全失控了,"她说,"冲他大吼,让他带着他的荡妇到自己家去。那女孩定是怕极了我,跑出门,再没回来。"

"棒打鸳鸯。"马歇尔说。

艾丽莎朝他肩膀砸了一拳。"总之,我搅了他的好事后,跑回房间,对自己的所作所为感到难为情。那纯粹是出于嫉妒,在看到他把手放在其他女孩子的屁股上之前,我从不知道自己那样喜欢他。我趴在床上,痛哭起来。不一会儿,他走进我的卧室,问我还好吗。我翻过身,朝他大吼:'我喜欢你,你这个愚蠢的变态!'"

"余下的故事就无须多说了……"马歇尔说。

我笑着说:"哇。愚蠢的变态。真甜蜜呀。"

莱尔举起一根手指,说:"你漏掉了最精彩的部分。"

艾丽莎耸耸肩。"噢,对。于是马歇尔走过来,把我从床上拖起来,吻住我。莱尔进来撞见我俩,对着马歇尔一阵怒骂。马歇尔把他推出卧室,锁上门,又和我亲热了一小时。"

莱尔不住地摇头。"被自己最好的朋友背叛了。"

马歇尔学着艾丽莎回他:"我喜欢她,你这个愚蠢的变态!"

我笑了起来,莱尔一脸严肃地看着我。"接下来整整一个月我都没有同他说话,我气坏了。不过最终还是看开了。他跟我一样大,我也没法将他俩拆散。"

"哇,"我说,"没想到你俩年纪这么相近。"

艾丽莎笑着说:"我爸妈三年里生了三个小孩,真替他们悲哀。"

气氛一下凝固,我察觉到艾丽莎匆匆向莱尔投了一个歉疚的眼神。

"三个?"我问,"你还有一个兄弟姐妹?"

莱尔僵直起身子,呷了口啤酒。他放下酒杯,说:"我们还有个哥哥。小的时候去世了。"

这么美好的一个晚上，却被我一个简单的问题破坏了。好在马歇尔巧妙地转移了话题。

接下来的时间里，我听着他们小时候的故事，从未像今晚这么畅快大笑过。

球赛结束后，我们一起走到花店，取回我们的车。莱尔说他先前打车过来的，便只好坐我的车回去。艾丽莎和马歇尔走之前，我让她稍等。我跑进花店，取来蒸汽朋克花束，又跑到他们车旁。把花送给她时，她即刻喜笑颜开。

"我很高兴你怀孕了，不过这可不是我送你花的理由。我只是想送给你，因为你是我最好的朋友。"

艾丽莎捏了捏我手，在我耳边嘀咕着："希望有一天他会同你结婚，到时我们就是好姐妹啦。"

她钻进车里，车子开走了，而我却呆呆站着目送着他们，这辈子我还从未有过像她这样的朋友。或许是酒精的影响，我不得而知，但我爱今天，今天的一切。尤其喜欢莱尔倚在我的车旁，望着我的样子。

"你开心的样子真美。"

哟！这一天！完美！

• • •

我们正走在通往我家公寓的楼梯上，莱尔搂过我的腰，将我压在墙上。此时此地，在楼梯间里，他开始吻我。

"猴急。"我喃喃道。

他笑起来，双手握着我的屁股。"不，是这件连体裤的缘故。你真该考虑把它当成你的职业装。"他接着吻我，一个人走下楼梯，路过我俩时，他也没有停下来。

"连体裤不错，"那人从我们身边挤了过去，咕哝着，"棕熊队赢了吗？"

莱尔点点头。"三比一。"他答道，没有抬头。

"棒极了。"那人说。

那人一走，我退后一步。"连体裤这个事，波士顿的每个男的都知道吗？"

他笑着说："免费啤酒，莉莉，那可是免费啤酒啊。"他拉我上楼梯，进门时，见露西正站在餐桌旁，打包她的东西。边上还有一箱尚未打包，我发誓，箱子顶上露着一个我在HomeGoods[1]买的碗。她说下个星期就能把她的东西都搬完，不过我总感觉她也会顺带搬走一些我的东西。

"你是谁？"她问，上下打量着莱尔。

"莱尔·金凯德。我是莉莉的男朋友。"

莉莉的男朋友。

你听到了吗？

男朋友。

这是他第一次明确表态，而且说得那样自信满满。"我的男朋友，哈？"我走进厨房，拿来一瓶红酒和两个高脚杯。

---

[1] 美国一个连锁家居用品折扣店。

正倒着酒，莱尔走到我身后，双手环过我的腰。"没错。你的男朋友。"

我递给他一杯酒，说："这么说，我现在是一个女朋友喽？"

他举起酒杯，和我的杯子"叮"地碰在一起。"为了试探期的结束，和正式恋情的开始，干杯。"

喝酒时，我俩不约而同笑了。

露西把箱子撂在一起，朝前门走去。"看来我搬走得正是时候。"她说。

门关上后，莱尔挑了挑眉。"你的室友似乎不是很喜欢我。"

"可别吓到，我起先觉得她也不是很喜欢我，不过昨天她竟让我给她当伴娘。我猜她只是想蹭点免费的鲜花。她可会投机取巧了。"

莱尔笑着靠在冰箱上。他的目光落在一个印着"波士顿"的冰箱贴上。他把它从冰箱上揭下，挑了下眉。"如果像个游客一样把波士顿的纪念品贴在冰箱上，你永远也走不出波士顿炼狱的。"

我笑着夺过冰箱贴，贴回冰箱上。我喜欢他记得我们初次相遇时的点点滴滴。"这是个礼物。如果是我自己买的，那才像个游客呢。"

他走上前，接过我手中的酒杯，将我俩的杯子放在灶台上，随后倾身给了我一个深情、热烈而又微醺的吻。我喜欢他舌尖带着的葡萄酒的浓郁果味。他的双手摸索到我连体裤的拉链。"得赶紧帮你脱了这身衣服。"

他推着我往卧室里走，不住地亲吻我，我俩一路挣扎着脱掉衣服，走到卧室时，我身上只剩下内衣和内裤。

他猛地把我压在门上,这猝不及防的一下,令我透不过气。

"别动。"他说,嘴唇压在我的胸口,慢慢向下亲吻我的身体。

噢,天哪,这一天还能更美妙吗?

我伸手捋着他的头发,但他抓过我的手腕,压在墙上,继而一路向上亲吻着我。他挑起眉毛,警告着我:"我说……不要动。"

我极力忍着,却依旧难掩满脸的笑容。

噢。

最完美的一天。

绝无仅有。

第十三章

莱尔：在家还是在上班？

我：上班。大约一小时后收工。

莱尔：能过去看你吗？

我：人们常说，世上没有愚蠢的问题，不过他们错了，这不，刚刚那便是个愚蠢的问题。

莱尔：……

半小时后，他过来敲门。花店三小时前便歇业了，只是我还在这儿，沉浸在开业这一个月来的紧张与混乱中。花店才开张不久，好坏尚无法预计。有些日子门庭若市，有些日子则冷冷清清，我只好让艾丽莎回家去。不过到目前为止，我总体上十分满意。

和莱尔之间关系的进展也令我欢喜。

我开门让他进来。他穿着淡蓝色的外科手术服，脖子上还挂着听诊器。想必是刚下班。打扮得不错嘛。我发誓，每回见他脱上衣，总难掩脸上的痴笑。我轻吻了他一下，便朝我办公室走去。"等我弄完这些东西，再一起回我那儿吧。"

他随我进了办公室，关上门。"你这儿还有张沙发？"他问，四下看着。

这周,我抽空最后装点了下办公室。买了几个灯泡,省得开费电的日光灯,屋里的光线也柔和些。还买了几株植物,好增添点生机。这儿虽不是花园,倒也如出一辙。从最初的蔬菜筐仓库到现在的样子,已是华丽转身。

莱尔走到沙发跟前,脸朝下一头栽倒。"你慢慢来,"他隔着枕头咕哝着,"我先眯一会儿,等你忙完。"

我有时难免担心他在工作上把自己逼得太紧,不过我没说什么。自己已经在办公室里忙了十二小时了,关于雄心勃勃这一点,我并没有什么发言权。

花了约莫十五分钟最后确定了订单,我合上电脑,望了一眼莱尔。

原以为他会睡过去,不想他侧卧着,头撑在手上,这段时间里,料是一直看着我。见他脸上的笑容,我不禁绯红了脸。我推开椅子,起身。

"莉莉,我想我太喜欢你了。"朝他走去时,他对我说。

他坐起来,拉我坐到他腿上,我皱了皱鼻子。"太?这听着可一点不像夸奖。"

"因为我也不知道到底是不是。"他说着挪了挪我的腿,让我跨坐着,手圈着我腰,"这是我第一段真正的恋情。这么强烈的喜欢,我不知道此时是否合时宜。我不想吓跑你。"

我笑了。"说得煞有介事,你工作那么忙,哪来得及溺爱我。"

他伸手摩挲着我的背。"我工作太忙,你不开心啦?"

我摇摇头。"那倒没有,只是偶尔会担心,不希望你把身体累垮了。对于不得不同你的激情共享一个你，我不介意，相反，我很喜欢你的雄心壮志，这很性感。这或许是你最让我喜欢的地方了。"

"你知道我最喜欢你什么吗？"

"我早就知道答案啦，"我笑着说，"我的嘴巴。"

他向后靠在沙发上。"噢，不错。这个确实该排第一。不过你知道其次是什么吗？"

我摇摇头。

"你不会逼我变成我无法成为的人。你能接受最真实的我。"

我笑着说："好吧，不过说实话，你和我刚认识你的时候有一点不一样，没有那么排斥女朋友了。"

"那是因为你让这一切变得轻松自在，"他说着，一只手抚摸我的后背，"和你在一起很自在。我可以继续追求自己渴望的事业，而你的支持更是锦上添花。和你在一起，我仿佛可以兼得熊掌与鱼。"

此时，他的双手都在我的衬衫下，按着我的背。他将我拉近，亲吻我。我笑着在他嘴边喃喃道："这是你尝过的最美味的东西吗？"

"我很确定，不过可能需要再尝一口确认下。"他拿起听诊器，戴在耳朵上，把听筒压在我的胸口，置于心脏上方。

"你的心跳为什么这么快，莉莉？"

我无辜地摇摇头。"这可得怪你了，金凯德医生。"

他放下听诊器，将我抱起放在沙发上，跪在我面前，把听筒又按在我胸口。他撑在一只手上，听着我的心跳。

"依我看，你此时的心跳约是每分钟九十下。"他说。

"这是好是坏呢?"

他笑着压在我身上。"须达到一百四十下我才满足。"

是啊,要是能到一百四十下,我想我自己也满足了。

他亲吻着我的脖子,嘴唇压在我锁骨的文身上,伏在我的颈间,喘息着。

"今晚我有告诉你我有多么喜欢你吗?"他问。

我笑了。"有那么一两次吧。"

"把这次也算上,三次了,"他说,"我喜欢你。你的全部,莉莉。在你体内,在你体外,在你身边,统统都喜欢。"

我微笑着,用周身的每一寸皮肤,用我的内心感受他说的每一个字,我爱这种感觉。我想张口告诉他,我也喜欢他,却被他的电话铃打断了。

他在我颈间嘟囔着,伸手去够手机。看了眼来电显示,他笑了。

"是我妈妈。"他说着,倾身向前,在我倚在沙发靠背上的膝盖上方亲了下。他把手机丢在一旁。

我躺在他身上,头枕在他的胸口。

此时已经过了十点,躺在这儿太惬意了,我挣扎着要不今晚索性在这儿睡。莱尔的手机又响了,提示有新的语音邮件。一想到此刻正看着他和他妈妈互动,我不禁会心一笑。艾丽莎偶尔会谈起他们的父母,但此前我从未向他问起过他们。

"你和你爸妈关系好吗?"

他用手轻柔地抚摸着我。"嗯,挺好的。他们人很好。我上中学时,关系一度遭遇瓶颈,所幸顺利度过了。现在我和我妈妈几乎每天都联系。"

我将双臂叠放在他胸前,下巴枕在上面,望着他。"能多和我说说你妈妈吗?艾丽莎和我说几年前他们搬去了英国,还说他们去澳大利亚度假,不过都是一个月前的事了。"

他笑了。"我妈妈?好吧……我妈妈非常专横,对她最爱的人尤其挑剔。每次教堂礼拜都参加,从不落下。她总是称呼我爸爸'金凯德医生',我从未听过其他叫法。"

除了提到他妈妈的专横,他说起她时,脸上一直挂着笑容。

"你爸爸也是个医生吗?"

他点点头。"心理医生。他选的这个领域,让他得以享受正常生活。聪明人。"

"他们到波士顿看过你吗?"

"没有。我妈妈不喜欢坐飞机,我和艾丽莎便每年飞到英国看她几次。不过,她倒是很想见见你,或许下一次你可以同我俩一起去。"

我傻笑着。"你和你妈妈说起过我?"

"当然啦,"他说,"你要知道,这可是意义非凡的事。我找了个女朋友!她可是每天都给我打电话,确保我没把事情搞砸。"

我哈哈大笑,他便伸手拿过手机。"你觉得我在开玩笑?我敢保证她在刚刚的语音邮件里提到你了。"他按了几下,开始播放那条邮件。

嘿,宝贝儿!是妈妈。一天没和你说话了,想你。代我给莉莉一个拥抱。你们还在见面,对吧?艾丽莎说你无时无刻不在提她。

她还是你的女朋友,对吧?好啦,格雷琴来了,我们正打算喝傍晚茶呢,爱你,亲亲。

我伏在他的胸口,笑了起来。"我们这才在一起几个月,你谈论我得多频繁啊?"

他拉过我的手,亲了一口。"太频繁,莉莉。太过频繁了。"

我欣慰地笑了。"我迫不及待想见到他们。他们不仅培养出了个出色的女儿,还造就了你。太令人佩服了。"

他抱紧我,在我头顶亲了下。

"你哥哥叫什么?"我问他。

一问出口,我便感觉到他微微有些僵住,即刻就后悔提起,但来不及收回了。

"爱默生。"

从他的声音中,我听出他此刻不想谈论这个。我不再追问,而是抬起头,飞快上前,将我的嘴唇压在他的唇上。

我早该知道,在我和莱尔之间,亲吻不会仅仅止于亲吻。

第十四章

手机铃响了,我拾起来看是谁,不禁心里一惊。这是莱尔第一次给我打电话。往常我俩只是发发短信。和这个男朋友交往不止三个月了,我竟从未和他通过电话,该是多么稀奇啊。

"喂?"

"嘿,女朋友。"他说。

一听到他的声音,我喜笑颜开。"嘿,男朋友。"

"猜猜怎么着?"

"怎么?"

"我明天休假,刚巧周日你的花店下午一点才营业。我带了两瓶红酒,正在去往你家的路上。想不想和你的男朋友来个通宵派对?我们可以纵酒狂欢,一觉睡到中午。"

他的每一句话都很触动我,着实令我难为情。我笑着说:"猜猜怎么着?"

"怎么?"

"我在给你做晚饭,而且穿着条围裙。"

"噢,是吗?"他说。

几秒钟后,我收到一条短信。

莱尔：发张照片，好不好？

我：快点过来，你可以自己拍。

差不多备好烩菜食材时，门开了。我不紧不慢地把菜倒进玻璃盘里，听见他进了厨房，也不转身。我探到烤箱跟前，把盘子放进去，转过身，见莱尔咧着嘴，手里拿着两瓶红酒。

倒酒前，他举起酒瓶："这可是佳酿。"

"佳酿，"我不无嘲弄地学舌着，"是什么特别的日子吗？"

他递给我一杯酒，说："我要当舅舅啦，我还有个性感火辣的女朋友。而且下周一我有一场非常罕见的，或许是千载难逢的颅部连胎分离手术。"

"颅部什么？"

他干了杯里的酒，重新倒上。"颅部连胎分离手术。连体婴儿——"他说，指着头顶一处，轻轻敲了敲，"这里连住了。打他们一出生，我们就展开了研究。这将是十分罕见的手术。十分罕见。"

这是第一次，我为他是个医生所深深撩拨着。我是说，我欣赏他的冲劲，欣赏他的尽职。而见他这么热爱自己谋生的职业，我觉得性感不已。

"手术大概要持续多长时间？"我问。

他耸耸肩。"不清楚。他们还太小，我担心全身麻醉的时间不能太长。"他举起右手，挥了挥手指，"不过这是一只特别的手，受过花费近五十万美元的专业教育。我对这只手很有信心。"

我走过去，在他手掌上亲了一下。"我也有点喜欢这只手。"

他的手滑过我的脖颈，猛地将我转过来抵在吧台上。我倒抽了口气，这让我始料未及。

他从身后压在我身上，一只手慢慢滑过我身体的一侧。我手掌按在吧台的大理石台面上，闭上双眼，醉意一下子涌上来。

"这只手，"他压低嗓音，"可是全波士顿最稳的手。"

他一只手握住我的后颈，将我按在吧台上。另一只手探到我的膝盖内侧，慢慢地，向上滑动。天哪。

突然，正如魔术师一般，他的手消失了。

我听见他出了厨房，愣愣地看着他走过吧台前头。他冲我眨了下眼，将杯里的酒一饮而尽，说："我去冲个澡。"

胆敢戏弄我！

"你这个浑蛋！"我在他身后大喊。

"我才不是浑蛋！"他在我卧室里喊道，"我可是个训练有素的神经外科医生！"

我笑着给自己倒了杯酒。

倒要叫他见识一下什么叫真正的戏弄。

• • •

他从我卧室出来时，我已经喝到第三杯了。

我窝在沙发上，一边和我妈妈打电话，一边望着他走进厨房，又倒了杯酒。

这酒真是不错。

"你今晚打算干什么？"我妈妈问。

我开了免提。莱尔靠在墙上,看我和妈妈打电话。"没什么。陪莱尔学习。"

"这听着……不是很有趣。"她说。

莱尔朝我眨了下眼。

"其实很有趣,"我说,"我常常帮他。主要复习手部的精细运动控制。今晚大概得通宵用功了。"

三杯红酒下肚,我有些许亢奋。不敢想象,我竟当着电话那头的妈妈,和莱尔调情。有伤大雅。

"得挂了,"我说,"明晚要带艾丽莎和马歇尔一起去吃晚饭,周一再给你打电话。"

"噢,你要带他们去哪儿?"

我白了一眼,她全然不解我的暗示。"不知道。莱尔,我们该带他们去哪儿?"

"上回和你妈妈去的那家餐厅,"他说,"是叫比布餐厅吧?我订了六点的座。"

我的心忽然一沉。我妈妈说:"噢,这选择不错。"

"是啊,如果你喜欢馊面包的话。妈妈再见。"我挂了电话,看着莱尔,"不想再去那家餐厅了,我不喜欢那儿。我们试试别家吧。"

我没能告诉他我不想去的真正原因。不过要怎么和你的新男友说你在设法逃避初恋呢?

莱尔直起身子。"没事的,"他说,"自打我和艾丽莎说了后,她心心念念着要去呢。"

兴许这回运气好,阿特拉斯不上班。

"说到吃的,"莱尔说,"我饿坏了。"

那盘烩菜!

"噢,该死的!"我说着,哈哈大笑。

莱尔冲进厨房,我起身,随他进去。到厨房门口时,正好见他拉开烤箱门,扇着浓烟。烤焦了。

喝了三杯红酒,又猛地起身,我突然有点头晕,便紧紧抓着他边上的吧台,好让自己站稳,他伸手去端烤焦的烩菜。

"莱尔!你得用个……"

"该死!"他大喊。

"隔热手套。"

盘子从他手中掉落,摔在地上,碎了一地。我赶紧抬脚,躲开碎玻璃,四散的蘑菇与鸡肉。一想到他竟没考虑到该戴个手套,我随即大笑起来。

一定是红酒的作用。酒劲太强了。

他摔上烤箱门,打开水龙头,赶紧用冷水冲他的手,嘴里骂骂咧咧。我想憋住笑,但红酒的劲头和方才滑稽的一幕令我忍俊不禁。我看看地板,望着那一地待会儿还得收拾的残局,不觉又笑出声来。凑上前去瞧莱尔的手时,我依旧笑个不停。希望他的手没被烫得太厉害。

而转眼,我的笑声戛然而止。我倒在地板上,一手捂着眼角。

刹那间,莱尔的胳膊猛地撞过来,我直向后趔趄。他力气太大,撞得我瞬间失了平衡,失足跌倒时,脸撞到橱柜门把手上。

眼角靠近太阳穴处蹿过一阵剧痛。

一种负重感随即向我压来。

难过接踵而至,我感觉身上每个角落仿佛有一股强大的重力,拽拉着我的情感。一切轰然坍塌。

我的眼泪，我的心，我的笑声，我的灵魂，如同碎裂的玻璃，雨点般四散在我周围。

我使劲抱着头，多么希望过去那十秒钟从不曾发生。

"该死的，莉莉，"我听见他说，"这一点都不好笑。这只手关乎我的事业。"

我没有抬头，这一回，他的声音失去了往常的穿透力。此刻听来，只觉刺痛，仿佛每一个字都如一把利剑，直向我刺来。接着，他走到我身边，他那只该死的手放在我背上抚摩着。

"莉莉，"他说，"噢，天哪，莉莉。"他试着把我蜷在头上的手臂解开，我却一动不动。我不住地摇头，想要将那过去的十五秒甩离我的思绪。十五秒，足以改变对一个人的看法。

这十五秒，我们将永远无法释怀。

他将我拉到他怀里，不住地亲吻我的头顶。"对不起，我刚刚……我烫到手了。我慌了，你又一直笑……真的对不起，一切都太突然了。我无意推你的，莉莉，对不起。"

这一回，我听不见莱尔的声音了，双耳中充斥着我爸爸的声音。

"对不起，詹妮，刚刚是个意外。真的对不起。"

"对不起，莉莉。刚刚是个意外。真的对不起。"

我只想让他离我远点。我手脚并用，使出浑身力气，把他推开。

他向后倒去，下意识用手撑住，眼里尽是悲伤，但随即被另一种情感所替代。

是担忧,还是慌乱?

他缓缓抬起右手,上面满是血。鲜血从手掌汩汩流出,淌下他的手腕。我瞥了一眼地板——烩菜盘碎裂的玻璃碴子散了一地。他的手——我竟把他推倒在碎玻璃上。

他转过身,爬起来,手伸到水龙头下,把血冲掉。我起身,正好看见他从手掌中拔出一片碎玻璃,丢在吧台上。

我心中满是愤怒,不知为何却又无法不去担心他的手。我抓过一条毛巾,让他握着。血越流越多。

正是他的右手。

周一还要做手术。

我想要帮他止血,自己却不住地发抖。"莱尔,你的手……"

他抽过这只手,用左手抬起我的下巴。"去他妈的手,莉莉。我不在乎我的手,你还好吗?"他检查着我脸上的伤口,眼神来来回回不住地看着我的双眼,发狂了般。

我的肩膀不禁抽搐起来,痛苦的泪水淌下我的脸颊。"不好。"我惊魂未定,我知道从这短短的两个字中他听得见我心碎的声音,我身上的任何一个角落无不被这心碎侵袭。"噢,天哪,你推了我,莱尔。你……"此刻,意识到刚刚所发生的一切比那过程本身更让我痛彻心扉。

莱尔圈着我的脖子,发狂地搂着我。"真的对不起,莉莉,天哪,真的对不起。"他把脸埋在我的头发间,内心流露的每一丝情感都紧紧缠绕着我,"求求你,不要恨我好吗?"

渐渐地,他的声音又变回了往日的莱尔,穿透我的腹部,直蹿我的趾尖。他的整个事业都系在那只手上,又怎能说完全不担心呢？一时间我千头万绪。

短短时间里，发生了太多太多。浓烟、红酒、碎裂的玻璃，那散落一地的食物，那鲜血、愤怒，随之而来的万般道歉，太多太多了。

"真的对不起。"他一再道歉。我抽出身，见他两眼通红，我从未见他这么难过。"我慌了，不是有意推你的，真的只是一时惊慌失措。当时满脑子里都是周一的手术和我的手，还有……真的对不起。"他的嘴压在我的嘴上，深深地吻着我。

他不是我爸爸那样的人。绝不是。他和那个冷血的浑蛋全然不同。

我俩就这样吻着彼此，心烦意乱，不知所措，又难过不已。我从来没有过这样的感受——这么令人憎恶，叫人痛苦。不知为何，唯一可以抚慰这个人所带来的伤痛的，却又偏偏是这个人。他的悲伤止住了我的泪水，他印在我嘴上的双唇也缓和了我的情绪，他的手紧紧抓着我，仿佛再也不愿松开。

他的手臂绕过我的腰间，一把将我抱起，小心翼翼地穿过脏乱的地板。我感到失望，说不清是对他最初的发怒，还是对自己竟从他的道歉中找到了安慰。

他抱着我朝卧室走去，一路吻着我。将我放到床上时，他依旧不住地吻我，一边轻声说着："对不起，莉莉。"他的双唇慢慢移到我撞到橱柜的眼角，轻轻吻着，"真的对不起。"

他的嘴再次压向我的唇，温暖而又湿润。不知自己是怎么了，明明心底难过不已，身体却无比渴望他的嘴和双手，以及其间的歉意。我想要冲他破口大骂，就像我爸爸伤害妈妈时，我每每希望她所做的那样,而内心深处却选择相信那只是一场意外。莱尔不是我爸爸那种人,他们俩全然不同。

我需要感受他的悲伤,他的后悔,而从他的吻中,我都感受得到。他的悲伤以另一种形式袭来,而我的愤怒奇迹般地随之减少。

• • •

他亲吻着我的肩膀,我的脸颊,我的眼睛。他依旧躺在我身上,温柔地抚摸着我。我从未被这样爱抚过……指尖这么温柔。我努力想忘掉厨房里发生的一切,但此刻它占据了我整个思绪。

他刚刚把我从他身边推开。

莱尔推了我。

短短十五秒,我看见了他的另一面,完全变成另一个人的一面。刚才的我也不是我。本该关心他的时候我反而嘲笑他。而他呢,本不该碰我的时候,却推了我。我把他推倒,害他割伤了手。

太可怕了。这整件事,持续的这整整十五秒,都让人不寒而栗。我不愿再想起。

他手里仍旧攥着那条毛巾,此刻已浸满了血。

"我要离开一会儿。"我推推他的胸口,和他说。他亲了我一下,从我身上下来。我走到浴室,关上门,看到镜子里的自己时,倒抽了口气。

血,我的头发上,脸颊上,身体上,到处都是血迹——他的血。我抓过一条毛巾,擦去一些,随后探到洗脸盆下面找急救箱。不知他的手伤得有多重,先是烫伤,又是割伤。这一切离他告诉我周一有台重要的手术那会儿，甚至不到一小时。

不能碰红酒。我们再也不许喝佳酿了！

我取出急救箱，推开卧室的门，他正好从厨房回来，手里拿着一小袋冰块。他举起袋子。"给你的眼睛用的。"他说。

我举起急救箱。"给你的手用。"

我俩不约而同笑了，坐回床上。他靠在床头板上，我拉过他的手，放在我腿上。给他清理伤口期间，他一直拿冰袋敷着我的眼睛。

我挤了点抗菌乳霜在手指上，抹在他手指烫伤的地方。看起来比我预想的情况好很多，我放心了些。"能避免起水泡吗？"我问他。

他摇摇头。"要是二度烫伤就不行。"

原想问问他，要是手指起了水泡，周一是否还能操刀做手术，最终还是没有提起。我知道他此时也正担心这个。

"割伤的地方要抹点吗？"

他点点头。出血是止住了。要是需要缝合，我相信他会去的，不过我想情况应该还算好。我从急救箱里拉出绷带，替他包扎。

"莉莉。"他低声说。我抬眼望着他。他枕在床头板上，仿佛时刻会哭出来。"我很不好受，"他说，"如果能收回……"

"我知道，"我打断他，"我知道，莱尔。是不好受。你推了我，让我不禁怀疑自认为所了解的你的一切。我理解你的难过，但收不回来了。我也不想再提了。"我系紧他手上的绷带，凝视着他的双眼，"不过，莱尔？要是类似的事情再发生……到时我便知道今天的事不只是意外。我会毫不犹豫地离开你。"

他久久地盯着我，低垂着眉，满是后悔。他倾上前，在我的嘴上亲了一下。"再也不会发生了,莉莉,我发誓。我不是他那样的人。我知道你在想什么,我向你发誓……"

我使劲摇头,希望他别再说下去。我无力承受他声音中的痛苦。"我知道你和我爸爸全然不同,"我说,"只是……求你别再让我质疑你,好吗?"

他拂去我额前的乱发。"你是我生命中最重要的部分,莉莉。我希望能给你幸福,而不是让你痛苦。"他亲吻着我,接着站起来,俯身把冰袋按在我脸上,"再按十分钟,可以消肿。"

我自己按住冰袋。"你要去哪儿?"

他吻了一下我额头,说:"收拾我造成的残局。"

接下来的二十分钟,他一直在厨房里打扫着。听得见他把玻璃碎片丢进垃圾桶,把剩下的红酒倒进洗碗池。我走到浴室,快速冲了个澡,洗掉身上的血渍,接着又换了房里的床单。他打扫完后,回到卧室,手里端着个酒杯。他把杯子递给我。"苏打水,"他说,"很管用。"

我喝了一口,感觉它吱吱地往我喉咙里蹿,确实管用。我又喝了一口,把杯子放在床头柜上。"对什么很管用?能解酒吗?"

莱尔爬到床上,给我俩拉上被子。他摇摇头。"不是,我觉得苏打水并不是真的有什么作用。只是以前每当不顺心时,我妈妈都会给我一瓶苏打水,喝了我便觉得好一点。"

我微笑着。"好吧,确实管用。"

他的手拂着我的脸颊,看着他的眼睛,还有他抚摸我的方式,我知道至少这一回,他值得被原谅。如若不然,我便是怀着对我爸爸的怨怼而迁怒于他。他不是我爸爸那样的人。

莱尔是爱我的。虽然他从未明说出来，但我知道他是爱我的。我也爱他。今晚厨房里发生的一切，我深信绝不会再有。看着他伤害我后，那副沮丧不安的样子，便绝不会再有。

人非圣贤，孰能无过。决定一个人品质的并非我们犯下的过错，而是我们怎么看待这些过错，怎么从中吸取教训，而非借故推脱。

他的眼神越发真挚，他靠过来，亲吻着我的手。他靠在枕头上，我们就这么躺着，凝视着彼此，分享着彼此间心照不宣的能量，待它填满今夜留在我们心中的所有破洞。

几分钟后，他捏了捏我的手。"莉莉，"他说着，拇指在我手上摩挲着，"我爱上你了。"

他的一字一句，渗透到我身上每一个角落。我悄声说："我也爱你。"而这也是我对他说过的"最赤裸的真相"。

第十五章

到餐厅时,我晚了十五分钟。快歇业时,店里来了一位给葬礼订花的客人,我还是接待了他。说起来有些悲哀,花店业最佳的客源往往是办葬礼的人。

莱尔在座位上朝我招手,我径直朝他们走去,尽量不左顾右盼。我不想撞见阿特拉斯。先前两次想让他们换个餐厅,不过自莱尔向她夸赞了这家餐厅后,艾丽莎铁了心要上这儿吃。

我入座后,莱尔靠过来在我脸颊上亲了一下。"嗨,女朋友。"

艾丽莎哼哼着。"天哪,你们俩太腻歪了,真恶心。"我冲她笑笑,她的目光随即移到我的眼角。伤口比我预想中好很多,大概归功于莱尔坚持让我冰敷。"噢,我的天哪,"艾丽莎说,"莱尔和我说过昨晚的事,但没想到这么严重。"

我瞟了眼莱尔,不知他是怎么说的。如实说来?他笑着说:"橄榄油洒了一地。她滑倒的时候,姿势很是优雅,简直像个芭蕾舞者。"

说谎。

挺好。换了是我,也会这么做。

"其实很可怜的。"我苦笑着说。

不知怎的,这顿饭吃得倒也顺利,没有阿特拉斯的踪影,也无昨晚的阴影,莱尔和我都对红酒避而远之。近尾声时,服务员走到桌边。

"需要甜点吗?"他问。

我摇摇头,不过艾丽莎倒饶有兴趣。"都有什么呀?"

马歇尔也是兴致盎然。"我们现在是两个人在吃,巧克力味的甜品都来一份。"他说。

服务员点点头便走了。艾丽莎看着马歇尔。"宝宝现在不过臭虫大小。接下来几个月可别给养成什么坏习惯了。"

不一会儿,服务员推着点心车过来。"主厨给店里所有怀孕的妈妈免费供应甜点,"他说,"恭喜恭喜。"

"是吗?"艾丽莎说,兴趣盎然的样子。

"或许这就是为什么餐厅名叫比布(Bib's)了,"马歇尔说,"主厨喜欢宝宝。"

我们看着甜点车。"噢,天哪。"我看着车上纷繁的种类。

"这是我新晋最爱的餐厅。"艾丽莎说。

我们挑了三种。等待上菜期间,我们四个商量着宝宝的名字。

"不行,"艾丽莎对马歇尔说,"我才不要给宝宝取一个州名。"

"我喜欢内布拉斯加这个名字,"他哼哼唧唧地说,"爱达荷呢?"

艾丽莎双手捂住脸。"这将会是我们婚姻的终结。"

"终结?"马歇尔说,"那明明是个好名字。"

马歇尔的婚姻终结行动随着甜点的到来而告终。服务员把一块巧克力蛋糕放在艾丽莎面前便让到了一边,另一位端着两块甜点的服务员上菜。他指着正给我们端上甜点的服务员说:"主厨想给你们道喜。"

"还满意吗?"主厨看着艾丽莎和马歇尔问。

待他的眼神和我交会时,一股焦虑从我体内渗出。阿特拉斯紧盯着我的双眼,我不假思索,脱口而出:"你是主厨?"

服务员探过来替阿特拉斯答道:"主厨兼老板。不过偶尔也跑堂或是刷碗。可算重新定义了亲力亲为。"

接下来的五秒钟悄然流逝,他们不曾留意,但于我却像是慢镜头。

阿特拉斯的目光落到我眼角的伤口上。

紧接着移向莱尔手上缠着的绷带。

又回到我的眼角。

"我们很喜欢你的餐厅,"艾丽莎说,"你这个地方太不可思议了。"

阿特拉斯没有看她。我看得见他艰难吞咽时喉结的起落。他收紧下颌,一言未发,大步走开。

该死。

服务员一脸堆笑,露出满口牙齿,试图为阿特拉斯的匆忙离开打圆场。"请慢用您的甜点。"说完,便拖着脚回了厨房。

"真气人,"艾丽莎说,"我们刚找到了一家新晋最爱餐厅,主厨却是个讨厌鬼。"

莱尔大笑。"是啊,不过讨厌鬼往往都是最好的。记得戈登·拉姆齐[1]吗?"

---

1 戈登·拉姆齐,英国乃至世界顶级厨神。

"说得不错。"马歇尔说。

我拍了下莱尔的手臂。"去下洗手间。"我说。

他点点头，我赶紧起身离开座位。马歇尔说："那沃尔夫冈·帕克[1]呢？你觉得他是个讨厌鬼吗？"

我低着头，快步穿过餐厅。走进那熟悉的走廊后，我径直往里走，推开女洗手间的门，转身，上锁。

该死。该死，该死，该死！

他的眼神。他隐忍的愤怒。

幸好他走开了，不过至于他会不会候在餐厅门口，等着我们出去时把莱尔揍一顿，我仍旧将信将疑。

我用鼻子深吸一口气，用嘴呼出，洗完了手，重复一遍方才的呼吸。待平静了些，才用毛巾擦了擦手。

我得回去，告诉莱尔我不舒服。这回走后，我们就再也别来了。他们一致认为主厨是个讨厌鬼，我便可以以此为由。

我开了锁，不等我拉开，便有人从另一头推进来，我赶紧向后退。阿特拉斯踏进洗手间，锁上门。他背靠着门，盯着我，眼神聚焦在我眼角的伤口上。

"发生了什么？"他问。

我摇了摇头。"没什么。"

他觑着眼，冰蓝色的瞳孔中不知为何竟燃着怒火。"你撒谎，莉莉。"

我勉强摆出笑脸。"是个意外。"

---

1 沃尔夫冈·帕克，美国明星级大厨，操办了二十几年奥斯卡晚宴。

阿特拉斯大笑起来，不过随即板起脸。"离开他。"

离开他？

我的天哪，他所以为的全然是另一回事。我上前一步，摇了摇头。"他不是那样的人，阿特拉斯。不是你想的那样。莱尔是个好人。"

他歪着头，微微向前倾。"可笑。你听听你自己说的，和你妈妈一模一样。"

他的话刺痛了我。我立即绕过他，要去开门，但他拉住了我的手腕。"离开他，莉莉。"

我挣开他的手，背对着他，深吸了口气，慢慢吐出，转身面对着他。"如果非要说起来，我从未像此刻害怕你这样害怕过他。"

阿特拉斯停顿了一会儿。他先是慢慢点了点头，从门边迈开时，点头更用力了些。"我本不想惹你生气的。"他往门边上示意了下，"只是想报答你一直以来给我的关心。"

我盯着他看了一会儿，不知该怎么回应。看得出，他的内心依旧怒不可遏，只是外表平静，镇定自若。他让我离开。我上前，开了锁，拉开门。

和莱尔目光相对那一刻，我倒抽了口气。我赶紧转过头，见阿特拉斯后脚跟着我走出洗手间。

莱尔看了看我，又看了看阿特拉斯，眼里满是疑惑。"搞什么鬼，莉莉？"

"莱尔……"我的声音颤抖着。天哪，跳进黄河也洗不清啊。

阿特拉斯绕过我，转身朝厨房门口走去，仿佛视莱尔如空气。莱尔一路盯着阿特拉斯的背影。

赶紧走，阿特拉斯。

然而走到厨房门口时，他却停住了。

不，不，不要。赶紧走啊。

再没有什么比这一刻更让人心悸，只见他突然转过身，大步朝莱尔走来，拽住他衬衫的领子。莱尔猛地往后压去，阿特拉斯将他重重撞在墙上。阿特拉斯再次向莱尔冲过去，手臂抵住他的喉咙，将他制在墙上。

"你再敢动她一下，我就把你那该死的手砍下来，塞进你喉咙里，你这一文不值的废物！"

"阿特拉斯，住手！"我大喊。

阿特拉斯猛地松开莱尔，向后退一大步。莱尔使劲喘着气，久久盯着阿特拉斯，目光冷峻。接着，他的目光直直地射向我。"阿特拉斯？"他若有所悟地问。

为何莱尔对阿特拉斯的名字会有这样的反应？仿佛他之前听我提过？我从未和他谈过阿特拉斯。

等等，我确实提过。

在天台初次相遇的那晚。我的一个赤裸的真相。

莱尔指着阿特拉斯，难以置信地笑了声，依旧盯着我。"这就是阿特拉斯？你出于同情和他上床的那个流浪汉？"

噢，天哪。

一时间，走廊里一阵拳打脚踢，我尖叫着让他们住手。两个服务员从我身后推门进来，把我挤到一边，赶紧把他俩拉开。

被拉到两侧墙边后，他俩依旧死死盯着对方，各自喘着粗气。我无法面对他们中任何一人。

在莱尔对他说了那样的话后,我无法面对阿特拉斯。而我也同样无法面对莱尔,或许此刻他正深陷于对我的误解中。

"滚!"阿特拉斯指着门,对着莱尔大喊,"滚出我的餐厅。"

莱尔从我身边经过时,我看着他的双眼,生怕会看到他眼里的怒火,然而里面没有愤怒。

只有痛苦。

痛心彻骨。

他停下来,仿佛要对我说些什么,然而表情迅速为失望所扭曲,径直走出餐厅。

我终于鼓起勇气抬头看阿特拉斯,却见他的脸上亦满是失望。还未来得及向他解释莱尔的话,他便转身离开,推门往厨房里走去。

我赶紧转身去追莱尔。他从座位上抓起夹克,看都没看艾丽莎和马歇尔,便朝出口走去。

艾丽莎抬头望着我,一头雾水地连续提问。我摇摇头,抓起包,说:"一言难尽。明天说。"

我随莱尔出去,见他朝停车场走去。我跑着追上他,他停下脚步,对着空气挥拳猛击。

"该死的,我没有开车!"他崩溃地大喊。

我从包里拿出钥匙,他走上前,夺过我手中的钥匙。我跟在他身后,朝我的车走去。

我不知所措。不知道他此刻是否想和我说话。他刚刚目睹我和那个我曾深爱过的人锁在洗手间里。而那个人,无缘无故,袭击了他。

天哪，太糟糕了。

待走到我的车旁，他径直走向驾驶座，指着副驾一侧说："上车，莉莉。"

行车途中，他全程没和我说话。我叫了一次他的名字，他只是摇头，仿佛在说他还不准备听我解释。开到我家车库，车子一熄火，他便匆匆下了车，仿佛恨不得赶紧逃离我。

我下车时，他在车旁踱着步。

"事情不是你看到的那样，莱尔。我发誓。"

他停下脚步看着我时，我心里安定了些。此时他眼中已无痛苦，这全然没有必要，不过是场愚蠢的误会。

"我本不想这样，莉莉，"他说，"我原本不想谈恋爱的，也不想平白给我的生活徒增这么多压力！"

他误解了自己所见，深为痛苦，我纵然理解，还是难免被他这些话惹怒了。"那好，你离开吧！"

他立即停下脚步，面对着我。"什么？"

我甩了甩手。"我不想成为你的负担，莱尔！很抱歉我的存在让你的生活如此煎熬！"

他上前一步。"莉莉，我根本不是这个意思。"他满是崩溃地双手一摊，从我身边走过。只见他靠在我的车上，双手交叉在胸前。沉默延续了好长一段时间，我一直等着他开口。他低着的头微微抬了抬，看着我。

"赤裸的真相，莉莉。我此刻想要的只有这个。你能说吗？"

我点点头。

"你知道他在这里上班吗？"

我抿紧双唇，双手抱在胸前，握着手肘。"知道。所以我才不想来，莱尔。我不想撞见他。"

听了我的回答，他的紧张似乎弱了些。他一手擦了下脸。"你告诉他昨晚的事了吗？你告诉他我们吵架了吗？"

我往前迈了一步，使劲地摇了摇头。"没有。他猜的。他留意到我的眼睛，又看到你的手，自己猜想的。"

他重重地呼了口气，仰着头，望着天花板，仿佛痛苦得无法开口问下一个问题。

"那你为什么单独和他待在洗手间里？"

我又往前一步。"他跟着我进去的。我和他已经没有交集了，莱尔。我甚至不知道他就是这家店的老板，原以为他只是个服务员。他不再是我生活的一部分了，我发誓。他不过……"我双臂交叉，压低了嗓音，"我们都成长在虐待家庭中。他看到我的眼睛和你的手……他只是担心我。就是这样。"

莱尔抬起手，捂着嘴。他呼气时，我仿佛听得见气息穿过他指间的声音。他直起身子，仔细琢磨着我方才所说的一切。

"到我了。"他说。

他离开车旁，朝我迈了三步，这原先阻隔我们俩的三步。他双手捧着我的脸，无比专注地凝视着我的双眼。"如果你不想和我在一起……请现在就告诉我，莉莉。因为当我看着你和他在一起时……真的很痛苦。我不想再经历一次。如果现在就这么痛苦，一年后会怎么样呢，我不敢想。"

我感觉泪水滑过我的脸颊。我把手搭在他的手上，使劲地摇头。"我谁都不想要，莱尔。我只想要你。"

他勉强挤出笑脸,我从未在谁身上见过这么难过的笑容。他将我拉过来,抱住我。亲吻我头的一侧时,我伸出手臂,紧紧搂着他。

"我爱你,莉莉。天哪,我爱你。"

我搂紧了些,亲吻着他的肩。"我也爱你。"

我闭上双眼,多希望自己可以洗去过去的这两天。

阿特拉斯误解莱尔了。

我多希望阿特拉斯知道自己错了。

第十六章

"我是说……不是我自私,但你真该尝尝那儿的甜点,莉莉。"艾丽莎咕哝着,"噢,太好吃了。"

"我们不能再去了。"我和她说。

她小孩子气地跺着脚。"但是……"

"不行。我们得照顾你哥哥的感受。"

她双手交叉在胸前。"我知道,我知道。你年少的时候,为什么非得受荷尔蒙支配,爱上全波士顿最好的主厨呢?"

"我认识他时,他还不是主厨。"

"行吧。"她说着,走出我的办公室,关上了门。

我的手机嗡嗡地响了,收到一条短信。

莱尔:攻克五小时。还有五小时。一切顺利。手还好使。

我松了口气。原本担心他今天可能无法操刀动手术,不过见他这么殷勤期待,我很是为他高兴。

我:全波士顿最稳的手。

我打开电脑，查看邮件。首先看到的是《波士顿环球报》发来的一份调查问卷。我点开，得知一名记者有意写一篇关于我的花店的报道。我开心得像个傻瓜，正打算回复她，艾丽莎过来敲门，打开个缝，探进头来。

"嘿。"她说。

"嘿。"我回她一句。

她的手指在门框上嗒嗒敲着。"记不记得你刚刚和我说不能再去比布的餐厅，因为那老板是你年少时的初恋，这对莱尔来说不公平？"

我往椅背一靠。"你想说什么，艾丽莎？"

她皱了皱鼻子，说："因为老板的关系，我们再去对莱尔而言不公平，那要是老板过来了公不公平呢？"

什么？

我合上电脑，站起来。"为什么这么问？他过来了？"

她点点头，钻进办公室，关上身后的门。"没错。他说找你。我知道你是我哥哥的女朋友，而我也是快有孩子的人了，不过，我们也不妨悄悄欣赏一下这个几近完美的男人嘛……"

她痴痴地笑着，我白了白眼。

"艾丽莎。"

"噢，那双眼睛。"

她开门出去。我跟在她身后，一眼看到了阿特拉斯。

"她来了，"艾丽莎说，"需要帮您挂一下外套吗？"

我们不提供给客人挂外套服务。

我走出办公室时，阿特拉斯抬起眼来。他望着艾丽莎，摇了摇头。"不用了，谢谢。我很快就走。"

艾丽莎靠在收银台上，双手托着腮。"您愿意待多久就待多久。对了，您要找兼职吗？莉莉需要多雇几个员工，我们想找能扛重物的。对身体灵活性要求比较高，需要弯腰俯身什么的。"

我觑了眼艾丽莎，做了个口型："够了。"

她无辜地耸耸肩。我打开办公室门，请阿特拉斯进来。他走过我身旁时，我不敢直视他。昨晚的事，我满是愧疚，却也满是愤怒。

我绕过办公桌，重重地坐在位子上，争论在所难免。然而，抬头看他时，却说不出话来。

他满脸微笑。他在我对面坐下，手往四周挥了挥。"这太不可思议了，莉莉。"

我愣住了。"谢谢。"

他依旧冲我微笑着，很是为我骄傲的样子。接着，他拿出一个袋子放在桌子中间，推到我面前。"一个小礼物，"他说，"你可以待会儿再打开。"

他为什么要给我买礼物？他有女朋友，我也有男朋友。我们的过去已然给我现在的生活带来了诸多困扰，我自是不希望再有什么礼物来雪上加霜。

"你为什么给我买礼物，阿特拉斯？"

他靠在椅背上，双手交叉在胸前。"三年前买的。我一直带着，想着或许哪天能遇到你。"

体贴入微的阿特拉斯，一点儿没变。该死。

我拿过礼物，放在桌旁的地板上。努力想缓解自己的不安，却是徒劳，他的一切都让我心悸不已。

"我来这儿是想向你道个歉。"他说。

我挥了挥手，示意他这没有必要。"没事的。是个误会。莱尔也不介意了。"

他哼哼着笑了下。"这不是我所要道歉的，"他说，"我不会为自己保护你而道歉。"

"你没有保护我，"我说，"没什么可保护的。"

他歪着头，脸上的神情同昨晚无二，那个对我无比失望的神情，在我内心深处隐隐刺痛。

我清了清嗓子。"那么你为什么道歉？"

他思考了片刻。"昨晚说你说话的语气和你妈妈一模一样，我想为此向你道歉。那很伤人。对不起。"

不知为何，在他身边，我总很想哭。想起他的时候，读到他的时候，仿佛我的情感依旧系在他身上，而我不知怎么斩断这些藕断丝连的情绪。

他的目光落在我的办公桌上，伸手拿了三样东西，笔、便利贴，还有我的手机。

他在便利贴上写了点什么，接着将我的手机从手机壳里取出，把便利贴放进壳里，又把手机塞回去，随后把手机放回桌面上。我低头看了看手机，又抬头望着他。他起身，随手把手中的笔丢在桌上。

"我的手机号码。藏好，说不定哪天你需要它。"

我皱了皱眉，这个举动毫无必要。"我不会需要的。"

"希望如此。"他走到门边,伸手去够门把手。我知道,在他彻底退出我的生命之前,这是我唯一向他解释的机会。

"阿特拉斯,等等。"

我着急起身,一下撞得椅子滑过屋子,撞到身后的墙上。他半转过身,面对着我。

"关于昨晚莱尔和你说的,我从未……"我紧张得不觉伸手握着脖子,忽然感觉到颈间激烈的脉搏,"我从未和他那么说过。他当时很难过,心烦意乱,曲解了我很久之前说的话。"

阿特拉斯的嘴角抽动着,不知他是试图忍着笑意,抑或不让自己皱眉。他直直地面对着我。"相信我,莉莉。我知道那不是出于同情,我当时在场呢。"

他走出办公室门,听了他的答复,我径直往身后一坐。

只是……我的椅子并不在原地。它遥遥靠在办公室的另一侧,而我一屁股坐在地板上。

"莉莉,"艾丽莎冲进来,赶紧绕到桌后,站在我身旁,"你还好吧?"

我竖起拇指。"没事,只是没坐到椅子上。"

她伸手扶我起来。"这到底怎么回事?"

我取回椅子,瞥了眼门。我坐下来,低头看着我的手机。"没什么。他只是过来同我道个歉。"

艾丽莎心驰神往地叹了口气,回头看着门。"那是不是意味着他不想要这份工作?"

我也是服她了。在我思绪万千的情况下,她依旧能让我开怀大笑。"回去工作,不然扣你工资。"

她笑着，转身离开。我握着笔在办公桌上敲着。"艾丽莎，等等。"

"我知道，"她打断我，"没必要让莱尔知道这件事。你不用特意和我说。"

我微笑着。"谢谢你。"

她关上门。

我弯腰，拿起桌旁的袋子，里面装着那三年前的礼物。我把礼物拿出来，看得出是本书，用棉纸小心包着。我拆开包装纸，坐回位子上。

封面上印着艾伦·德杰尼勒斯的照片，书名是《真的，逗你玩》。我不禁笑了，而翻开书，看到她的亲笔签名时，却悄悄地吸了口气。我用手指轻轻摩挲着上面的题字。

莉莉：

阿特拉斯说只管游下去。

——艾伦·德杰尼勒斯

指尖滑过艾伦的签名，我把书放在桌上，额头抵着封面，状若哭泣。

第十七章

到家时已经晚上七点多了。莱尔一小时前打了电话,说是今晚不过来。颅部连胎手术很成功,不过他今晚得在医院值班,确保不会产生并发症。

我走进冷冷清清的公寓门,换了身睡衣,又默默地吃了个三明治。随后我躺在安静的卧室里,翻开我那本让人宁静的新书,希望它能让我的心绪平静下来。

果然,三小时后,看了大半本书,过去七天里的所有思绪都慢慢从我体内渗出。在那一页上放了个书签,我把书合上。

我久久盯着那本书。想着莱尔,也想着阿特拉斯,想着有时纵使对生活的轨迹有着千般确定,这种确定性或许下一秒便消逝在时间的洪流里。

我将阿特拉斯送我的那本书放在衣柜里,同我的日记本放在一起,又从里面拿出写满关于他的记忆的那本。我知道终于到了读最后一篇的时候了,从此我便可以将它永远尘封。

亲爱的艾伦:

大多时候,我都暗自庆幸自己的存在不为你所知,而我也从不曾把我写给你的这些信寄出。

但有时，尤其是今晚，我多么希望你认识我。我需要一个人来倾诉我此刻的种种心情。阿特拉斯离开六个月了，他现在在哪儿，过得好不好，我对此真的一无所知。上一回给你写信还是阿特拉斯搬去波士顿的时候，这期间发生了太多太多事。那时我以为暂时见不到他了，但并非如此。

他走后的几个星期后，我又见到他了。那是我十六岁生日那天，他突然出现，而那绝对是我生命中最美好的日子。

却也是最糟糕的日子。

确切地说，那是阿特拉斯搬去波士顿的第四十二天。我数着日子过来的，希望多少能让自己好受点。那时我非常沮丧，艾伦，现在也是。人们总说，小孩子不懂得怎么像一个大人一样去爱。我大抵是相信的，只是我不是大人，因而无法比较。不过我相信或许这是两种不同的爱。大人们的爱，较于两个小孩子之间的爱，更为真实，更为成熟，里边或许有着更多的尊重与担当。然而纵使爱的实质在人生的不同阶段有着种种不同，但我相信爱的分量是一样的。不论人在什么年纪，都能感觉到爱的这份重量，在肩上，在腹中，在心里。而我对阿特拉斯的感情便是这么沉重。每晚我都含着泪入眠，默念着："只管游下去。"而当你溺水，前行便不是易事。

回想起来，或许在某种意义上，我正处于悲伤的阶段。排斥、愤怒、调停、抑郁，最后接受，而在我十六岁生日那晚，我正深陷于抑郁阶段。我妈妈想着这一天该有生日的样子，给我买了园艺用品，做了我最爱吃的蛋糕，我们还一起去吃了晚餐。然而晚上爬上床时，我的忧伤依旧挥之不去。

正哭着，我突然听见窗户上轻轻的敲击声。起初，我还以为是下雨了。紧接着，我听到了他的声音。我从床上跳起来，冲到窗前，内心歇斯底里。黑暗中，他微笑着，站在那儿。我拉起窗子，让他进来，他拥我入怀，久久抱着我，而我忘情哭泣。

他闻着好香。抱着他时，我感觉得到，分别不过六个星期，他壮实了不少。他松开我，擦去我脸颊上的泪水。"你哭什么呀，莉莉？"

我为自己的失态感到难为情。这个月我总是哭——或许比我长这么大以来的任何一个月都哭得多。兴许是青春期女孩的荷尔蒙在捣鬼，加之爸爸那样对待妈妈给我带来的压力，以及不得不告别阿特拉斯。

我抓过地板上的一件衬衫，擦干眼泪，我俩坐在床上。他靠在床头板上，让我倚在他胸前。

"你怎么来了？"我问他。

"今天是你的生日呀，"他说，"而你依然是我最喜爱的人。我想你了。"

他到时不过十点，我们聊了很久，记得再看时间时，已过午夜。记不得我们都聊了些什么，却忘不了当时的感觉。他似乎很开心，眼中闪着我从未见过的光，仿佛他终于找到了家。

他说他想告诉我一件事，声音严肃起来。他让我跨坐在他腿上，因为他希望他告诉我时，我可以看着他的眼睛。原本担心他要告诉我他有女朋友了，或是他很快要去参军了。然而，他接下来所说的，令我大惊失色。

他说到那破房子第一晚，他并非想找一处栖身之所。

他是去自杀的。

我惊得不禁捂住嘴巴，不想那时他竟已沦落至那般无路可走的境地，他甚至不愿活下去。

"我希望你永远不必经历那样彻骨的孤独，莉莉。"他说。

他说起第一天晚上在那破房子里，他坐在客厅地板上，剃须刀片抵在手腕上。正要动手，见我卧室的灯亮了起来。"你站在那儿，宛若一个天使，身后闪着天堂般的光芒，"他说，"我的视线无法从你身上移开。"

他看着我在卧室里来回走动了一会儿，看着我躺在床上写日记，接着放下了手中的刀片。整整一个月里，他对生活不再抱有任何情感，而看到我时，却让他心里起了点波澜。那晚，就是这么点波澜，让他不至于麻木到了结一切。

接下来的一两天，便有了我给他带食物，悄悄放在他门廊上的故事。至于后来呢，我想你已经知道了。

"你救了我的命，莉莉，"他对我说，"甚至毫不费力。"

他凑上前，在我肩膀和脖子间的那个地方亲了一下。我很开心。他总喜欢亲那儿，对于自己的身体，我总谈不上多么喜欢，而锁骨上的这个地方，则成了我的最爱。

他握着我的手，告诉我他马上就要去参军了，比计划中来得快，但走前必得先和我说声谢谢。他说这一去就是四年，最不希望看到的便是我在十六岁的年纪里，因见不到或是联系不上男朋友而忽略了生活的美好。

他说着说着，潸然泪下，湛蓝的眼睛因泪水而更为清澈。他说："莉莉，生活是件有趣的事。我们只有这么多年可活，须得尽一切努力确保这么些年充实而不虚度。而不应将时间浪费在某一天或许会发生,或许永远不会发生的事情上。"

我知道他的意思。他要去参军了,不希望他离开后我还守着他。他并非在同我分手,因为我们从未真正在一起过。我们不过是彼此需要时,相互扶持一路同行的两个人,在这路上把心搭在了一起。

但是,我还是不免难过,一个一开始便未抓紧我的人,这时却放开了我。在一起的日子里,我想彼此多多少少都知道,这不会长久。或许也正因如此,我才能这么爱他。或许在正常情况下,若我们像平常青少年一般,他有家,有稀松平常的生活,我们便可以像普通情侣一样,走在一起,没有生活的残忍闯或来袭。

那晚,我甚至不曾试图让他回心转意。我们之间的千丝万缕,我觉得,哪怕地狱的烈焰也无法烧断。他大可开始他的军旅生涯,我则继续我的生活,总有一天,一切会回归原位,而我们的时间轴也能重新接轨。

"我向你许诺,"他说,"有一天,我的生活够好,好到能够让你成为其中一部分时,我会来找你。不过我不希望你一直空等,因为那或许永远不会发生。"

我不喜欢这个承诺,它意味着两种可能。要么他觉得自己不能活着走出军营,要么觉得自己的生活永远配不上我。

他此时的生活于我已经足够了,不过我只是点点头,挤出一个笑脸。"你如果敢不回来找我,我就去找你。到时可要你好看,阿特拉斯·科里根。"

面对我的威胁,他哈哈大笑。"好吧,要找到我还不简单。你知道我会在哪儿。"

我笑着答道:"那个一切都更美好的地方。"

他也微笑着:"在波士顿。"

接着,他吻了我。

艾伦,我知道你是个大人,自然懂得接下来的事,只是要一五一十告诉你,我还是不太自在。就这么说吧,我们不停拥吻,不停欢笑,彼此相爱,又不住喘息,喘息。我们不得不捂住嘴巴,尽量动静小些,以免被发现。

过后,他抱着我,皮肤贴着皮肤,心连着心。他亲了我一下,凝视着我的双眼。

"我爱你,莉莉。一切的一切。我爱你。"

我知道这些话早已是陈词滥调,毫无意义,在青少年中尤其如此。然而,从他口中说出时,我知道那绝不是热恋中的痴话,绝不是那样的一句我爱你。

设想你生命中遇到的所有人,熙熙攘攘像海浪般,随着潮汐鱼贯而来,又陆续离去。偶尔浪花卷来海底深处的东西,遗留在海滩上。潮汐退去,海滩上的印记见证了海浪曾经来过。

这便是阿特拉斯那句"我爱你"所告诉我的。他让我知道我是他生命中最大的那朵浪花,夹带的物质那样丰富,哪怕潮汐退去,我的印记也将存留。

说完爱我,他说有个生日礼物要给我,便拿出一个棕色的小袋子。"算不得什么大礼,却是我能买得起的最好的了。"

我打开袋子,拿出我收过的最棒的礼物。一块冰箱贴,顶上印着"波士顿",下边一行小字,"一切都更美好的地方"。我告诉他要永远珍藏，每回见它，我都会想他。

这封信一开始，我说这十六岁生日构成我生命中最美好的日子。那一秒前，确实如此。

而随后的几分钟，却是噩梦。

那晚阿特拉斯出现前，我未料到他会来，因此没想到要锁房门。我爸爸听到我在房间里和人说话，推开门，看见阿特拉斯和我躺在床上。我从未见我爸爸这么动怒。阿特拉斯也未料到后续的事，因此毫无防备，处于劣势。

我一辈子也忘不了那一刻，我爸爸手握棒球棍狠狠打他，而我手足无措，那般无助。唯一穿透我的尖叫声的只有骨头断裂的声音。

我至今不知道是谁报了警。我想是我妈妈，时隔六个月了，我俩却仍未谈起那晚。待警察赶到我房间，把我爸爸拉开时，我甚至认不出阿特拉斯了，他倒在血泊之中。

我歇斯底里。

彻底歇斯底里。

他们不仅得用救护车送阿特拉斯去医院，还不得不把呼吸困难的我也送上了救护车。那是我第一次也是唯一一次惊恐发作。

没人能告诉我他在哪儿、好不好。我爸爸甚至没有因他的所作所为而被逮捕。等到阿特拉斯无家可归，躲在那座旧房子里的消息传了开来，我爸爸那所谓的英勇行为反而受到尊敬——将他的女儿从一个操纵她与其发生性关系的流浪汉的魔爪中解救出来。

我爸爸说我的行径让镇上人说闲话，使整个家庭蒙了羞。不瞒你说，他们至今仍说长道短。今天在公车上，凯蒂告诉旁人她试图提醒过我远离阿特拉斯，我真恨她。她说自己第一眼看到他，就知道他是个讨厌鬼。瞎扯。如果阿特拉斯和我一起在车上，我兴许还能忍气吞声，像他说的那样稳重行事，而我这时气坏了，转过身，让她见鬼去。我告诉她阿特拉斯比她好多了，她永远无法企及，如果再敢说长道短，必定会后悔的。

她白了白眼，说："得了吧，莉莉。他给你洗脑了吧？他是个肮脏的小偷和流浪汉，或许还吸毒呢。他利用了你，让你傻傻地给他吃的，陪他上床，你反过来还维护他？"

她真该庆幸这时我到站了。我拎起书包，径直走下车，冲进家中，在房里哭了足足三小时。现在我的头很疼，我知道唯有把一切写下来，才能使我好受点，这封信，我逃避了六个月了。

不要见怪，艾伦，我的头依旧很疼。我的心也是。仿佛比昨天更疼了。这封信毫无作用。

我想我得有段时间不能给你写信了，它总让我想起他，太痛苦了。在他回来找我之前，我得继续假装坚强，继续假装勇敢向前游，虽然我所做的不过是尽力不让自己沉下去。我几乎无法把头抬出水面。

——莉莉

我翻到下一页，却空无一字。这是我最后一次给艾伦写信。

自那之后，再没有阿特拉斯的消息，而我却一点都不怪他。他差点死在我爸爸手里，想要他原谅我并不容易。

不过，我知道他还活着，他很好。这些年来，每每为好奇心所驱使时，我便会上网搜索他的消息，虽不多，却也足以让我知道他还活着，进了军队。

只不过我还是忘不掉他。时间冲淡了些事情，只是偶尔看到什么，想起他时，依旧不胜害怕。直到上大学的几年，交往了些人，我才想明白或许阿特拉斯不该是我生活的全部。或许，他只是其中一部分。

爱情兜兜转转，最终或许回不到原点。它会衰退，会消逝，来了又走，正如我们生命中遇到的人一样。

大学里，一个尤为孤独的晚上，我独自去了文身店，在他过去最喜欢亲吻的位置文了一个爱心，小小的，不过拇指纹大小。形状和他雕刻的橡木小爱心一样，顶上没有完全闭合，不知他是否有意刻成那样。每当想起他时，我心里正是这种滋味，仿佛缺了个口，空气直往外跑。

毕业后，兜兜转转，我还是搬到了波士顿，并非全然希望能找到他，只不过我得亲眼看看，这儿是否真的更好。

反正在普勒赫拉，也没什么值得我留恋，而我也恨不得走得离我爸爸远远的。即便他后来病重，无力再伤害我妈妈，不知为何，他依旧让我想逃离整个缅因州，我也确实逃离了。

第一次在阿特拉斯的餐厅遇见他，我百感交集，一时理不清。看到他好好的我自是欢喜，也很高兴看到他那样健壮。但一想到他不曾应诺来找我，如果说没有一丝丝难过，这是谎话。

我爱他。时至今日，依旧如此，今后也将永远爱他。他便是那片在我生命中留下印迹的巨浪，我永远都能感受到这份爱的重量，直至死去。这一点我深信不疑。

然而现在不同了。今天自从他走出我的办公室，关于我俩，我思索许久。我想，我们的生活有各自的道路。我有莱尔，阿特拉斯有他的女朋友，我们也都从事着曾经梦想的职业。虽然终未能归属同一片海浪，但不意味着我们便不属于同一片汪洋。

和莱尔，一切才刚刚开始，不过我对他却有着过去对阿特拉斯般的深情。他也如同阿特拉斯一样爱我。我相信，要是阿特拉斯有机会了解他，就能看到这一点，并真心为我高兴。

间或一片巨浪袭来，猝不及防，卷走你，吞没你。莱尔便是我不期而遇的巨浪，而此时我正漂浮在那绝美的海面上。

第二部分

第十八章

"噢,天呢。我觉得快吐了。"

莱尔用拇指托着我的下巴,微微抬起我的脸,咧嘴笑了笑。"没事的,别紧张。"

我不停抖着手,心里七上八下。"控制不住啊,你和艾丽莎告诉我的关于你妈妈的一切都让我紧张极了。"我瞪大双眼,双手捂着嘴,"噢,天哪,莱尔。要是她问我有关耶稣的问题怎么办?我从不去教堂。我是说,虽然小时候读过《圣经》,但里面的任何细节问题都答不上来。"

这回他真乐了,拉过我,在我头边上亲了亲。"她不会和你聊耶稣的。单听我说,她便很是喜欢你。你只要做你自己就好了,莉莉。"

我点点头。"做自己。好吧,我想今晚还是能够假装做自己的,对吧?"

电梯门开了,他带着我走到艾丽莎的公寓前。见他敲门,很是有趣,大概近来他几乎不住这儿了。过去几个月里,他慢慢地同我住到了一起。他的所有衣服都在我公寓里,还有他的洗漱用品。上周他甚至把那幅印着我模糊照片的装饰画挂进了我们卧室。往后便是正式同居了。

"她知道我俩住在一起吗？"我问他，"她会赞成吗？我是说，我还未婚。她每个礼拜天都上教堂。噢，不，莱尔！要是你妈妈觉得我是个亵渎上帝的荡妇怎么办？"

莱尔朝公寓门的方向努了努嘴，我转过身，只见他妈妈站在门口，一脸惊愕。

"妈妈，"莱尔说，"这是莉莉。我那亵渎上帝的小荡妇。"

噢，我的天哪。

他妈妈伸手拉我过去，给了我一个拥抱，好在她的笑声化解了我此刻的尴尬。"莉莉！"她说着，松开我，隔着一臂距离，仔细端详着我，"亲爱的，我怎么会觉得你是个亵渎上帝的荡妇呢。你可是我盼了十年的，落入莱尔怀里的天使啊！"

她领着我俩进屋。紧接着，莱尔的爸爸也是以拥抱欢迎我。"不，绝对不是个亵渎上帝的荡妇，"他说，"不像马歇尔，我的小女儿才十七岁，他就满心想着对她下手了。"他向后瞥了一眼正坐在沙发上的马歇尔。

马歇尔大笑起来。"金凯德医生，这可就是您的不对了，是艾丽莎先对我下的手。我当时一门心思都在另一个女孩身上，她嘴里有着奇多的味道，而且啊……"

这时艾丽莎一肘子捅向他身体一侧，他痛得赶忙弯下了腰。

就这样，我的担忧一下消失得无影无踪。他们那么正常，那么完美，打趣说着"荡妇"，被马歇尔的笑话逗得哈哈大笑。

我还能祈求更多吗？

三小时后，我和艾丽莎躺在她的床上。她爸妈得倒时差，早早上床休息了。莱尔和马歇尔在客厅里看体育节目。我把手搭在艾丽莎的肚子上,等着感受宝宝的动静。

"她的脚丫子在这儿呢,"她说着,将我的手移过少许,"稍等啊,她今晚可闹腾了。"

我俩静静地等着宝宝踢踢腿。摸到里边的动静时,我高兴地尖叫起来。"噢,天哪!真像个外星人!"

艾丽莎双手捧着她的肚子,微微笑着。"接下来的两个半月可有的熬了,"她说,"我迫不及待想见到她。"

"我也是。等不及想做阿姨啦。"

"我也等不及想看到你和莱尔有自己的宝宝。"她说。

我平躺下,双手托在脑后。"也不知道他想不想要。我们还没讨论过这个。"

"他现在想不想要不重要,"她说,"他总会想要的。认识你之前,他既不想恋爱,也不想结婚。而现在,我感觉不出个把月他就会向你求婚的。"

我抬手撑着头,看着她。"我们在一起还不到六个月。很显然,他想再等等。"

恋爱的进展问题,我不愿操之过急。我俩此刻的生活便再好不过。况且,此刻也忙得无暇准备婚礼,他如果想再等一阵子,我倒不甚介意。

"那你呢?"艾丽莎追问道,"要是他求婚,你愿意吗?"

我不禁开怀。"开玩笑?当然愿意。我今晚就愿嫁给他。"

艾丽莎的目光越过我的肩膀,望着我身后的卧室门,紧抿着嘴,极力隐藏着笑容。

"他就站在门口,是不是?"

她点点头。

"他听到我刚才的话了,是不是?"

她再次点点头。

我翻过身,只见莱尔倚在门框上,双手交叉在胸前。我看不出他听了这些话后在想些什么。他神色凝重,下巴紧绷,目光紧紧锁着我。

"莉莉,"他极其镇定地说,"我娶定你了。"

听了他的话,我脸上不禁露出最灿烂,而又不免是最尴尬的笑容,便赶紧抓起枕头挡在脸上。"哎呀!谢谢你,莱尔。"隔着枕头,我的声音有些模糊。

"太甜蜜了,"只听见艾丽莎说着,"我哥哥还是非常甜蜜的嘛。"

突然,我的枕头被夺走。只见莱尔站在跟前,一手拿着枕头。"我们走。"

我顿时心跳加速。"现在?"

他点点头。"我爸妈正好在,我周末请了假。花店里也有人替你打理着。我们去拉斯维加斯结婚。"

艾丽莎从床上坐起来。"你不能这样,"她说,"莉莉是个女孩子。她想要个真正的婚礼,有鲜花,有伴娘,还有各种七七八八。"

莱尔回过头来望着我。"你想要一个真正的有鲜花、伴娘和各种七七八八的婚礼吗?"

我思索片刻。

"不想要。"

三人沉默了片刻,艾丽莎激动得忘乎所以,在床上直踢腿。"他们要结婚啦!"她大呼着,翻身下床,直往客厅冲去,"马歇尔,快收拾行李!我们出发去拉斯维加斯!"

莱尔伸手攥着我的手,将我拉起来。他微笑着,不过我可得先确定他的心意。

"你是认真的吗,莱尔?"

他双手捋过我的头发,将我的脸拉近,嘴唇在我的唇上轻轻摩挲着。"赤裸的真相,"他喃喃道,"想到要成为你的丈夫,我激动得都快尿裤子了。"

第十九章

"都一个半月了,妈妈,别耿耿于怀了。"

电话那头,妈妈叹了口气。"你是我唯一的女儿。我做不到,我可是盼着你的婚礼一直盼到你长这么大的。"

那天,她虽在场,却还是没能原谅我。就在艾丽莎订机票之前,我们赶紧给她打了电话,把她从床上催了起来,还把莱尔的爸妈从床上拉了起来,催着他们连夜飞往拉斯维加斯。她没有劝阻,赶到机场时,相信她也看出我和莱尔早下定了决心。不过她也没能轻易放过我。自打我出生那天,她便梦想着我能有个盛大的婚礼,陪我一起试婚纱,挑蛋糕。

我躺在沙发上,翘着脚。"我以后补偿你怎么样?"我说,"这样吧,哪天我们决定要宝宝了,我保证按规矩来,决不随便在拉斯维加斯买一个。"

她笑了,紧接着又叹了口气。"要是你哪天给我生个外孙,兴许我便能释怀了。"

去往拉斯维加斯的飞机上,我和莱尔谈起孩子的问题。在承诺与他共度余生之前,我需要确保这事将来有商讨的余地。莱尔说那是自然。接着我们将今后兴许会引发问题的种种挨个理了一遍。我说想要各自账户独立,不过鉴于他赚得比我多得多,他得时不时给我买礼物哄我开心。他没有异议。他让我保证不会变成严格的素食主义者。这简单,我无法抛下对芝士的热爱。我提议我们得开始做些慈善,至少得给马歇尔和艾丽莎的慈善项目捐款。他说他已经在做了,这让我恨不得此时此地便嫁给他。他让我保证参加选举,说只要我去投票,投民主党、共和党或是独立党都可以。我俩握手说定。

抵达拉斯维加斯之后,我们全然达成了共识。

听见开门声,我赶紧躺好。"得挂了,莱尔回来了。"我和妈妈说,他关上门,我咧着嘴说,"不对。妈妈,得这么说:我丈夫到家了。"

妈妈被我逗乐了,同我说了再见。我挂断电话,将手机丢在一旁,手臂举过头顶,慵懒地枕在沙发扶手上。他朝我走来,满脸笑容,双膝跪在沙发上,慢慢地爬到我身上。

"我的妻子今天好吗?"他呢喃着,在我嘴上不住亲吻着。我向后仰着头,感受他慢慢亲吻着我的脖子。

这便是生活。

我俩几乎每天都上班,只不过他的工作时间长得有我的两倍,因而一周里他只有两三天能赶在我睡前到家。得以共度的夜晚,我便尤为希望他能与我缱绻。

他毫无怨言。

他认准我颈间一个角落,用力亲吻着,占据着,直到我生疼。"哎哟。"

他轻轻压下身,在我颈间低语着。"我要在你这儿留个吻痕。

别动。"

我笑着，纵容他。好在我头发够长，可以遮挡，之前也未曾有过吻痕。

他的嘴唇紧贴着那个位置，吮吸着，亲吻着，直至我麻木不觉刺痛。

· · ·

他先去洗澡，一出来，我便紧接着进去。一会儿要跟艾丽莎及马歇尔去吃饭。

再过几周，艾丽莎就要生了，这些天想着法儿找时间和我们俩见面。她担心有了宝宝，我们俩便不会去看她。真是杞人忧天。我们只会更常去探望，更何况，我早已爱我的小外甥女胜过他们所有人。

好吧，或许还没有，不过也快了。

快迟到了，冲澡时，便尽量避免弄湿头发。我正拿起剃刀，按在胳膊下，却突然听到碰撞声。我停下来。

"莱尔？"

没有回应。

我刮完毛，冲净肥皂泡。又传来一声碰撞声。

他到底在干什么呢？

我关上水龙头，抓起一条毛巾，匆忙擦了擦。"莱尔？"

依旧没有回应。我赶紧穿上牛仔裤，一边把衬衫往头上套，一边开门。"莱尔？"

卧室里的床头柜翻倒在一旁。我跑到客厅，只见他坐在沙发边，一只手抱着头，正低头看着另一只手中的什么。

"你在做什么？"

他抬头看我，我捉摸不透他的神情。到底发生了什么，我毫无头绪。不知刚刚是否接到了什么坏消息，或者是……噢，天哪。艾丽莎。

"莱尔，你吓到我了。出什么事了？"

他举起我的手机，看着我，仿佛我应心知肚明似的。见我一头雾水直摇头，他举起一张字条。"这东西很是有趣，"他说着，把我的手机放在面前的茶几上，"我不小心摔了你的手机。手机壳掉了。发现藏在里头的这个号码。"

噢，天哪。

不，不，不。

他将那号码攥在拳头里。"我想着，咦，怪了。莉莉不会有什么瞒着我的，便拨通了这个号码。"他站起来，拿起我的手机紧紧攥着，"算他走运，只接通了该死的语音信箱。"他一下将我的手机甩出去，重重地砸在墙上，碎落在地板上。

他停顿了三秒，我想接下来只有两种可能。

他会离开我。

或者他会伤害我。

只见他一手捋过头发，径直朝门口走去。

他离开了。

"莱尔！"我大喊。

我为什么不把那号码扔掉？！

我打开门，朝他追去。他一步两级台阶，直冲下楼梯，我追上他时，他已到了二楼楼梯口。我冲到他跟前，抓着他的衬衫。"莱尔，求你了。听我解释。"

他拽住我的手腕，将我推开。

· · ·

"别动。"

我感觉到他的手在我身上。温柔。平稳。

泪水不由自主地往下淌，刺痛了我的心。

"莉莉，别动。求你了。"

他的声音令我宽心，而我的头却很疼。"莱尔？"我试着睁开双眼，只是灯光过于刺眼。眼角传来一阵刺痛，我不禁皱起眉头。想要坐起来，他的手却按在我的肩上。

"在我弄完前，你千万不要动，莉莉。"

我再次睁开双眼，望着天花板，是我们卧室的天花板。"弄完什么？"开口说话时，嘴巴生疼，我抬起手，捂着嘴。

"你摔下了楼梯，"他说，"你受伤了。"

我望着他的双眼。他的眼中透着关切，却也夹杂着难过与愤怒。此刻他心中或许充斥着各种情感，而我只觉困惑。

我闭上眼睛，试图回忆他为什么生气，为什么难过。

我的手机。

阿特拉斯的号码。

楼梯间。

我抓着他的衬衫。

他将我推开。

"你摔下了楼梯。"

只是,我并非摔下去的。

他推了我,再一次。

这是第二次了。

"你推了我,莱尔。"

随着我的抽泣,我感觉全身开始颤抖。我不知道自己伤得多重,我甚至一点都不在乎。此刻,身体上的伤痛根本敌不过心里的苦楚。我开始拍打他的手,想让他离我远点。我蜷缩成一团,他从床边起身。

我期待他像上回一般尽力抚慰我,他却没有。只听见他在卧室里来回走动,不知道在做什么。他过来蹲在我面前时,我仍哭着。

"可能会有点脑震荡,"他面无表情地说,"嘴唇上有个小伤口。我刚刚包扎了你眼角上的伤口。无须缝合。"

他的声音冷冰冰的。

"还有其他地方疼吗?手臂?腿?"

他听着全然像个医生,丝毫不似一个丈夫。

"你推了我。"我眼里噙着泪水。我所能想、能说的只有这个。

"你摔倒了,大概五分钟前。就在我发现自己娶了这么个该死的荡妇之后。"他平静地说,在我枕头边上搁了些什么,"如果你需要什么,我相信你完全可以打这个电话。"

我看着头边上写着阿特拉斯号码的皱巴巴的字条。

"莱尔。"我抽泣着。

到底发生了什么?

前门的摔门声传来。

整个世界在我周围轰然坍塌。

"莱尔。"我自顾自低语着,把脸埋进手里,撕心裂肺地痛哭着。我被击垮了。

五分钟。

足以彻底击垮一个人。

· · ·

过了几分钟,十分钟,可能?

我不住地哭着,仍未从床上爬起来。我害怕照镜子,只是单纯……害怕。

前门开了,又"砰"地关上。莱尔出现在门口,而我却不知是否应该恨他。

或是惧怕他。

抑或心疼他。

这三种情感怎么会一齐向我袭来?

他的前额抵在卧室门上,一下下撞着门,我便这么看着。一下。两下。三下。

他转过身,冲向我,一下跪倒在床边,抓过我的双手,紧紧地握住。"莉莉,"他说,整张脸因痛苦而扭曲着,"求你告诉我那没什么。"他伸过手来,捧着我头的一侧,我感觉得到他的双手颤抖着。"我不能接受,我不能。"他倾上前,深深地吻了一下我的额头,接着前额抵在我的额头上,"求你告诉我你没有和他见面。求你了。"

我甚至不确定自己是否能够告诉他,我根本不想说话。

他依旧靠着我,一只手紧紧地抱着我的头。"那太痛苦了,莉莉。我如此爱你。"

我不住地摇头,想就这么把真相甩出,到时他便知道自己犯了多大的错。"我甚至不记得他的号码在里边了,"我低声说,"你们俩在餐厅打了一架后的第二天……他来店里找我。你可以问艾丽莎。他只待了五分钟。他拿过我的手机,把他的号码放进去,因为他不相信我和你在一起会平安无事。我忘了它在里面了,莱尔。我从未看过。"

他颤抖着呼了口气,紧接着释然地点了点头。"你发誓,莉莉?对着我们的婚姻、性命,以及你的一切发誓,那以后你再未和他说过话?"他松开我,看着我的眼睛。

"我发誓,莱尔。还未容我有机会解释,你就反应过激了,"我说,"现在他妈的从我家滚出去!"

看得出,我的话吓了他一跳。他猛地倒向背后的墙壁,呆呆地盯着我。一脸惊慌。"莉莉,"他嘀咕着,"你从楼梯摔下去了。"

不知他是想说服我,还是麻痹自己。

我平静地重复道:"从我家滚出去。"

他愣在那里。我坐起来,手不自觉伸往胀痛的眼睛。他撑着起身,向前迈了一步,我赶紧往床边上躲去。

"你受伤了,莉莉。我不能留下你一个人。"

我抓起一个枕头,向他砸去,仿佛真的能够伤到他。"滚出去!"我大喊。他接住枕头。我抓起另一个,站在床上,大喊着欲向他甩去。"滚!滚!滚出去!"

前门"砰"的一声关上,我把枕头丢在地板上。

我冲向客厅,把门反锁起来,又跑回卧室,重重地倒在床上——这张我和我的丈夫共享的床,这张他同我亲密无间的床。

也是这张他收拾残局时,将我放在上面的床。

第二十章

昨晚睡前,我试着抢修了一下手机,但无济于事。它摔成了两半。我定好闹钟,好早起在上班途中买个新的。

脸不像我预想中那般糟糕。当然,定是瞒不过艾丽莎,而我也不打算瞒她。我梳好头发,用一绺头发挡住眼角莱尔包扎的绷带。昨晚留下的唯一可见的印记便只有我嘴唇上的伤口了。

还有他留在我颈间的吻痕。

该死的、赤裸裸的讽刺。

我拿起包,打开前门,脚边突然倒下一个大块头,我赶紧站住。

它动了。

好一会儿我才意识到这个大块头是莱尔。他就睡这儿?

他发觉我开了门,赶紧站起来。此刻他就站在我面前,目光中充满哀求,双手温柔地捧着我的脸颊,嘴唇压在我的嘴上。"对不起,对不起,对不起。"

我推开他,上下瞟了他两眼。他就睡这儿?

我迈出家门,锁上门,漠然地绕过他,径直下了楼梯。他一路跟着我到我的车旁,乞求我和他说说话。

我没有开口。

我就这么走了。

• • •

一小时后,我手中才有了一部新手机。车子还停在手机店门口,我坐在车里,启动手机,屏幕上一连跳出十七条消息。八个未接来电。全部来自艾丽莎。

想着莱尔一整晚没有给我打电话,也在情理之中,他很清楚我的手机成了什么样。

正点开一条信息,手机响了,是艾丽莎。

"喂?"她先是重重地叹了口气,紧接着,"莉莉!到底怎么了?噢,天哪,你不能这么对我,我怀着孕呢!"

我启动车子,将手机调成蓝牙模式,往花店开去。艾丽莎今天休息。再过几天她就该休产假了。

"我没事,"我告诉她,"莱尔也没事。我们吵了一架。抱歉没能给你打电话,他摔坏了我的手机。"

她沉默了片刻。"真的吗?你还好吧?你现在在哪儿?"

"我很好。正在上班路上。"

"好的,我也快到了。"

还没来得及说让她别来,她便挂了电话。

到花店时,她已经在那儿了。

我推开门,准备回答她的种种问题,也为把她哥哥踢出家门找了辩护的理由。可看到他俩站在柜台旁时,我愣住了。莱尔倚着柜台，艾丽莎双手搭着他的肩，说着些什么，我听不见。

听到关门声，他俩一齐转过来看着我。

"莱尔，"艾丽莎小声说，"你对她做了什么？"她绕过柜台，一把拉过我，给了我个拥抱。"噢，莉莉。"她说着，一手抚着我的后背。她松开我，眼里噙着泪水。她的这个反应令我不解。她显然知道这是莱尔的责任，如果如此，按理说她会揍他，或者至少朝他破口大骂。

她转身看着莱尔。他正望着我，满脸歉疚，却又满心期待的样子，仿佛渴望过来抱着我，却又无比害怕碰我。他理当如此。

"你得告诉她。"艾丽莎对莱尔说。

他立即把头埋进手里。

"告诉她啊，"艾丽莎说，口气更为愤怒了，"她有权知道，莱尔。她可是你的妻子。你如果不说，我说。"

莱尔的双肩下垂，头完全压在柜台上。艾丽莎到底让他告诉我什么，令他如此痛苦，他甚至无法看着我。我捂着腹部，感受到比我的内心更为深重的焦虑。

艾丽莎转向我，双手搭在我肩上。"听他说完，"她恳求着，"我并非让你原谅他，因为我也不知道昨晚到底发生了什么。只是求你，作为我的嫂子和我最好的朋友，给我哥哥一个机会，听他把话说完。"

• • •

艾丽莎说她会留下来看店，直到一小时后有其他员工来接班。

我依旧十分生他的气，不愿他同我坐一辆车。他说自己打个车，到我公寓碰面。

一路上，我都深为苦恼，他要向我坦白的、艾丽莎已经知道的那件事，到底是什么。脑海里闪过许许多多念头。他要死了吗？出轨了吗？失业了吗？艾丽莎看似并不十分清楚昨晚的事，因此这两者之间有何联系，我毫无头绪。

我到家十分钟后，莱尔总算走进门来。我坐在沙发上，不安地抠着指甲。

他慢慢走到椅子旁，欠身坐下，我站起来。来回踱着。他俯下身，十指紧扣在面前。

"坐下来吧，莉莉。"

他恳求道，仿佛见我这样担忧，他承受不了。我坐回沙发上，收起双脚，整个人蜷在臂弯里，双手捂着嘴。"你要死了吗？"

他瞪大了双眼，随即摇摇头。"不，不是。不是这样的。"

"那是怎样？"

我只希望他痛痛快快说出来。我的双手开始颤抖。见我这么惊慌，他倾身上前，将我的手从脸上拿开，握在他手里。昨晚他那样对我之后，我原不想让他碰我，但内心的一小部分却又渴望他的安慰。对即将到来的坦白的期待令我阵阵恶心想吐。

"没人快死了。我也没有对你不忠。我所要说的不会令你受伤，好吗？都是些往事。只不过艾丽莎觉得有必要让你知道。而且……我也这么想。"

我点点头，他松开我的手。这回倒是他站了起来，在茶几后边踱来踱去，仿佛需要鼓足勇气才能说出口。这令我更为不安了。

他坐回椅子上。"莉莉,你还记得我们相遇那晚吗?"

我点点头。

"还记得我走到天台上时有多么愤怒吗?"

我再次点点头。他当时不停地踹那把椅子,直至意识到它坚不可摧。

"还记得我那赤裸的真相吗?那晚我告诉你的,令我怒不可遏的那个事实?"

我低下头,回想那晚,以及他吐露的全部事实。他说自己厌恶婚姻,说只钟情于一夜情。他从不想要小孩。那晚他因一个病人抢救无效而无比愤怒。

我若有所悟地点点头。"那个小男孩,"我说,"你那般生气,是因为一个小男孩死了,你很是沮丧。"

他飞快地松了口气。"不错。那确实是我愤怒的原因。"他再次起身,我仿佛看见他的整个灵魂分崩离析。他用掌心按着双眼,极力忍着泪水。"我和你说起那个小男孩时,还记得你对我说了什么吗?"

不知为何,我的内心涌起想哭的冲动。"记得。我和你说我无法想象发生那样的事会对那个小男孩的弟弟产生什么样的影响。那个不小心开了枪的男孩。"我的嘴唇开始颤抖,"那时你说:'会毁了他一辈子,这就是对他造成的影响。'"

噢,天哪。

他想要说什么?

莱尔走过来,在我面前蹲下。"莉莉,"他说,"我知道那会毁了他。我清楚地知道那个小男孩的感受……因为同样的事也曾发生在我身上。发生在我和艾丽莎的哥哥身上……"

泪水夺眶而出，我哭了。他的手臂紧紧圈着我的腰，头埋在我腿上。"我朝他开了枪，莉莉。我最好的朋友，我的大哥哥。我那时才六岁，甚至不知道手里握着的是把真枪。"

他的整个身体不住地颤抖着，抱得我更紧了。我在他发间亲吻着，他仿佛濒于崩溃，正如那晚在天台上那般。我虽还生他的气，却也依旧爱着他。得知这件事，关于他，也关于艾丽莎，着实令我悲痛不已。我们就这样静静地坐了好久——他的头靠在我腿上，手搂着我的腰，而我亲吻着他的头发。

"那时，艾丽莎才五岁，爱默生七岁。我们在车库里，过了很久，没有人听见我们的尖叫声。而我就这么坐着，而且……"

他松开我，站起来，背对着我。沉默许久之后，他坐到沙发上，身体前倾。"我极力想……"痛苦扭曲了他的脸，他低下了头，将脸埋进手里，颤抖着，"我极力想把所有东西都放回他的头里。我以为自己可以修好他，莉莉。"

我不禁用手捂住嘴巴，倒抽了一口冷气，声音那样大，指缝怎么都捂不住。

我不得不起身透一口气。

但无济于事。

我依旧喘不过气来。

莱尔走过来，握住我的手，将我拉向他。我们抱着彼此，整整一分钟，他才开口："告诉你这些，绝非想为自己的行为找借口。"他松开我，坚定地凝视着我的双眼，"你一定要相信。艾丽莎希望我告诉你一切，因为自那以后，一些事情我便无法控制。我会发怒,会突然失去知觉。自六岁起,我便接受心理治疗。但这不是我的借口,而是我的事实。"

他轻轻地擦掉我的泪水,将我的头按在他的肩膀上。

"昨晚你追上来时,我发誓我并不想伤害你。我当时心烦意乱,怒不可遏。有时当一下承受那么多情感时,我身体里的某个开关便啪地关上了。我记不得自己推你的那一刻了,但我知道我推了。我确实推了。你追着我时,我心中想的全是怎样才能躲开你。我想让你走开。我没有想过边上是楼梯,也没有意识到自己的力气比你大得多。我搞砸了,莉莉。我彻底搞砸了。"

他凑到我耳边,哑声说着:"你是我的妻子。我本该是那个保护你不受怪物伤害的人,没想到自己却成了个怪物。"他万般绝望地抱着我,整个人都在发抖。长这么大,我从未感受过一个人身上竟能散发如此巨大的苦痛。

这令我心碎,将我里里外外撕了个粉碎。我的心只想紧紧包住他那破碎的心。

然而,纵然听了他所说的一切,我依旧挣扎着,不知是否该原谅他。我发过誓的,绝不再容忍第二次。我对着他,对着自己发过誓的,若他再伤我分毫,我势必离开他。

我挣开他,不敢看着他的眼睛,走回卧室,尽力让自己喘息片刻。我关上浴室门,抓着盥洗盆,却无法站稳。我滑倒在地板上,泪流不止。

这一切原本不该是这样的。在我一生中,我清楚地知道,如果有个人像我爸爸对待我妈妈那样对我,自己该怎么做。很简单,我会离开,永绝后患。

然而我并没有离开。此刻,那个本该爱我的人却弄得我一身瘀青与伤口,那个人是我的丈夫。

虽是如此,我却依旧极力为发生的一切辩护。

那是个意外。他误以为我对他不忠。他心痛、愤怒,而我偏偏挡着他的路。

我以手掩面,抽泣着,得知他在童年时经历的一切,我宛如揪心,这样的痛苦远甚于我对自身的哀怜。然而,那却无益于我的无私或是坚强,反而更感可怜与软弱。我本该恨他。我本该成为一个我妈妈始终无力成为的坚强的女性。

不过如果说我在效仿我妈妈的一味忍让,便意味着将莱尔的过错与我爸爸的恶行等量齐观。而他绝非那样的人。我不该将他们与我们相提并论。我们是迥然相异的境况里独立的两个人。我爸爸的愤怒从来无端,歉意从不及时。他对待我妈妈的方式,远比莱尔与我之间的种种恶劣得多。

就在刚刚,莱尔对我敞开心扉。除我以外,他或许从未对任何人这么坦白过。他正在为我,努力变成一个更好的人。

不错,昨晚他是把一切都搞砸了。但此刻他在这儿,努力想让我了解他的过去,以及他为何会那样反应过激。人无完人,我不该将自己的婚姻困在我所唯一目睹的那段反例的阴影里。

我拭去泪水,站起身来,望着镜子,里头没有我妈妈的影子,唯有我自己。我看见一个女孩,她深爱着她的丈夫,愿尽一切努力帮助他。我知道自己和莱尔够坚强,跨得过这个坎。我们的爱也够坚定,足以让我们渡过这个难过。

我走出浴室,回到客厅。莱尔站起来,面对着我,脸上满是害怕。他怕我不会原谅他,而我也不确定是否真能原谅他。吸取教训,并不意味着对过错的宽恕。

我走到他身边,握住他的双手,开口时,唯有赤裸的真相。

"还记得在天台那晚你对我说了什么吗?你说:'哪有什么坏人,我们都不过是偶尔做了坏事的普通人。'"

他点点头,攥紧我的手。

"你不是一个坏人,莱尔。我知道的。你依旧能够保护我。如果心烦了,你便走开,我也会躲着。我们先把问题放在一边,等你冷静下来了再谈,好吗?你不是个怪物,莱尔。你也不过是个普通人。作为普通人,我们无法指望以一己之力承担所有苦痛。偶尔我们得和爱自己的人分担,才不致被压垮。除非知道你需要,否则我无法帮你。让我帮你吧。我们能够渡过这个难关,我知道我们可以的。"

他舒了长长一口气,仿佛自昨晚起便积压在胸中。他紧紧地搂着我,脸埋进我的头发中。"帮帮我,莉莉,"他低声说,"我需要你帮帮我。"

他抱着我,内心深处,我知道自己所做的是对的。他身上的美好远胜于他的不是,我愿竭尽所能令他相信这一点,总有一天,他自己也能看见。

第二十一章

"我要走啦。还有什么要帮忙的吗?"

我从案头的文件中抬起头来,摇了摇头。"谢谢你,瑟琳娜。明天见。"

她点头走开,留我办公室的门开着。

艾丽莎快到预产期了,这会儿随时有可能临盆。不过,我还有两个全职员工,瑟琳娜和露西。

不错。就是那个露西。

她结婚两三个月了,两周前过来找工作。事实上,我们俩合作得颇为顺利。她一刻没闲着,如果我碰巧也在店里,便索性把办公室门关了,免得听她唱歌。

楼梯上的那场意外已过去将近一个月了。纵然莱尔向我坦露了他的童年,原谅依旧不是易事。

我知道他脾气暴躁。初次相遇那晚,还没来得及说上话,我便见识到了。在我家厨房那个可怕的晚上也是。还有他发现我手机壳里藏着手机号码的那天。

只是我还看到莱尔和我爸爸之间的不同之处。

莱尔富有同情心。他会做我爸爸绝不会做的事,给慈善机构捐款，关心他人，凡事把我放在首位。他万万不会让我把车停在车道上，而自己霸占着车库。

我得时时提醒自己这些。有时，我内心的那个女孩——那个我爸爸的女儿——非常固执己见。她说我不该原谅他。她说第一次我就该离开。有时我听信了那个声音，不过彼时那个不了解莱尔的我又怎能理解婚姻向来不曾完美？总有双方悔不当初的时候。我不禁会想，如果第一次冲突后我便离开他，我会怎么看待自己。他确实不该推我，可我也做了不该做的事。倘若那时就离开，算不算有违婚姻的誓言呢？不论顺境逆境，我不愿轻易放弃我们的婚姻。

我是个坚强的女性，曾在滥施暴力的环境中长到这么大。我绝不会成为第二个我妈妈，这一点，我百分之百相信。莱尔也绝不会变成第二个我爸爸。我想，我们需要直面楼梯上所发生的一切，好让我了解他的过去，好让我们一同面对未来。

上周我们又吵了一架。

我很害怕。前两次争吵，收场并不好。我想知道，帮助他克服愤怒这一约定是否有效，这一次便是个证明。

当时我们正谈论着他的事业。他的实习期已结束，英国剑桥有个为期三个月的专业课程培训，他递交了申请，很快便能收到答复，但这不是我烦恼的原因。这是个绝佳的机会，我绝不会拦他。我们俩这么忙，三个月算不得什么，因此这不至于令我心烦。我不满的是他谈到的剑桥之行结束之后的打算。

他收获了一个在明尼苏达州梅奥诊所工作的机会，希望我们搬过去。他说麻省总医院在全球神经学医院中排名第二，而排在首位的正是梅奥诊所。

他说他从未打算在波士顿长住。我告诉他,在飞往拉斯维加斯结婚途中,谈论我们的未来时,他就该提及这点。我不能离开波士顿。我妈妈住这儿。艾丽莎也住这儿。他告诉我两地只有五小时航程,我们可以常来探望。我告诉他住在几个州开外,很难经营好一个花店。

争吵愈演愈烈,我俩都怒不可遏。他一度愤怒到将桌上一个装满鲜花的花瓶掀翻在地,我俩都愣住了,盯着地上看了好一会儿。我怕极了,开始怀疑留在他身边,相信自己能够与他共同应对他易怒的毛病,是不是个正确的决定。他深吸一口气,说:"我先离开一两小时。我想我需要先走开一下。等我回来,我们再谈。"

他走出家门,真如他所说,一小时后,他冷静了些,便回来了。他将钥匙扔在桌上,径直向我走来,捧着我的脸,说:"我告诉过你我想要做到业内最好,莉莉。我们初次相遇那晚我就告诉过你。这是我的赤裸的真相之一。不过,倘若让我在全球最好的医院工作和让我的妻子开心两者之间选择……我选择你。你便是我的成功。只要你高兴,我不在乎在哪里工作。我们就待在波士顿。"

我这才确定自己做了正确的选择。每个人都值得一个改过的机会,尤其是那些于你最为重要的人。

争吵平息一个星期了,他不再提起搬家的事。我很是内疚,仿佛自己多少妨碍了他的计划,但婚姻里总有妥协,夫妻一体,要看怎么做对双方最好,而非对个人。留在波士顿对我们两家人中的每一个都好。

说起家人,我望向手机,正好收到艾丽莎的信息。

艾丽莎：你那边忙完了吗？我需要你给我的家具提点意见。

我：十五分钟后到。

不知是生产在即，抑或是她最近闲着没上班，可以肯定的是，这周我在她家的时间比在自己家还多。我关好店铺门，去往她的公寓。

· · ·

出了电梯，见她家门上贴着一张便签，上面写着我的名字，我把它从门上撕下来。

莉莉：

7层，749房间。

——莎

她竟然还有个空公寓放闲置的家具？不错，他们是很富裕，不过这未免有点过于铺张。我走进电梯，按下七层的按钮。门开了，我沿着门厅朝749房间走去。到门口时，不知是该敲门，还是直接走进去。就我所知，应该有人住这儿，或许是她的某个帮佣。

敲了门，里头有脚步声传来。

门一打开，见莱尔站在我面前，不免大吃一惊。

"嗨，"我说，一头雾水，"你怎么在这儿？"

他咧咧嘴，靠在门框上。"我住这儿。你怎么在这儿？"

我瞟了眼旁边的锡制门牌，又看着他。"你住这儿，什么意思？你不是和我住一起吗？原来你一直有自己的房子？"拥有一整套公寓这么重要的事，作为丈夫难道不该向妻子提及吗？我心里不免有些不舒服。

实际上，这简直荒唐，堪称欺骗。此刻，我甚至非常恼火。

莱尔笑着直起身子，伸手握着头顶的门框，整个人堵住了门口。"考虑到今早刚签的合约，我还真没能来得及告诉你。"

我退后一步。"等等。什么？"

他拉过我的手，将我拉进屋。"欢迎回家，莉莉。"

我愣在门厅里。

不错，就是门厅。屋里有个门厅。

"你买了套房？"

他慢慢点了点头，观察着我的反应。

"你买了套房。"我重复道。

他仍是点头。"是的。还可以吗？想着既然住在一起，需要大点的空间。"

我缓缓环视。目光一转到厨房，我呆住了。虽不及艾丽莎家的那么大，却是同样明亮、漂亮。里头有台冷酒器和洗碗机，这是我自己家里所没有的。我走进厨房，四下看着，不敢碰任何东西。这真的是我的厨房吗？简直不可思议。

我痴看着客厅顶头的拱形天花板，以及俯瞰查尔斯河的宽敞大窗。

"莉莉？"他在我身后说，"你没生气吧，对吗？"

我转身面对他，这才意识到过去这几分钟他一直在等着我的反应。而我却全然说不出话来。

我摇摇头，伸手捂着嘴。"我想没有。"我嘀咕着。

他走上前，握着我的手，举到我俩中间。"什么叫你想没有？"他满是担忧与困惑，"请给我个赤裸的真相，不然我要担心自己不该这么做了，原本是想给你一个惊喜的。"

我低头看着脚下的硬木地板。货真价实的硬木，绝非复合地板。"好的，"我看着他，"没和我商量就擅自买了套公寓，这很疯狂。我觉得这该由我俩一同决定。"

他不住点头，正欲道歉，但我还没说完。

"不过我的赤裸的真相是……这太完美了。我甚至不知道该说什么，莱尔。一切都这样干净。我都不敢动，生怕把它弄脏了。"

他这下松了口气，一把拉过我。"你弄脏也无妨，宝贝。这儿是你的了。大可以想弄多脏弄多脏。"他亲吻着我头的一侧，我甚至还没能说声谢谢。如此盛情，一声感谢似乎太微不足道。

"我们什么时候搬进来？"

他耸耸肩。"明天？我明天休息。我们东西也不多。接下来几周可以陆续买点家具。"

我点点头，脑中盘点着明天的安排。先前就知莱尔明天休息，便未给自己排事情。

我忽然需要坐下来。屋里还没有椅子，不过好在地板干净。"我得坐下来。"

莱尔扶我坐到地板上，自己坐在我面前，依旧牵着我的手。

"艾丽莎知道吗？"我问他。

他笑着点点头。"她可激动坏了，莉莉。我早想着在这边买个公寓了。自打我们决定在波士顿长住，我就打算给你个惊喜。她帮的忙，不过，先前我还担心没来得及告诉你，她倒说漏嘴了。"

我一时难以置信。我住这儿？我和艾丽莎接下来便是邻居了？不知为何，我想到的竟是这个，或许因为我也激动坏了。

他微笑着，说："我知道你需要点时间理一理思绪，不过你还没看到最棒的部分呢，可把我憋坏了。"

"快带我看！"

他咧着嘴，拉我起来。我们穿过客厅，走过一条走廊。他一一开门，给我介绍各个房间，却没容我进去细看。待到主卧时，我已心中有数，三个卧室，两个浴室，还有一个办公室。

没等我好好欣赏卧室的美，他便把我拉到房间另一头。他走到一堵挂着窗帘的墙前，转身看着我。"这里虽不能让你造个花园，不过加点盆栽，也相去不远了。"他拉开窗帘，打开一扇门，一个巨大的阳台展现在我面前。我跟着他走出去，脑中早已浮现出自己想要摆上的所有盆栽花草。

"这里和屋顶天台的视野一致，"他说，"我们可以一直欣赏初次相遇那晚的景致了。"

好一会儿，我才缓过神来，不过这一切来得太突然，我不禁哭了起来。莱尔拉我到他怀里，紧紧抱着我。"莉莉，"他小声说，一手摸着我的头发，"我不是有意让你哭的。"

我破涕为笑。"我只是不敢相信自己住这儿。"我从他怀里抽出身，抬头望着他，"我们很有钱吗？你怎么买得起这个？"

他哈哈大笑。"你嫁的可是个神经外科医生，莉莉。怎么会缺钱呢？"

他的回答令我不禁开怀，不过我的眼泪还是抑制不住。

外头有人大声敲门，我们迎来了家里的第一位客人。

"艾丽莎，"他说，"她一直等在走廊里呢。"

我赶紧冲到前门，门一打开，我俩便抱在一起，尖叫起来，我不免又哭了起来。

晚上我们便待在新房子里。莱尔点了中餐外卖，马歇尔下来和我们一起吃。家里还没有桌椅，我们四人就索性围坐在客厅中间的地板上，直接就着餐盒吃。我们讨论着该怎么装修，讨论着成为邻居以后要一起做的种种，讨论着艾丽莎即将到来的分娩。

一切的一切，乃至更多。

我迫不及待想告诉妈妈。

第二十二章

艾丽莎的分娩日晚了三天。

搬进新家已有一周。莱尔休息那天,我们顺利地把所有东西搬进去。入住第二天,我和艾丽莎便去采购家具。第三天,总算安顿下来了。昨天,收到第一封信件,是一张物业账单。可算有了实在感。

我结婚了,有个极好的丈夫,住在非常棒的房子里。最好的朋友恰巧是我的小姑子,而我快当舅妈了。

斗胆说一句,生活如此,夫复何求。

我合上电脑,准备下班。最近总会提早下班,一想到要回新家,便喜不自胜。我刚要锁上办公室的门,莱尔便用钥匙打开了花店的前门。他手里满当当的,便由着门自个儿关上。

只见他胳膊底下夹着份报纸,两只手上各端着杯咖啡。尽管外表凌乱,步履匆忙,他脸上却挂着微笑。"莉莉,"他说着,朝我走来,将一杯咖啡塞到我手中,从胳膊底下抽出报纸,递给我,"三件事情。第一……你看报纸了吗?"报纸内页朝外对折着,他指着一篇报道:"你做到了,莉莉。你做到了!"

我低头去看,不敢抱有太高期望。或许他说的远非我所想的。

一读标题，便知他说的正是我所期盼的。"我做到啦？"

莉莉·布鲁姆的花店提名"波士顿最佳新兴企业"奖，这是该报纸每年评选的民众选择奖下的分类奖项，专为成立不满两年的新企业设立。上周该报的一名记者给我打电话，问了我一系列问题时，我便预感自己可能入围了。

标题写着"波士顿最佳新兴企业，票选你心目中的十佳！"。

我微笑着，莱尔拉过我，一把抱起我来，直转圈，我险些洒了咖啡。

说是有三件事情，如果一开始便是这件，我想象不到其他两件会是什么。"那第二件事情呢？"

他放我下来，说："我先说了最棒的，实在太开心了。"喝了口咖啡，他接着说，"我入选剑桥的培训项目啦。"

我的脸上即刻扬起灿烂的笑容。"真的吗？"

他点点头，又抱起我直转圈。

"我真为你骄傲，"我说着，亲吻他，"我俩都这么成功，真讨厌。"

他乐了。

"第三件事呢？"我问他。

他放开我。"噢，对。第三件……"他漫不经心地倚在收银台上，慢慢呷了一口咖啡，把杯子轻放到台上，"艾丽莎正在分娩中。"

"什么？！"我大叫一声。

"对的。"他示意了下我俩的咖啡，点点头，"所以才给你买了咖啡。今晚怕是睡不上觉了。"

我高兴得直拍手，跳上跳下，紧接着又慌慌忙忙四处找包、外套、钥匙、手机、电灯开关。刚走到门口,莱尔又急急忙忙冲到收银台,抓起报纸,塞到胳膊底下。锁门时,我的手依旧兴奋得直发抖。

"我们要当舅舅、舅妈啦!"我边说着,边跑向我的车。

这一玩笑可把他逗乐了,他说:"舅舅,莉莉。我要当舅舅了。"

• • •

马歇尔平静地踏入走廊。莱尔和我赶紧打起精神,等他的好消息。过去半小时,里头一直很安静。原本等待着艾丽莎痛苦的尖叫——分娩的一个迹象——结果一丝声音也没有。甚至没有新生儿的啼哭声。马歇尔脸上的神色把我吓坏了,双手不禁捂着嘴巴。

他的双肩开始颤抖,泪水夺眶而出。"我当爸爸了。"他对着空气猛地挥拳,"我是个父亲了!"

他先是抱了抱莱尔,又来抱我,说:"先让我们俩单独待十五分钟,待会儿你们就可以进去看她了。"

待他关上门,我和莱尔不约而同都重重地松了口气。我们望着彼此,笑了。"你也想到最坏的情况了吧?"他问。

我点头,上前抱住他。"你当舅舅了。"我微笑着说。

他亲吻着我的头,说:"你当舅妈了。"

半小时后,我们都站到了床边,看着艾丽莎抱着新生的宝宝。宝宝很健壮。至于像谁,为时尚早,不好说。总之,她很漂亮。

"想抱抱你的外甥女吗?"艾丽莎对莱尔说。

他先是一下僵住，仿佛很紧张，紧接着点点头。她弯下身子，把宝宝放在莱尔臂弯里，教他该怎么抱。他低头紧张地看着宝宝，走到沙发跟前坐下。"你俩想好名字了吗？"他问。

"想好了。"艾丽莎说。

莱尔和我一同望向艾丽莎，她微笑着，热泪盈眶。"我和马歇尔想让她的名字随一个我俩都极其看重的人，因此在你的名字（Ryle）后边加了个E，叫她莱莉（Rylee）。"

我立即转过去看莱尔，他快速地呼了口气，仿佛受了惊吓一般。他低头看着怀里的莱莉，微笑着。"哇，"他低声说，"我不知该说些什么。"

我捏了捏艾丽莎的手，走过去在莱尔身旁坐下。很多时候，我都以为自己不会比当下更爱他了，但事实再一次证明我错了。他那看着他新生的小外甥女的眼神，一下充盈了我的心灵。

马歇尔挨着艾丽莎在床边坐下。"整个过程中，伊莎有多安静你们知道吗？吱都不吱一声。她甚至没有打麻醉。"他一手搂着她，躺在她身边，"我觉得自己好像是电影《全民超人汉考克》里的威尔·史密斯，发现自己娶了个超级英雄。"

莱尔大笑。"从小到大，她可不止一次揍得我屁滚尿流。她要真是超级英雄，我可一点也不吃惊。"

"当着莱莉的面不许说粗话。"马歇尔说。

"屁滚尿流。"莱尔对着她小声嘀咕着。

我们都笑了。接着莱尔问我要不要抱抱她。我抓抓手，活动着十指，可把我等急了。我把她搂在怀里，不禁惊讶自己竟已如此喜爱她。

"爸妈什么时候过来?"莱尔问艾丽莎。

"明天午饭时间能到。"

"我想我得先睡一觉。刚轮完一个长班。"他看着我,"你要一起来吗?"

我摇摇头。"我想在这儿多待一会儿。你开我的车吧,我等下打的回去。"

他在我脑袋一侧亲了下,接着跟我头挨头,一同看着莱莉。"要不我们也造一个这样的?"他说。

我抬眼望着他,不确定自己是否听错了。

他眨了眨眼。"要是你回来晚了,我已经睡了,叫醒我。我们今晚就开工。"他同马歇尔和艾丽莎说了再见,马歇尔送他出门。

我望向艾丽莎,她满脸微笑。"早告诉你他会想和你生宝宝的。"

我咧着嘴笑,走到她床边。她往边上挪了挪,给我腾个空。我把莱莉放回她手中,我们紧挨着坐在床上,看着莱莉睡觉,仿佛这是我们所见过的最美妙的事。

第二十三章

三小时后,我回到家,已经过了十点。莱尔走后,我陪艾丽莎待了一小时,接着回办公室处理了一些事情,好让接下来两天空闲下来。每逢莱尔调休,我总尽量调整自己的假期,与他一致。

进门时,灯关着,莱尔定是上床休息了。

开车回家途中,我不断想着他刚才所说的。原本未料到这个话题这么快便提上日程。我虽快二十五岁了,但下意识里总觉得要组建一个家庭,至少得再过几年。我仍未确定自己是否准备好了,但有朝一日得知他也想要一个家,不禁感到无比幸福。

叫醒他前,我决定先垫垫肚子。还没吃晚饭,我饿坏了。一打开厨房灯,我失声尖叫起来,一只手不禁捂着胸口,倒在灶台上。"天哪,莱尔!你干什么?"

他靠在冰箱旁边的墙上,跷着二郎腿,眯着的双眼直射向我的方向,手里不停摆弄着什么东西,紧盯着我。

我的目光落到他左边灶台上的一个空玻璃杯上,许是刚盛过威士忌。他偶尔会喝一点,有助入眠。

我看着他,见他脸上一层邪恶的笑意,身体里瞬间涌起一股热流,我知道接下来会发生什么。狂乱的脱衣与热烈的亲吻将在这个屋里上演。自打搬进来,每个房间都受过我们激情的洗礼,唯有厨房得以偏安一隅。

我冲他微笑,心仍未从在黑暗中撞见他的惊吓中缓过来,咚咚乱跳。他的目光落到手上,我注意到他正拿着那块波士顿冰箱贴,搬进新家时,我从旧公寓里把它带来,贴在冰箱上。

他将它放回冰箱上,嗒嗒敲着。"你从哪儿得来的?"

我看看冰箱贴,又看看他。绝不能告诉他这是我十六岁生日那天阿特拉斯送我的,否则只会牵出那不愉快的话题。我正满心期待着将要发生的一切,不愿在此时向他吐露赤裸的真相。

我耸耸肩。"记不得了,太久远了。"

他紧盯着我,没有说话,接着站起来,朝我迈了两步。我向后靠在灶台上,屏住呼吸。他握住我的腰,将我拉近。他含住我的嘴,亲吻我。

好,就是现在。

他的嘴唇一路压下我的脖颈,我踢掉鞋子。

他将我举起,放在灶台上,自己站在我两膝之间。他的气息里有着苏格兰威士忌的味道,我很喜欢。那温暖的双唇滑过我的唇时,我已呼吸沉重。他抓住一把我的头发,温柔地向后拉着,令我抬起头望着他。

"赤裸的真相?"他低声道,凝视着我的嘴巴,仿佛要一口吞没我。

我点点头。

他的目光牢牢锁住我的目光。

"你从哪儿得来的那个冰箱贴,莉莉?"

什么?

涌向心房的血液仿佛一下开始逆行。

他为何一直追问这个?

他的目光依旧充满了渴望。但是他的手——拉住我头发的那只手开始使劲拽拉,我皱起眉头。

"莱尔,"我低声说,努力使声音保持平静,哪怕我已开始颤抖,"有点痛。"

他的目光却依旧紧盯着我。他慢慢握住我的脖子,温柔地捏了捏。嘴唇压到我的唇上,舌头潜入我口中。我回应着,不知他此刻在想些什么,希望只是我多虑了。

他压着我,我能感觉到他的兴奋。然而紧接着,他放开了我,双手一下抽离,背靠在冰箱上,用带有侵略性的眼神看我。

我的心慢慢平静下来。

是我多虑了。

他伸手从旁边的炉灶旁拿起一份报纸。就是他先前给我看的那份,上面刊着入围名单。他举起报纸,丢给我。"你看过了吗?"

我松了口气。"还没。"我说,目光落在那篇报道上。

"大声读出来。"

我抬眼看他,笑了笑,但胃里不安地翻腾着。此刻他的举止有些异样,但我说不上来。

"你想让我读这篇报道?"我问,"现在?"

我坐在厨房灶台上,手里握着份报纸,不免心生狐疑。他点点头。"我想让你大声读出来。"

我盯着他,试图理解他的行为。或许威士忌令他格外兴奋。大多时候，我们只是单纯地温存。不过偶尔会有狂野的性爱，略带危险，一如他此刻的眼神。

我开始大声朗读那篇报道。他突然上前一步，说："不用从头开始。"他翻到文章中间，指着其中一行，"读最后几段。"

我低着头，更是不理解了。不过，管他呢，赶紧过了这茬儿，早点上床去……

"票数最高的店当然毫无悬念。据旅行网站猫途鹰显示，市场街上去年四月新近开业的地标性餐厅'比布'，迅速蹿升至市内最佳餐厅排行榜。"

我停了下来，抬头看着莱尔。他倒了杯威士忌，正慢慢地呷着。"接着念。"他说着，朝我手里的报纸努努嘴。

口里的唾液仿佛一瞬间浓稠，我生硬地吞咽着。我接着往下读，努力不让双手颤抖。"两度获奖的店主兼主厨阿特拉斯·科里根是一名前美国海军陆战队士兵。他那名利双收的餐厅的名字所代表的意义，想必也不是秘密。比布（Bib's）为'波士顿万事俱佳'（Better In Boston）的英文首字母缩写。"

我倒抽一口气。

在波士顿，一切都更美好。

我捂紧腹部，努力压制情感，接着往下读。"近日接受获奖采访时，主厨终于吐露店名含义背后的真实故事。'说来话长，'科里根主厨不动声色地说道，'那是献给一个对我一生影响巨大的人。一个曾经于我非常重要的人。她对我而言依旧很重要。'"

我把报纸放在灶台上。"我不想再读了。"声音从喉咙里出来，顿时变了调。

莱尔迅速上前两步，拿起报纸，接着读下去，嗓音响亮而愤怒："当问及那个女孩是否知道餐厅名字是献给她的时，科里根主厨只是会意一笑，说：'下个问题。'"

莱尔声音里的怒气令我阵阵反胃。"莱尔，别读了，"我镇定地说，"你喝多了。"我推开他，快速走出厨房，踏入通往卧室的走廊。一切来得太突然，我甚至毫无头绪。

报道并未说明阿特拉斯说的是谁。阿特拉斯知道那是我，我也知道是我，但莱尔怎么会想到把这两者联系到一起？

还有那块冰箱贴。仅凭那篇报道，他怎会知道那就是阿特拉斯送的呢？

他反应过激了。

走回卧室时，我听见他跟在我身后。我推开门，却一下子愣住。

床上散落着一堆东西。一个写着"莉莉的东西"的空收纳箱。原先收在盒子里的所有物品：信件、日记本、空鞋盒。我闭上眼睛，缓缓吸了口气。

他看了那些日记。

不。

他——看了——那些——日记。

他伸手从后面搂住我的腰，一只手抚上我的肚子，另一只手在我肩头轻轻扫过，拂去我脖子间的头发。

他的手指滑过我的皮肤，一路掠上肩膀，我闭紧双眼。一只手指慢慢摩挲着我的爱心文身，战栗一下穿透我周身。他的嘴唇碰到我的皮肤，压在文身上，紧接着牙齿深深嵌进我的皮肤里，我失声尖叫起来。

我试图挣开他,但他牢牢捆着我,纹丝未动。被咬的疼痛迅速刺穿我的锁骨,一路涌向我的肩膀,我的手臂。我即刻哭了起来。抽泣着。

"莱尔,放开我,"我央求道,"求你了,走开吧。"他从身后牢牢抓着我,手臂箍住我的手臂。

他将我转过来。我依旧紧闭双眼,不敢看他。他的双手仿佛钉进了我的肩膀,将我往床上推。我努力想要挣脱他,却无济于事。他远比我强壮有力,此刻还在气头上。他受伤了。他不再是莱尔。

背重重地摔在床上,我发疯似的往床头板那边躲,想要远离他。"他为什么还在这儿,莉莉?"他的声音已不似在厨房时那般冷静,他怒不可遏,"他还真是无处不在。冰箱上的冰箱贴。你藏在衣柜盒子里的日记本。你身上那该死的文身,那曾是我最爱的部分啊!"

此时,他也爬到了床上。

"莱尔,"我央求着,"我可以解释。"泪水汩汩地淌过我的太阳穴,落入发间,"你正在气头上。求你不要伤害我,求你了。走开吧,等你回来时,我会向你解释。"

他的手钳住我的脚踝,将我猛地拉到他身下。"我没有生气,莉莉,"他说,他的声音异常冷静,"我只是觉得自己从未曾向你证明我有多爱你。"他重重地压在我身上,一手握住我的手腕,举过我头顶,按在床垫上。

"莱尔,求你了。"我不住地抽泣着,全身挣扎着想要推开他,"放开我。求你了。"

不要，不要，不要，不要。

"我爱你，莉莉，"他说着，一字一句摔在我的脸颊上，"远比他更爱你。你为什么就不明白呢？"

我的害怕一瞬间自行消失了，被愤怒稀释、冲淡了。我闭紧双眼，眼前只出现我妈妈在老家客厅沙发上流泪，我爸爸强行压在她身上的一幕。仇恨突然在我体内迸裂，我尖叫起来。

莱尔试图用嘴堵住我的尖叫声。

我咬下他的舌头。

他的前额狠狠地撞在我的额头上。

顷刻间，黑漆漆的一片覆住了我的双眼，将我整个吞噬，所有痛苦倏地退去。

• • •

他在我耳边咕哝着，听不清是什么，耳旁却有他的气息。我的心狂跳着，整个身体依旧颤抖个不停，泪水不知怎的直往下淌，我大口喘着粗气。他的话依旧萦绕在我耳边，然而我头痛欲裂，根本分辨不清。

我试着睁开眼睛，却刺得生疼。感觉得到有什么东西直渗进我的右眼里，我立即意识到那是血。

我的血。

他的话语渐渐清晰可辨。

"对不起，对不起，对不起，对不……"

他仍旧将我的手按在床垫上，也依旧压在我身上，却不再试图侵犯我。

"莉莉，我爱你，对不起。"

他的话里满是惊恐，不住地亲吻我，嘴唇温柔地贴上我的脸颊和嘴唇。

他知道自己做了什么。他又变回了莱尔，他知道自己对我、对我们、对我们的未来做了什么。

趁着他此时的惊恐，我摇了摇头，低声说："没事的，莱尔。没事的。你只是气坏了，没事的。"

他的嘴唇疯狂地探寻着我的唇，此刻气息间威士忌的味道令我作呕，他依旧不住地道歉，屋里的光渐渐暗淡下去……

• • •

我的双眼紧闭着。我们依旧躺在床上，不过他不再压在我身上。他侧躺着，一只手紧紧搂着我的腰，头抵在我胸前。我一动不动，思量着周遭的一切。

他没有动，不过我感觉得到他的呼吸，他正熟睡着。我不知自己是昏倒，抑或只是睡着了。唯一记得的只有他压在我唇上的嘴唇，与我自己的眼泪的味道。

我静静地躺了几分钟。时间一分一分过去，意识渐渐涌来，头痛也越发厉害。我闭上双眼，努力思考着。

我的包在哪儿？

我的钥匙在哪儿？

我的手机在哪儿？

整整花了五分钟,才从他身边脱身。我怕极了,动作不敢太大,只一点一点往外挪,直到翻到地板上。总算脱离他的手时,一阵抽泣不经意间从胸中涌来。我赶紧捂住嘴巴,站起来,跑出卧室。

我找到包和手机,却不知他把车钥匙放哪儿了。我发疯似的在客厅和厨房里翻找着,却几乎什么也看不见。他的头撞向我时,一定把我的前额撞破了,我眼里满是血,眼前一片模糊。

我倒在门边的地板上,一阵头晕眼花。手指抖得厉害,试了三遍才输对手机密码。

按到拨号界面时,我愣住了。第一反应是打给艾丽莎和马歇尔,但我不能。我不能在这个时候这样对他们。几小时前她刚生了宝宝。我不能这样对他们。

或许可以报警,我却无法厘清其中的必要性。我不想做陈述,也不想起诉他,这会对他的事业产生影响。我不希望艾丽莎生我的气。我只是茫然无措。我并未彻底打消报警的念头,只是此时此刻没气力做这个决定。

我攥紧手机,试着集中思绪。我妈妈。

我按下她的号码,但一想到这将给她带来什么打击,我就不禁又哭了起来。我不能把她牵扯进来。她受的苦够多了,何况莱尔也会找到我。他会先去找妈妈,再是艾丽莎和马歇尔,再到我们认识的每个人。

我拭去眼泪,按下阿特拉斯的号码。

此时此刻,我比任何时候都更加厌恶自己。

我厌恶自己,因为莱尔在我手机里发现阿特拉斯号码的那天,我撒了谎,说自己早忘了它在那儿。

我厌恶自己,因为阿特拉斯把号码放进去那天,我打开看了。

我厌恶自己,因为内心深处,我知道或许终有一天我会需要它。因此暗自记了下来。

"喂?"

他的声音很是谨慎,探询着。他不认得这个号码。他一开口,我便忍不住哭了起来。我捂着嘴,不让自己出声。

"莉莉?"声音大了些,"莉莉,你在哪儿?"

我厌恶自己,他一下便猜到我在哭。

"阿特拉斯,"我轻声说,"我需要帮助。"

"你在哪儿?"他重复道,声音里的惊慌清晰可辨。我听见他走动着,把东西搬来搬去。电话那头传来摔门声。

"我发给你。"我小声说,不敢再说下去。不想吵醒莱尔。我挂断电话,尽力稳住自己的手,编辑我的地址和底楼进门密码发送了出去。紧接着又发了一条信息。

(紧急)到了给我发信息。请不要敲门。

我手脚并用爬往厨房,找到裤子,艰难地穿上,并在灶台上找到我的衬衫。穿好衣服,走到客厅,挣扎着或许该去楼下见阿特拉斯,但又害怕自己一人无力走到底楼大厅。额头依旧在流血,我虚弱极了,甚至无法站在门边等他。我坐在地板上,颤抖的手中攥着手机,紧紧盯着,等着他的信息。

煎熬的二十四分钟过后,我的手机亮了。

到了。

我爬起来,打开门。一双手臂将我紧紧搂住,我的脸依偎在他柔软的怀里。我一下哭了起来,一直哭,不住颤抖着,哭个不停。

"莉莉。"他轻声说。我的名字从未听着这么悲哀。他让我抬头看着他。我看着他蓝色的眼睛扫过我的脸,他的头突然转向公寓门时,眼里的关切消失了。"他还在里面吗?"

愤怒。

我感受得到他周身迸发出愤怒,他开始往公寓里走去。我紧紧攥住他的夹克。"不要。求你了,阿特拉斯。我只想快点离开。"

他停下脚步,内心的痛苦浮于脸上,挣扎着不知该听我的话还是该径直破门而入。终于,他转过身来,抱着我。他扶我进了电梯,穿过大厅,所幸一路只碰到一个人,打着电话,面朝另一个方向。

走到车库时,我又眩晕起来。我让他走慢点,他一只手臂绕过我的膝盖,将我一把抱起来。紧接着,我们上了车,车子移动起来。

我知道伤口需要缝合。

我也知道他正带我去医院。

而我却不知自己为什么会说这样的话:"别去麻省总医院。带我去别的地方吧。"

不论如何,我都不想撞见莱尔的同事。我恨他。此时此刻,我恨他更甚于恨我爸爸。然而,对他事业的担忧,不知怎的,还是冲破了这怨恨。

意识到这点时,我恨自己,正如我恨他一般。

第二十四章

阿特拉斯站在房间另一头，目不转睛地看着我。护士先是替我抽了血，送检后随即回来帮我处理伤口。她没有多问，不过很显然，我的伤为外力袭击所致。替我清理肩上咬痕的血迹时，她脸上同情的神色一览无遗。

处理完伤口，她瞥了眼阿特拉斯，向右迈了一两步，挡在他的视线与我之间，转身看着我。"我需要问你一些私人问题。我先让他出去，可以吗？"

直到这一刻，我才意识到她一直把阿特拉斯错当成对我做了这一切的人。我立刻摇摇头。"不是他，"我告诉她，"请别让他离开。"

她脸上这才露出安心的神色。她点点头，拉过一把椅子。"还有其他受伤的地方吗？"

我摇摇头，莱尔留在我心里的所有创伤，她也束手无策。

"莉莉？"她温柔地问道，"你是遭遇强暴了吗？"

泪水浸满我的双眼，我看见阿特拉斯转到墙边，额头使劲抵在墙上。

等我转过头来看着她，护士才接着往下说："针对这类情况，我们有个专门的检查,叫作SANE[1]。当然,这是自愿的,不过鉴于您的情况,最好还是做一个。"

"我没有被强暴,"我说,"他没有……"

"你确定吗,莉莉?"护士问。

我点点头。"我不想做检查。"

阿特拉斯转身看着我,朝我走来时,神情那般痛苦。"莉莉,做个检查吧。"目光中尽是恳求。

我再次摇摇头,紧闭双眼,埋着头。"阿特拉斯,我发誓……这回我没有替他隐瞒什么,"我低声道,"他是企图那么做,但紧接着停下来了。"

"如果你想要起诉,那就需要——"

"我不想做检查。"我重复道,声音坚定。

门口有敲门声,进来一个医生,这才把我从阿特拉斯恳求的目光中解救出来。护士简要地介绍完我的伤情,便退到一边好让医生检查我的头部和肩膀。医生先是用手电筒照了照我的双眼,低头看着病情卡,说:"还需确认有没有脑震荡,但鉴于你的情况,我不推荐做CT。先留院观察一段时间吧。"

"为什么不推荐做CT?"我问他。

医生站起身。"除非必要,我们不建议给孕妇照X光。再观察下有没有并发症,若无大碍,你很快就可以出院了……"

后面的话,我一个字也没听见。

大脑一片空白。

---

[1] Sexual Assault Nurse Examiner,特约护士为遭遇性暴力的患者做检查。

血液一下子涌向我的脑袋，我的心脏，我的胃。我紧握着身下的检查台边缘，呆望着地板，直到医生和护士都离开病房。

门关上后，我怔怔地坐着，陷入死一般的沉默中。阿特拉斯凑近了些，脚几乎挨着我。他的手指温柔地抚着我的背。"你之前知道吗？"

我快速呼了口气，紧接着深吸一口，使劲摇着头。他伸出双臂，抱住我，我不禁哭了，撕心裂肺，身体仿佛再也无力承受。他一直抱着我，陪我释放这憎恨。

我自作自受。

我竟容许这样的事发生在自己身上。

我也成了我妈妈。

"我想离开这儿。"我低声说。

阿特拉斯松开我。"他们说还需要做进一步观察，莉莉。我想，你该留下。"

我抬头望着他，摇了摇头。"我需要离开这儿。求你了。我想离开。"

他点点头，扶我穿好鞋子，脱下外套，裹在我身上，趁着没人注意，搀着我出了医院。

开车路上，他一言不发。我盯着窗外，心力交瘁，想哭却哭不出来，惊吓过度，一时也说不出话来，仿佛自己被淹没了一般。

只管一直游下去。

· · ·

阿特拉斯的家不是一套公寓，而是一座独栋房子，位于波士顿郊外一个名叫韦尔兹利的郊区，漂亮、宽敞、昂贵，花园修剪得整齐别致，一如这边所有的房子。车子驶进车道，我不禁想着，不知他和那个女孩结婚了没。凯西。面对自己的丈夫带回一个遭受家暴的女孩，而这个女孩偏偏又是他曾经的挚爱，她会作何感想呢？

她会可怜我。她会惊讶为何我不离开他。她会不解我何以让自己沦落至此。过去目睹我的母亲遭遇与我同样的情况时，我那时心中所有的不解与疑惑或许都会闪过她的脑海。人们总想知道女人为什么不离开。可又有谁关心男人为什么要暴力相向呢？这难道不是唯一该受谴责的吗？

阿特拉斯把车停进车库，里边未见其他车子。没等他过来扶我，我便自己开门下了车，随他进了他的家。在报警器上输入一串密码后，他打开几盏灯。我打量着他的厨房、餐厅和客厅。所有家具都由名贵的实木和不锈钢打造，厨房粉刷成蓝绿色，让人一见心安。大海的颜色。若非此时这么痛苦，我想必也会一展笑颜吧。

阿特拉斯一直勇敢地向前游，看看他现在吧。他竟一路游到了那该死的加勒比海。

他从冰箱里拿出一瓶水，向我走来，拧开瓶盖，把水递给我。我喝了一口，看着他依次打开客厅和走廊里的灯。

"你一个人住吗？"我问。

他一边点头，一边走回厨房。"你饿吗？"

我摇摇头。即使肚子真饿了，我也没有胃口。

"先带你看看你的房间吧,"他说,"如果需要的话,里边有浴室。"

我的确需要。我想洗去嘴里威士忌的味道,想洗去身上医院的消毒水味,更想从我的生命中洗去过去的这四小时。

我跟着他穿过走廊,走进一间客卧,他开了灯。光秃秃的床上放着两个纸箱,墙边还堆着一些。一面墙边上放着一把超大的椅子,正对着门。他走到床边,抱起纸箱,摞在墙边的其他几个纸箱上。

"几个月前刚搬进来,还没来得及装饰。"他走到衣柜旁,拉开一个抽屉,"我先帮你把床铺好。"他取出床单和枕套,开始铺床。我走进浴室,关上门。

在浴室的三十分钟,除去淋浴,一些时间里,我只是盯着镜中的自己;另一些时间则蹲在马桶旁,想到过去这几小时,我不禁阵阵恶心。

我裹着浴巾,把门打开一条缝。阿特拉斯不在房里,新铺的床上叠放着几件衣服。一条男士睡裤,大了好几号,一件T恤衫,长得垂过膝盖。我将裤子上的抽绳拉紧、系好,蜷到床上。我关了灯,盖上被子,拉过头顶。

我痛苦不已,却没有发出一丝声音。

第二十五章

我闻到烤吐司的香味。

我微笑着在床上伸起懒腰,莱尔知道我最喜欢烤吐司了。

一睁开双眼,现实当即迎头撞来。当我意识到自己在哪儿,为何会在这儿,以及这香味并非我温柔体贴的丈夫在为我准备爱心早餐时,我闭紧了双眼。

想哭的冲动随即向我袭来,我挣扎着下了床。上厕所时,觉得胃里空荡荡的,便告诉自己我可以先吃点东西再哭。我得吃点东西,免得把自己折腾得病倒了。

从浴室出来,回到卧室,我这才留意到原先正对着门的那把椅子被转了过来,面对着床。上边随意地铺着条毯子,想必昨晚我睡着后,阿特拉斯睡在这儿。

他许是担心我会有脑震荡。

我走进厨房,只见阿特拉斯在冰箱、炉子和灶台间忙来忙去。十二小时以来,我第一次感觉到一缕痛苦以外的情感缓缓渗来,我记得他是个厨师。一位出色的主厨。而他正在为我准备早饭。

见我走进厨房,他抬眼看着我。"早啊,"他说,小心翼翼的,不带过多的声调变化,"希望你饿了。"说着,将灶台上的一个玻璃杯和一罐橙汁推到我面前，转身接着在炉子旁忙活着。

"我饿了。"

他转头瞥了我一眼，露出一丝微笑。我倒了杯橙汁，走到厨房另一头的早餐桌旁。桌上摊着一份报纸，我拾起来，一眼看见关于波士顿最佳企业的那篇报道赫然印在上头，我的手不禁颤抖不已，赶忙把报纸放回桌上。我闭上双眼，慢慢喝了一口橙汁。

几分钟后，阿特拉斯把一个盘子端到我面前，在我对面的位子上坐了下来。他把自己的餐盘拉到面前，用叉子切了一块可丽饼。

我低头看着自己的盘子。三块可丽饼，淋了糖浆，点缀着一些打发的奶油，切成片状的橙子和草莓整齐地摆在盘子右侧。

精致得几乎让人不忍下口，只是我饿坏了，顾不得太多。我尝了一口，闭上双眼。这是我吃过的最美味的早餐，只是我尽量不动声色。

但最终不得不承认他的餐厅获奖当之无愧。虽然总劝莱尔和艾丽莎别去，但那儿确实是我吃过的最棒的餐厅。

"你在哪儿学的厨艺？"我问他。

他呷了一口咖啡。"海军陆战队。刚入伍时，学了一段时间。二次服役那些年，我一直在做主厨。"他说着，放下咖啡杯，用叉子在盘子边缘敲了敲，"你喜欢吗？"

我点点头。"很好吃。不过你说得不对，入伍前你就知道怎么做菜了。"

他笑着问："你还记得那些曲奇？"

我又点点头。"我吃过的最美味的曲奇。"

他往椅背一靠。"我自学了基本功。小时候，妈妈总是值下午班,我只好自己做晚饭,不然就得挨饿。我便在庭院旧货摊上买了本烹饪书,一年里把那上面的食谱都做了一遍。那一年,我才十三岁。"

我笑了,随即又不免惊讶于此时的我竟还笑得出来。"下回再有人问你怎么学的做菜,你该把这个故事告诉他们,而不是一开始那个。"

他摇摇头。"你是唯一一个了解我十九岁之前的生活的人。我希望就这样保持下去。"

接着,他向我讲起在部队里做饭的日子。讲起他怎么省吃俭用,攒下钱来,退伍开餐厅。他先是开了家小咖啡厅,生意很是兴隆,一年半以前,才开了比布的餐厅。"生意马马虎虎。"他谦虚地说道。

我四下打量着他的厨房,又转回来看着他。"看着何止是马马虎虎啊。"

他耸耸肩,吃了口盘里的早餐。接下来我便没有说话,自顾自吃完早餐。思绪不由得飘到他的餐厅。餐厅的名字。他在采访时说的话。由此及彼,自然也就联想到莱尔,以及他读到报纸采访的最后一行,朝我大吼时,声音中的愤怒。

阿特拉斯想必也留意到我的变化,但他什么也没说,只默默收拾桌子。

再坐下时,他选了我身边的椅子。他搭着我的手,让我放宽心。"我得去上班了,"他说,"我不希望你离开。如果需要,就先待在这儿吧,莉莉。不过……今天别回去好吗?"

听到他话里的关切,我摇了摇头。"我不走。我就待在这儿,"

我告诉他,"我保证。"

"我走之前,你还需要点什么吗?"

我摇摇头。"没事的,放心吧。"

他站起身,取来夹克。"我尽量早一点……午饭后回来,给你带点吃的,可以吗?"

我挤出一个微笑。出门前,他拉开抽屉,取出纸笔,在纸上写了点什么。他走后,我起身走到灶台旁,看看他写了什么。他列了报警器的设置方法,留了他的手机号码,虽然我早已熟记于心。他还写了他的办公电话、家里以及餐厅的地址。

底下一行小字,写着:"只管一直游下去,莉莉。"

亲爱的艾伦:

嗨。是我。莉莉·布鲁姆。好吧……确切地说,该是莉莉·金凯德了。

我知道,好久没有给你写信了。好久好久。自阿特拉斯的事以后,我实在没有勇气再翻开日记本,甚至放学后也不敢看你的脱口秀,孤零零一个人看,太叫人难过了。实际上,所有与你有关的思绪,都叫我沮丧。一想到你,我就不由得想到阿特拉斯。不瞒你说,我不愿想起他,便不得不叫你也淡出我的生活。

对不起。我知道你不会像我想你那般想我,不过有时,对你最重要的东西往往伤你最深。为了克服那伤痛,你不得不斩断与之相连的所有外延,而你便是我苦痛的外延。我想这便是我所做的,尽量给自己减少些许痛苦。

不过,我相信你的节目还是一如既往地出色。听说每期开场你还是会跳舞,此时的我,已经懂得欣赏了。我想,一个人成熟的最大标志便是懂得欣赏对他人而言举足轻重的事物,哪怕这些事物于你轻如鸿毛。

或许该先给你补上我近来的生活。我爸爸过世了。我今年二十四岁了。大学毕业后,先是做了一段时间市场营销,现在经营自己的店铺。一家花店。这可是我人生的目标啊,我视若珍宝!

我还有个丈夫,而他不是阿特拉斯。

而且啊……我现在住在波士顿。

我知道,你定会大吃一惊。

上一回给你写信,我十六岁。那时,我郁郁寡欢,一心牵挂着阿特拉斯。此刻,我不再挂念他了,自己却依旧万念俱灰,更甚于上回给你写信的时候。

不好意思,得意时不见给你写信。你收到的只有我生活中的负能量。不过,这不就是好朋友存在的意义吗,对吧?

不知该从何说起。我知道你对我现在的生活和我的丈夫莱尔一无所知。我俩之间有个小游戏,一旦一方说了"赤裸的真相",另一方别无他选,只能坦诚说出此刻心中最真实的想法。

那么……赤裸的真相。

听好了。

在所有人中,我偏偏爱上了一个对我暴力相向的男人。不知怎么会让自己沦落到这个地步。

从小到大,我时不时会想,爸爸伤害妈妈后,妈妈心里到底在想些什么。她怎么会爱一个对她拳脚相加的男人呢?这个男人屡屡对她动粗,一再保证没有下一次,然而下一次他还是动了手。

此刻，我竟能体会她的感受了，我好恨。

在阿特拉斯的沙发上一连呆坐了四个多小时，与内心情感挣扎苦斗，我解不开，也理不透，不知该怎么应对。根据过往经验，我想我该诉诸纸上。我向你道歉，艾伦，请做好准备，听我的一腔苦水。

如果非得以什么来比拟这种感受，我想把它比作死亡。并非任意一人的死亡，只能是那一个人，那个在这世上与你最亲近的人。那个只消一想他们终有一天会过世，便让你潸然泪下的人。

这种感受便是如此，仿佛莱尔死去了。

悲伤铺天盖地而来，痛苦也是连山排海。仿佛一下子失去了我最好的朋友，失去了我的爱人，我的丈夫，我的生命线。然而却有一种情感夹在这种感受与死亡之间，一种真正的死亡未必具备的情感，构成这两者的本质区别。

憎恨。

我太生气了，艾伦。对他的憎恨，已无法用语言表达。然而，不知为何，在憎恨之间，竟有理性的暗流在我内心涌动。我不禁会想："可我也不该留着那块冰箱贴啊。我一开始就该告诉他那个文身的来历。我不该存着那些日记。"

理性是最残酷的。它慢慢吞噬着我，一口一口，削弱憎恨借予我的力量。理性迫使我想象我们共同的未来，想象自己怎么能够防范这种愤怒。我再也不会背叛他。我再也没有秘密瞒着他。我再也不让他有发怒的理由。从今以后，我俩只需更加努力。

不论顺境或是逆境，不是吗？

我知道，相同的念头也曾出现在我妈妈的脑海里。然而，我俩又不尽相同，她的后顾之忧更多。她不具备我这般稳定的收入。她没有离开所需的财力，不足以给我她所认为的体面的生活。她不愿把从小在双亲身边长大的我从父亲身边带走。我总觉得，好几次，她都向理性屈服了。

我想都不敢想，我竟怀了这个男人的孩子。我的身体里，有着我俩共同创造的小生命。不论我做何选择，是去是留，对我的孩子，我都不忍。是让其成长于一个支离破碎的家庭，还是一个虐待暴力的家庭呢？虽然我知道这个孩子的存在不过一天，却已经愧对了他或她的一生。

艾伦，我多希望你能给我回信。多希望此刻你能给我讲个笑话，因为我的心迫切需要它。我从未感受过这么孤独，这么破碎，这么愤怒，这么难过。

局外人往往不解女性为何要回到施虐者身边。记得有一次看到约有百分之八十五的女性选择回到虐待的环境中。那时我还未身处其中，得知这个数据，我只是想着那是因为那些女性太傻了，那是因为她们太弱小。我不止一次从我妈妈身上反思这个问题。

然而有时，女性选择回去仅仅只是出于爱。我爱我的丈夫，艾伦。我爱他身上的种种。我多希望同那个伤害我的人一刀两断，一如我过去想的那样简单。阻止自己的内心去原谅那个你爱的人，事实上比直接原谅他们难得太多太多。

如今，我也成了一个统计值。其他人要是了解我目前的处境，不知会作何感想，想必同我当时对那些受虐女性的想法并无二致吧。

"他对她做了那样的事，她怎么还会爱他呢？她怎么还会考虑回到他身边呢？"

可悲的是，每当面对受虐的女性，我们脑海中闪过的第一个念头便是如此。我们口中的厌恶难道不该更多地指向施虐者，而非那些依旧深爱着施虐者的人吗？

我想到之前深陷于如此境地的人们，想到之后仍将重蹈我覆辙的每一个人。在遭受那些深爱着我们的人的暴行之后，我们是否都在心中重复着同样的话语："从今往后，不论顺境或是逆境，不论富裕或是贫穷，不论健康或是疾病，相知相守，直至死亡将我们分开。"

或许无须像一些夫妇一般，对这些誓言字字较真。

不论顺境，或是逆境？

去、

死、

吧！

——莉莉

第二十六章

我躺在阿特拉斯家客卧的床上，盯着顶上的天花板。是张双人床，倒是舒适得很。只不过，我仿佛觉得躺在一张水床上，抑或一艘竹筏上，在海上随波逐流。我细数着海上的巨浪，每一片都携着不同的东西，有些携着忧伤，有些携着愤怒，有些携着泪水，还有一些携着困意。

偶尔把双手搭在小腹上，一朵小小的携着爱的浪花便在心中涌起。是啊，没想到我竟已这么爱着一样东西。常常在想，是男孩还是女孩呢？该取什么名字呢？不知长得是像我，还是像莱尔……想着想着，愤怒的巨浪汹涌而来，把那小小的爱的浪花拍个粉碎。

我生生被剥夺了一个母亲得知自己怀孕时的喜悦。昨晚莱尔从我这儿把那喜悦夺走了，我又多了一个恨他的理由。

憎恨令我筋疲力尽。

我挣扎着爬起来，走进浴室。几乎一整天都待在房间里。阿特拉斯几小时前回来过一趟，我一度听见他开门进来探望，但是我假装睡着了。

待在这儿，我很是为难。阿特拉斯正是昨晚莱尔生气的缘由，可他为何又偏偏是我求助的那个人呢？待在这儿令我满心内疚，甚至还有些许羞愧,仿佛我给阿特拉斯打电话,恰让莱尔的愤怒有理可依。可当下我也确实无处可去。我需要几天时间理一理思绪,如果住酒店,莱尔便能通过信用卡消费记录找到我。

不论是住我妈妈家、艾丽莎家,还是露西家,他都能找到我。他见过几次德温,很可能也会找到那儿去。

料他不会跟踪阿特拉斯。至少暂时不会。要是接连一个星期不接电话,不回短信,我相信他定会翻遍所有可能的地方寻我。但现在,想必他不会出现在这里。

也许,这便是我为何来这儿。在这儿,我感到比去哪儿都安全。而且,阿特拉斯还装了报警系统,那便暂且待着吧。

我瞥了眼床头柜上的手机,跳过所有莱尔的未读信息,点开一条艾丽莎发来的。

艾丽莎:嘿,莉莉舅妈!我们今晚就可以回家啦。明天下班后来看我们吧。

她发来一张她和莱莉的合照,我会心地笑了,紧接着却哭了起来。该死,这无常的情绪。

待泪水干了,我才走到客厅。阿特拉斯坐在餐桌旁,对着电脑办公。看到我时,他笑着合上电脑。

"嘿。"

我勉强笑了一下,看着厨房。"有什么吃的吗?"

阿特拉斯立即站起来。"有,"他说,"有,快坐下。我给你弄点吃的。"

他在厨房里忙活起来，我在沙发上坐下。电视机开着，却开了静音。我取消静音，点开录像机。里头录了一些节目，我感兴趣的却是《艾伦秀》。我微笑着点开最新的一期，点击播放。

阿特拉斯端来一碗意大利面和一杯冰水，瞟了一眼电视，在我身旁的沙发上坐下。

往后三小时，我俩看完了一整个星期的节目。我大笑了六次。那感觉真好，然而去了趟卫生间，回到客厅时，那痛苦的每一分每一毫重新渗入我的内心。

我挨着阿特拉斯，坐回沙发上。他向后靠着，脚跷在茶几上。我自然地靠着他，他将我搂在怀里，一如学生时代一样，我们就那么静静地坐着。他的拇指轻轻摩挲着我的肩膀，我知道他正无声地告诉我，他在这儿呢，他替我感到难过。自昨晚他接我回来以来，我第一次想要和他聊聊。我枕着他的肩膀，双手搭在自己腿上，鼓捣着身上那件超大号裤子腰间的抽绳。

"阿特拉斯，"我说，声音低得仿佛耳语，"对不起，那晚在餐厅时我不该对你发么大脾气。你是对的。内心深处我也知道你是对的，只是自己不愿相信罢了。"我抬起头，看着他，挤出一个悲哀的微笑，"现在，你可以说，'我早告诉过你了'。"

他蹙起眉头，仿佛我的话不知怎的伤到了他。"莉莉，我并不想证明谁对谁错。我每天都在祈祷自己错怪了他。"

脸上的肌肉不禁抽搐起来，我不该对他说这样的话。我应该知道，阿特拉斯绝不会这么想，我早告诉过你了。

他捏了捏我的肩膀，俯身在我头上亲了一下。我闭上双眼，体会着这熟悉感。他的味道，他的触摸，他的安慰。我始终不明白，怎会有人这么坚定，又这么令人心安。不过，我向来如此看待他，仿佛他经得起一切考验，却又总能体会其他人心里承受的压力。

不论多么努力，我都无法对他彻底释怀，我不愿这样。我不由得想到因阿特拉斯的电话号码与莱尔之间的争吵，想到那块冰箱贴，想到那篇报道，想到那些他在我日记里读到的东西，还有那个文身，以及因之而起的又一次争吵。如果我早放下阿特拉斯，把那些都扔了，或者这一切的一切都不会发生。莱尔也就没有什么能生我的气了。

想到这里，我以手掩面，内心深处我竟试图将莱尔的反应归咎于自己没有彻底放下阿特拉斯，这让我甚为苦恼。

没有任何借口。一个也不能有。

这是我身下的另一片巨浪。一片携着完全的、彻底的困惑的巨浪。

阿特拉斯觉察到我变得异常安静。"你还好吧？"

我不好。

我一点儿都不好，直到这一刻，我才意识到，他没有应诺回来找我，我有多难过。如果他回来找我，我便不会遇见莱尔，也就不会陷于这种境地了。

不错，我彻彻底底地困惑了。我怎么可以将这一切都归咎于阿特拉斯呢？

"今晚我想先休息了。"我轻声说着。我直起身子站起来，阿特拉斯也随即起身。

"明天我一整天都不在，"他说，"我回来时，你还会在这儿吗？"

他的问题令我阵阵不安。他自然是希望我尽早处理好自己的破事，换个地方待着。我为何还赖在这里不走？"不，不，我可以找个宾馆，放心吧。"转身正欲朝走廊走去，他一只手抓住我的肩膀。

"莉莉，"他说着，将我转过来，"我不是赶你走。只是想确认一下你还会在这儿。你如果需要，大可一直住着。"

他的目光那样真挚，要不是觉得不妥，我真想张开双臂抱着他。我还未做好离开的准备，还需几天，想清楚下一步该怎么办。

我点点头。"明天我得去上几小时班，"我告诉他，"有些事需要处理。不过你要真的不介意，我想在这儿多住几天。"

"我不介意，莉莉。我倒希望这样。"

我苦笑着，朝客卧走去。在不得已面对一切之前，好在还有他给我一个缓冲。

纵然他的出现令我困惑不已，我却从未像此刻一样感谢他。

第二十七章

伸手去够门把手时,我的手不住颤抖着。此前来店里,我从不曾害怕,也从不曾这么紧张。

进来时,房间里很暗,我开了灯,屏住呼吸,慢慢走到办公室,小心翼翼地推开门。

他不在,可他无处不在。

在办公桌前坐下,我打开手机,这是自昨晚上床后第一次开机。我想好好睡一觉,不想担心莱尔是否会试图联系我。

一开机,便收到二十九条莱尔的短信。去年莱尔第一次找来我家时,恰好也敲了二十九户人家的门。

这么讽刺,令我啼笑皆非。

一整天下来,我都战战兢兢,每每有人开门,都忍不住回头看一眼。不知他是否把我逼疯了,不知对他的恐惧是否就此挥之不去。

上午半天倒相安无事,没有他的电话,我趁此理了理堆积的文件。午饭后,艾丽莎打电话来,听她的语气,料是还不知道我和莱尔的争吵。我听她聊了一会儿宝宝,便借口有客人来,挂了电话。

我打算等露西午休回来便离开,所以还得再待半小时。

可刚过三分钟，莱尔就从前门进来了。

店里偏只有我一人。

一看见他，我就变得仿佛岩石般冰冷。我僵站在收银台后边，一只手扶着收银机，边上放着一个订书机。区区一个订书机又怎能伤得了一个神经外科医生那强健的手臂，然而我也只能放手一搏了。

他慢慢向收银台走来。自那晚在家中床上，他强行压在我身上之后，我这还是第一次看见他。整个身体立即被拖回到那一刻，我也瞬间被那阵剧烈的情感所吞没。他走到收银台跟前时，恐惧与愤怒一齐向我涌来。

他伸出手，将一串钥匙放在我面前的台面上。我怔怔地盯着那串钥匙。

"今晚我就出发去英国了，"他说，"一走就是三个月。所有账单我都付过了，我走后，你也不用操心。"

他的声音没有波澜，只是颈间的青筋清晰可见，这强装的冷静，他定是极尽忍耐。"你需要时间。"他艰难地吞咽几下，"我也希望给你时间。"他苦笑着，把公寓钥匙推到我面前，"回家吧，莉莉。我不会在的。我保证。"

他转身，朝门口走去。我这才意识到，他竟没有道歉。我一点儿也不生气。我都理解。他知道一句道歉无法挽回他所做的一切。他知道此时我俩最需要的，就是分开一阵子。

他知道自己犯下了弥天大错……可我仍觉着有必要把刀子刺得再深一点。

"莱尔。"

他回头看着我,仿佛在我俩之间设了防备,他没有径直转身,而是僵在那里,等我开口。他知道我的话只会令他难过。

"你知道这整件事最可怕的地方在哪里吗?"我问。

他一言不发,只是盯着我,等我回答。

"你发现我的日记时,大可问我要一个赤裸的真相。我一定会对你坦白。但你没有。你选择不寻求我的帮助,现在好了,我们这辈子都得承担你的所作所为酿成的后果。"

我的每一个字都令他痛苦不已。"莉莉。"他说着,转身面对着我。

我举起手,不让他再多说一个字。"别说了。你可以走了。祝你在英国过得开心。"

我看得出他内心的苦痛挣扎。他知道此时此刻,不论怎么渴望求得我的原谅都无济于事。他明白自己唯一的选择便是转身,走出那道门,然而这偏偏是他最不愿做的。

他最终无奈离开,我赶紧跑去把门锁上。我瘫坐在地板上,双手抱着膝,把脸埋在其间,不住地颤抖着,牙齿咯咯打战。

我始终不敢相信,那个男人的一部分正在我的身体里成长着。更令我难以相信的是,终有一天,我将对他坦白。

第二十八章

下午莱尔留下钥匙后,我挣扎着要不要回我们的新家。打车到了楼下,我却无法说服自己下车。我知道今天要是回去,难免会碰到艾丽莎。我还不知怎么向她解释我额上的伤口。我也无法面对那个回荡着莱尔伤人的话的厨房,更无法走进那个我被彻底击垮的卧室。

因此,我没有下车回到自己家,而是让司机掉头去了阿特拉斯那儿。那儿仿佛成了我此时唯一的安全港湾,可以藏身其中,无须面对其他。

阿特拉斯今天发了两次消息,询问我的情况。快七点时,收到另一条短信时,我便默认是他。然而不是,是艾丽莎发来的。

艾丽莎:下班回家了吗?上来看看我们吧,我无聊死了。

读着她的信息,我心里一沉。她对我和莱尔之间的事还一无所知。不知莱尔有没有告诉她,他今天出发去英国。回复时,我写了删,删了又写,努力给自己的缺席编个好借口。

我：去不了了。我在急诊室呢。上班时头撞到仓库的架子上。在缝合。

我本不愿骗她，只是如此便不用解释我的伤，以及此时为何不在家。

艾丽莎：噢，不是吧！你一个人吗？莱尔不在，马歇尔可以过去陪你的。

好吧，看来她知道莱尔去英国了，很好。而且她以为我俩相安无事，也很好。这意味着不得已告诉她真相之前，我至少可以再拖上三个月。

看看我，这么掩人耳目，多像我妈妈。

我：不用了，放心吧。估计没等马歇尔赶到，我这边就好了。明天下班后过去。替我亲亲莱莉。

锁屏后，我把手机放在床边。屋外很暗，有车开进停车道，我立马便觉察到前照灯的光束。不是阿特拉斯，因为他会沿着车道开到房子一边，把车停进车库。一阵恐惧窜遍全身，我的心怦怦直跳。会是莱尔吗？难道他找到阿特拉斯的住处了吗？

不一会儿，前门传来巨大的敲门声，更像是撞击声。门铃也叫了起来。

我蹑手蹑脚地走到床边，只敢透过一点窗帘的缝隙，向外张望。看不见门外的是谁,不过车道上停着辆卡车。不是莱尔的。

会不会是阿特拉斯的女朋友——凯西?

我抓起手机,穿过走廊,朝客厅走去。门上的撞击声和门铃的鸣叫声仍旧响个不停。不管门外是谁,都未免过于急躁。如果是凯西,那她可太惹人厌了。

"阿特拉斯!"一个男人大吼,"快他妈的开门!"

另一个声音——也是男性——附和着:"老子快要冻死了,兄弟,快开门!"

开门告诉他们阿特拉斯不在家之前,我给他发了条短信,希望他尽快到家,好自己处理。

我:你在哪儿?门外有两个男的,我不知道该不该让他们进来。

我在阵阵门铃声与撞门声中焦灼地等待着,可阿特拉斯一时没有回复。我只好走到门边,打开门闩,仍旧扣着门链,把门拉开一条缝隙。

其中一人很高,得有一米八上下,脸上虽稚气未脱,却早生华发,黑发中零星散着几缕银丝。另一人要矮得多,褐色头发,一张娃娃脸。两人看着都二十好几了,说是三十出头也未可知。那高个子一脸疑惑。"你是谁?"他边问边往门缝里张望。

"莉莉。你们又是谁?"

矮个子挤到前面来。"阿特拉斯在家吗?"

我不想说他不在,这样他们就会知道我是独自一人。这一周以来,我对整个男性群体都缺乏信任。

手里的手机响了，我们仨都吓了一跳。是阿特拉斯。我按下接听键，凑到耳边。

"喂？"

"别担心，莉莉，他们都是我的朋友。我忘了今天是周五了，周五晚上我们总会一起打牌。我马上给他们打电话，让他们回去。"

我回过头，他俩就那么站着，看着我。就因为我住在他家，阿特拉斯便觉得他得取消自己的安排，这让我内疚不已。我关上门，解了门链，重新把门打开，让他们进屋。

"没关系，阿特拉斯。不用取消你的安排。我反正也要睡了。"

"不不，我快到了。待会儿马上让他们回去。"

我手机还贴在耳边打着电话，他俩径自进了客厅。

"待会儿见。"我对阿特拉斯说，挂了电话。随后几秒钟，他们上下打量着我，我也打量着他们，很是尴尬。

"你们叫什么？"

"我是达林。"高个子说。

"布拉德。"矮个子应声答道。

"莉莉。"我说，虽然先前已经告诉过他们我的名字，"阿特拉斯很快就到。"说着便走去关门，他们似乎放松了些。达林走进厨房，自行到阿特拉斯的冰箱里找吃的。

布拉德脱下夹克，挂起来。"你会打牌吗，莉莉？"

我耸耸肩。"好些年没碰过了，大学的时候倒常和朋友打。"

他俩不约而同朝餐桌走去。

"你的头怎么了？"达林边问边准备在桌旁坐下。他问得那样漫不经心，仿佛从没考虑过，这或许是个敏感话题。

不知为何,我很想如实告诉他。大概我只是想看看他人得知我丈夫对我的所作所为后会作何反应。

"我丈夫干的。前天晚上,我们大吵了一架,他用头撞伤了我。阿特拉斯带我去急诊室。医生给我缝了六针,还告诉我我怀孕了。现在我暂且躲在这里,看看日后怎么办。"

可怜的达林僵在那里,不知是该站着,还是该坐下。他全然不知所措。看他的神情,定是认为我疯了。

布拉德拉过一把椅子,坐下来,指着我。"你该买些罗敦与菲特,他家产品祛疤效果非常神奇。"

我即刻被他这出其不意的回复逗乐了。

"拜托,布拉德!"达林说着,终于在椅子上坐下来,"你这推销水平比你老婆还差劲。活脱脱一条活体信息广告。"

布拉德举手,无辜地抗议道:"怎么了?我又没向她推销什么东西,只是实话实说。那东西可管用了。你在你那该死的痤疮上试试就知道了。"

"滚。"达林说。

"搞得好像自己永远是个高中生一样,"布拉德咕哝着,"三十的人了,长痤疮可一点儿也不拉风。"

布拉德拉出身边的一把椅子,达林开始洗牌。"坐吧,莉莉。另一个朋友犯糊涂,上周结婚了。现在老婆管着,打牌夜也来不了喽。他离婚前,你就当他的替补吧。"

今晚原打算躲在房间里,但这两人一来,我不太方便走开。我在布拉德边上坐下,伸过手。"把牌给我。"我对达林说。他洗牌那笨拙的样子,宛若一个独臂的婴儿。

他挑了下眉，把那副牌推过来。论打牌，我懂的不多，不过洗牌可是行家里手。

我把牌分成两摞，两手各持一摞，拇指按住纸牌一端，看着它们一张张优雅地交错落下。达林和布拉德正呆看着，突然有人敲门。这回门"嗖"地推开，一个身着一件看着价值不菲的花呢夹克的男人径直走了进来。他脖子上绕着一条围巾，一关上门，便急着解开。他向厨房走来，朝我努努嘴。"你是谁？"

这人看着比其他两人年长些，四十五六岁。

阿特拉斯的这些朋友，真是个有趣的组合。

"这是莉莉，"布拉德说，"她嫁了个浑蛋，刚又查出怀了那浑蛋的孩子。莉莉，这是吉米。他这人自大又傲慢。"

"自大和傲慢是一回事，蠢货。"吉米说。他拉过达林边上的那把椅子，用头示意着我手中的纸牌："阿特拉斯派你来骗我们钱的吧？一般人哪懂得这样洗牌？"

我笑了笑，接着给他们派牌。"这个嘛，玩一局就知道了。"

・・・

玩到第三轮下注时，阿特拉斯可算回来了。

他关上门，看了看我们四人。他开门时，布拉德恰巧讲了个笑话，我正被逗得一阵发笑。阿特拉斯看着我的眼睛，朝着厨房的方向点了点头，朝那边走去。

"弃牌。"我说着，把牌摊在桌面上，随他过去。我走到厨房，见他站在桌上那三人看不见的地方。我走过去，靠在灶台上。

"要我叫他们回去吗？"

我摇摇头。"不，不用那样。其实我玩得很开心，正好可以转移我的注意力。"

他点点头，我不禁闻到他身上香草的气息。尤其是，迷迭香。不由得想看看他在餐厅里工作的样子。

"饿了吗？"他问。

我摇摇头。"还好。几小时前吃了剩下的意大利面。"

我的手按在身体两侧的灶台上，他凑近一步，一只手搭在我的手上，拇指在我的手背上摩挲着。我知道，他只是想安慰我，别无他意。不过当他触摸我时，我的感觉却不只如此，一股暖流涌上我的胸口，我立即低头看着我俩的手。他的拇指停顿了一秒，仿佛他也感觉到了，紧接着把手抽开，后退了一步。

"对不起。"他咕哝着，朝冰箱转去，假装要找什么。显然，他只是不想我为刚刚发生的事难堪。

我回到桌上，拾起牌，准备下一局。几分钟后，阿特拉斯走过来，坐在我边上。吉米派完新一轮的牌，说："那么，阿特拉斯，你和莉莉怎么认识的？"

阿特拉斯一张一张捡起自己的牌。"在我小时候，莉莉救过我的命。"他不动声色地答道，转过来看了看我，眨了下眼。那一眨眼，令我心旌摇曳，我不禁溺入愧疚之中。在这种时候，我的心为何要这样对我？

"噢，真好，"布拉德说，"莉莉救过你的命，现在你反过来救了她的命。"

阿特拉斯放下牌，怒视着布拉德。"你说什么？"

"放松点，我和莉莉铁着呢，她知道我在开玩笑。"布拉德说，看着我，"你的生活现在或许彻底一团糟，莉莉，但一切都会好的。相信我，我也经历过。"

达林大笑起来。"这么说，你也曾被暴打，被搞大肚子，还躲在另一个男人家里？"他对布拉德说。

阿特拉斯一把把牌甩在桌上，把椅子往后一推。"你他妈到底哪根筋出问题了？"他冲着达林大吼。

我伸过手去，安慰地捏捏他的手臂。"别激动，"我说，"你回来前，我们就混熟了。他们不把我的遭遇当回事，我真的一点也不介意，反而觉得舒畅多了。"

他崩溃地一手抓着头发，使劲摇着头。"我不明白了，"他说，"你们才处了十分钟！"

我笑了。"十分钟，你可以了解一个人很多啦。"我赶紧转移话题，"你们又都是怎么认识的？"

达林把身体往前一倾，指着自己。"我是比布餐厅的副厨。"又指指布拉德，"他是洗碗工。"

"暂时是，"布拉德插嘴道，"我正卖力向上爬呢。"

"那你呢？"我问吉米。

他傻笑着说："猜猜看。"

瞧他这穿衣打扮，以及被说是傲慢自大，我猜是……"餐厅经理？"

阿特拉斯大笑起来。"吉米其实是泊车小弟。"

我回过头看着吉米，挑了下眉。他丢出三张纸牌筹码，说："没错，我是帮人停车收小费。"

"别被他忽悠了,"阿特拉斯说,"他当停车小弟,纯粹是因为钱太多了闲得慌。"

我忍不住笑了,不禁想起了艾丽莎。"我有个员工也是。闲得慌才出来工作。她可是我最优秀的员工。"

"太他妈对了。"吉米咕哝着。

轮到我时,我瞥了眼手里的牌,丢出三张筹码。阿特拉斯的手机响了,他从口袋里掏出来。我追加了一注,他起身离桌去接电话。

"弃牌。"布拉德说着,把手中的牌甩在桌上。

我看着阿特拉斯匆匆忙忙消失在走廊尽头。不知他是不是在和凯西通话,或许他的生活里还有别人。我了解他的生计,我也知道他至少有三个朋友,却独独对他的感情生活一无所知。

达林把他的牌摊在桌面上,四张同点。我亮出手中的顺子,伸手将所有筹码尽数收入囊中,达林一阵哼哼唧唧。

"凯西平常不来打牌之夜吗?"我问道,拐弯抹角地探听阿特拉斯的事——那件我不敢亲口问他的事。

"凯西?"布拉德说。

我把赢回的筹码叠在面前,点了点头。"这不是他女朋友的名字吗?"

达林哈哈大笑。"阿特拉斯哪有什么女朋友。我都认识他两年了,从没听他提过什么凯西。"说着开始派新一局的牌,而我仍旧费力消化着他刚刚甩给我的信息。我刚摸过两张牌,阿特拉斯便走回屋子里。

"嘿,阿特拉斯,"吉米说,"凯西是他妈的谁啊,我们怎么从没听你提过?"

噢,该死。

我顿感手足无措,不觉握紧了手中的纸牌,尽量不抬头看阿特拉斯。整个屋子忽然安静了下来,我要是不看他,岂不是欲盖弥彰。

他盯着吉米。吉米盯着他。布拉德和达林盯着我。

阿特拉斯抿着嘴,不一会儿,说:"没有凯西这号人。"他的目光与我匆匆对视了两秒。然而,就在这短短两秒里,真相在他脸上一览无遗。

一开始便没有凯西这个人。

他对我撒了谎。

阿特拉斯清了清嗓子,说:"听着,兄弟们。今晚本该取消的。这一周有点……"他不觉一手捂着嘴,这时,吉米站起身来。

他捏了捏阿特拉斯的肩膀,说:"下周吧,上我那儿。"

阿特拉斯感激地点点头。他们仨便开始收拾纸牌和筹码。我僵在那里,把牌攥得紧紧的,布拉德不得已抱歉地掰开我的手指拿走我手中的牌。

"很高兴认识你,莉莉。"布拉德说。我勉强笑了笑,站起身来,同他们一一拥抱道别。大门关上后,屋里便只剩我和阿特拉斯了。

而且,没有凯西。

凯西从不曾来过这里,因为凯西根本就不存在。

搞什么鬼?

阿特拉斯站在桌旁的位子上一动不动。我也僵站在那里。他挺直身板，双臂交叉在胸前，头微微低着，目光却注视着桌子另一头的我。

他为什么要对我说谎？

第一次在他的餐厅遇见他时，我和莱尔甚至还没正式在一起。见鬼，那晚他如果让我相信我俩之间哪怕还有一线希望，我知道自己会毫不犹豫地选择他，而非莱尔。那时，我甚至还不了解莱尔。

但阿特拉斯什么也没说。他撒了谎，骗我说他已经恋爱了整整一年了。为什么？除非他不想让我对我俩之间抱有任何希望，否则他为什么要那么做？

或许一直以来我都错了。或许一开始他便从未爱过我，他知道捏造出凯西这个人可以让我对他彻底死心。

然而此时，我却在这里。住在他的房子里，和他的朋友打交道，吃着他的食物，用着他的浴室。

泪水刺痛了我的双眼，而此时我绝不愿在他面前泪流满面。我绕过桌子，从他身旁跑开。还未走远，他便抓着我的手。"等一下。"

我站住，依旧面向别处。

"和我聊聊吧，莉莉。"

此刻，他就站在我身后，他的手依旧拉着我的手。我挣开他的手，朝客厅另一头走去。

我转身，面对着他，第一行泪水淌过我的面颊。"你为什么不回来找我？"

他似乎从未料到我会问出这么一句话，只见他一手捋过头顶，走到沙发边上，欠身坐下。他慢慢呼了口气，让自己平静下来，小心翼翼地看着我。

"我找过你,莉莉。"

我甚至无法呼吸。

只是彻底僵在那里,理着他的回答。

他回来找过我?

他将双手交叉在面前。"第一次从海军陆战队退役后,我回到了缅因州,希望能找到你。我四处打听,问到你上的哪所大学。如果见面,我不知该期待什么,毕竟那时我们都不同往日了。四年没见了。我知道,那四年里,或许我俩都改变了不少。"

我感到膝盖阵阵发软,便走到他边上的椅子旁坐下。他回来找过我?

"我在你的校园里转了一天,一直在找你。傍晚的时候,可算看到你了。你和一群朋友一起,坐在院子里。我看了你好一会儿,想要鼓足勇气过去找你。你开怀笑着,那样开心。我从未见你那样充满活力。我也从未为一个人感到那般高兴过。知道你过得很好……"

他停顿了片刻。我的手紧紧捂着胃部,疼得厉害。我曾离他那么近,我竟毫不知晓,这令我的胃不住翻腾。

"我正要朝你走去,却有人出现在你身后,一个男生。他蹲在你身边,一见到他,你便笑逐颜开,张开双臂抱着他。接着你亲吻了他。"

我闭上双眼。那不过是我交往了半年的男生。我对他的感情根本不及我对阿特拉斯的感情的分毫。

他猛地呼了口气。"我便走开了。看着你那般幸福的样子,难过却又美好至极的感觉一下在我心中涌起。只不过那时我仍旧觉得自己的生活配不上你。我能给你的，只有爱。只是于我而言，你值得拥有更多。第二天我便又应征入伍。而现在……"他伸手慢悠悠地往空中一掷，仿佛生活中的一切都乏善可陈。

把脸埋入掌中，我需要点时间。我不禁默默地为那些可能、那些现实与那些遗憾感到悲伤。手指摩挲着肩上的文身，那颗爱心上的缺口怕是永远也填不上了。

我文下这颗爱心时的那种感受，不知阿特拉斯可曾体会过，仿佛心脏里的所有空气被一下抽离了。

我始终想不通为什么在餐厅相遇那天他要对我撒谎。如果他对我的感情真如我对他的一般，又何以会编造这样的事出来？

"那你为什么骗我说有女朋友了？"

只见他用手抹了把脸，话还未出口，我已看到他的悔恨。"之所以那么说，是因为……那晚你看起来很幸福。看着你同他道别，我内心痛苦难当，然而同时却又为你的幸福感到安慰。我不想让你担心我。我也不知道……可能当时有点吃醋。我不知道，莉莉。话一出口，我就后悔了。"

我伸手捂着嘴，心狂跳不已，思绪也一下荡了开去。我不禁想到所有的假设：如果他当时对我坦白会怎样呢？如果他当时告诉我他的真实感受，我俩现在会是怎样呢？

我想追问他为什么那么做，为什么不争取我。然后，无须开口问他，我已经知道答案了。他自认为成全了我想要的，因为他唯一希望的便是我能够幸福。可笑的是，他竟从没想过自己能够给我幸福。

体贴入微的阿特拉斯。

想得越是深入，便越是呼吸困难。我想着阿特拉斯与莱尔，想着今晚与前天晚上的种种。太多太多了。

我起身，走回客卧，拿了手机和包，回到客厅时，阿特拉斯还坐在那儿。

"莱尔今天去英国了，"我说，"我想我该回家了。你能开车送我吗？"

他的眼里闪过一丝悲伤，我知道，此时离开是正确的。我俩都不曾释怀，我甚至不知道是否真的放得下。我不禁怀疑释怀从来只是个神话，我还未能厘清所发生的一切，此时继续待在这儿，只会把事情弄得更糟。我得尽可能消除困惑，而此刻，我对阿特拉斯的感情最是令我百思不得其解。

他紧抿着嘴，好一会儿，才点点头，拿起钥匙。

· · ·

一路上，我俩都没有开口。他没有把我放在路边，而是径直开进停车场，下了车。"让我送你上去吧，我好放心些。"他说。

我点点头，他送我坐电梯上七楼，其间越发沉默。他跟着我走到公寓门口，我从包里翻出钥匙，试了三次都没把门打开，才发现双手不住颤抖。阿特拉斯从容地接过我手中的钥匙，我让到一旁，他替我开门。

"确定没人在？要我先帮你看看吗？"他问。

我点点头。我知道莱尔正在去英国的路上，不会在家，但说实话，一个人进门，多少还是有点害怕。

阿特拉斯走在我前头，开了灯。他接着往里走，把所有的灯都打开，每个房间里里外外都看了一遍。回到客厅时，他双手揣在夹克口袋里，深吸了口气，说："我不知道接下来该做什么了，莉莉。"

他知道。他心里一清二楚，只是不希望再发生罢了。我们俩都知道，说再见有多难。

我转向别处，看着他脸上的神情，令我心如刀割。我双手交叉在胸前，盯着地板。"有许多事我得好好理一理，阿特拉斯。许许多多。如果你在，恐怕我做不到。"我抬眼看着他，"希望你不要往心里去。相反，这反倒是对你的恭维。"

他默默地注视着我，我所说的，似乎在他意料之中。不过，看得出，他心里藏着千言万语。我也有好多好多的话想对他说，只是事已至此，再讨论我们之间的事，多少不合时宜了，我们都心知肚明。我结婚了，肚子里怀着另一个男人的孩子。而他此时正站在那个男人买给我的公寓的客厅里。那些许久之前没来得及说的一切，此时此地再说，多少怕是不合适了。

他匆匆瞥了一眼门，仿佛不知该离开，还是该开口。他动了动下颌，接着紧盯着我的双眼。"如果需要我，我希望你给我打电话，"他说，"不过只限事出紧急。我没法装作这么若无其事，莉莉。"

他的话，令我心里一惊，不过很快平复过来。虽不曾料到他会说出口，但毋庸置疑，自打重逢那天起，他便注定无法对这段感情装作若无其事。要么全力以赴，要么相忘于江湖。这就是为何他参军前要与我断了联系。他知道，普通朋友这条路在我俩之间行不通，只会徒增痛苦。

显然，现在依旧如此。

"再见了，阿特拉斯。"

不得已再次说出这几个字，却如同第一次一般，令我心如刀绞。他的脸痛苦地抽搐着，转身朝门口走去，仿佛一刻也不能多待。门关上了，我走过去，上了锁，头靠在门上。

两天前，我还自矜，有那般美满的生活，夫复何求。而今天，却要自问，生活怎会令我这么痛不欲生。

突然有人敲门，我不觉吓了一跳。阿特拉斯才走不过十秒，我知道一定还是他。我开了锁，打开门，却突然一把撞进他温暖的怀里。阿特拉斯的手紧紧地、几近绝望地抱着我，他的嘴唇亲吻着我头的一侧。

我闭紧双眼，终于让眼泪肆意流淌。过去两天里，我为莱尔流了太多眼泪，竟不知还能为阿特拉斯流泪。然而我确实流泪了，它们像雨水一般淌过我的面颊。

"莉莉，"他轻声说，依旧紧紧地抱着我，"我知道此刻你最不需要听到这个，但我还是要说。多少次，我从你身边走开，没能告诉你我真正想说的。"

他松开手，低头看着我，见我满是泪水，便伸手到我脸颊。"……如果有奇迹发生，你发现自己能够重新爱上一个人……来爱我吧。"他亲吻着我的额头，"你依旧是我最喜爱的人，莉莉。永远都是。"

甚至没等我回答，他便松开了我，转身离开。

门再一次关上后，我一下滑坐到地板上。感觉我的心仿佛要停止搏动了。我不怪它。这两天里，它先后经历了两次心碎。

我有预感，不论哪一次心碎，想要愈合，都要好久，好久。

第二十九章

艾丽莎挨着我和莱莉坐到沙发上。"我好想你啊,莉莉,"她说,"我想着要不一周回来上一两天班吧?"

我忍俊不禁,不免有些惊讶。"我就住在楼下,而且几乎天天来。你怎么还会想我呢?"

她噘着嘴,把腿盘在身下。"好吧,我想的不是你。我想工作了。而且,有时我就是不想待着这个屋子里。"

自她生下莱莉,已经过去一个半月了,相信回来上班对她而言应当不在话下。只不过我很好奇,已经有莱莉了,她怎么还会想回来呢?我俯下身,在莱莉的鼻子上亲了一下。"你要带着莱莉一起吗?"

艾丽莎摇摇头。"不,你就够我忙活的了。我上班期间,马歇尔可以帮着照看她。"

"你是说,你没有用人帮你看孩子?"

马歇尔正经过客厅,碰巧听到我的话。"嘘,莉莉。不要在我女儿面前像个有钱女孩一样说话。冒犯财神。"

我扑哧一声笑了。一周里有好几天我都会上这儿来,唯有在这里,我才能开怀大笑。莱尔去英国一个半月了,没人知道我俩之间发生了什么。他没有告诉任何人，我也没有，包括我妈妈。每个人都以为他只是去剑桥培训，我俩之间什么也没有改变。

我至今也没有告诉任何人我怀孕的事。

我去看了两次医生。原来查出怀孕那晚，我已有十二周的身孕，到现在已经十八周了。我依旧想不明白，怎么会怀孕呢？我一直在吃避孕药。显然偶尔的健忘令我尝到了恶果。

肚子开始显出来了，好在天气冷，还藏得住。穿件宽松的毛衣，套件外衣，没人会起疑心。

我知道我得尽早告诉他们，而且应该第一个告诉莱尔，但我不想在长途电话里谈这件事。再过一个半月他就回来了。如果瞒得过这段时间，到时我再决定何去何从。

我低头看着莱莉，她冲我笑了。我朝她做鬼脸，她笑得更开心了。有好几次我都忍不住想告诉艾丽莎我怀孕的事，只是我保守的这个秘密，连她的亲生哥哥都不知道，这令我难以开口。我不想让她为难，因此不论多难，都不能告诉她。

"莱尔不在这段时间，难为你了。"艾丽莎说，"准备好迎接他回家了吗？"

我点点头，但什么也没说。每每她提起他来，我总尽量转移话题。

艾丽莎往沙发上一靠，说："他还喜欢剑桥吧？"

"是的。"我说着，向莱莉吐吐舌头。她傻笑起来。不知道我的宝宝长得会不会像她。希望如此。她太可爱了，当然我可能有点偏心。

"他弄清楚那边的地铁线路了吗？"艾丽莎笑起，"我发誓，每回和他打电话,他总迷路,就是弄不清楚该乘A线还是B线。"

"嗯,"我答道,"他弄清楚了。"

艾丽莎直起身子。"马歇尔!"

马歇尔走进客厅,艾丽莎从我手中抱过莱莉,交给马歇尔,说:"你能给她换下尿布吗?"

我不明白她为什么叫他那么做。我刚给她换过尿布。

马歇尔皱着鼻子,从艾丽莎手中抱起莱莉。"你是个臭熏熏的女孩子吗?"

他们穿着父女款连体裤。

艾丽莎抓过我的手,一把把我从沙发上拽起来。我不禁叫了出来。

"我们要去哪儿?"

她没有回答,径直朝她的卧室走去,一进屋,她便"砰"地把门甩上。她来来回回踱了几步,停下来,看着我。

"你最好现在就告诉到底发生了什么,莉莉!"

我吓得往后退了一步。她究竟在说什么?

我的手不觉捧着我的小腹,担心她可能发现了,不过她并未看着我的小腹。她上前一步,一根手指杵着我的胸口。"英国剑桥根本没有什么地铁,你个笨蛋!"

"什么?"我一头雾水。

"我瞎编的!"她说,"你不对劲好久了。你是我最好的朋友,莉莉。而且我也了解我哥哥。我每周都和他聊天,他也不对劲。你俩之间肯定发生了什么,我现在就要知道!"

该死。该来的迟早要来。

我慢慢伸手捂着嘴,不知该对她说些什么,该说多少。直到这一刻,我才知道这么一直瞒着她快逼疯我了。她这么了解我,倒让我如释重负。

我走到她床边,坐下来。"艾丽莎,"我低声说,"坐下吧。"

我知道,这对她的打击将不比我小。她走到床边,在我身旁坐下,拉过我的手。

"我甚至不知道该从何说起。"

她捏了捏我的手,但什么也没说。随后十五分钟,我把一切都告诉了她。我告诉她那次争吵,告诉她阿特拉斯来接我,告诉她我去了医院,也告诉她我怀孕的事。

我告诉她,过去这一个半月里,我怎么夜夜哭着入眠,因为我从未觉得那样孤独,那样害怕。

把所有都告诉她后,我俩都哭了。面对我告诉她的一切,除了偶尔的"噢,莉莉",她什么也没说。

其实,她也无须说什么。莱尔是她的哥哥。我知道她希望我像上回一样,体谅一下他的过去。我知道她仍旧希望我能与他重修旧好,因为他是她的哥哥。我们本该是个幸福的大家庭。我十分清楚她在想什么。

好一会儿,她都没有说话,同我所说的一切做着思想斗争。终于她抬眼看着我,捏捏我的手。"我哥哥爱你,莉莉。他非常爱你。你改变了他的一生,让他变成了我从未想过他能够成为的人。作为他的妹妹,我无比希望你可以原谅他。但作为你最好的朋友,我不得不告诉你,你要是回到他身边,我永远都不会和你说话。"

她的话令我一下愣住,待反应过来,我抽泣起来。

她也抽泣着。

她伸手抱着我,我们为彼此对莱尔的爱而哭泣,也为此时对他的恨而哭泣。

在她床上难过地抽泣了几分钟后,她松开我,到梳妆台拿来一盒纸巾。

我俩擦着眼泪,抽噎不止,我说:"你真是我最好的朋友。"

她点点头。"我知道。而且现在我很快就是最好的姑姑啦。"她抹了一把鼻子,又抽噎起来,脸上却带着笑容,"莉莉。你要有宝宝啦。"她激动地说。这么久以来,我这才第一次感到怀孕的喜悦。"不该多嘴,不过我留意到你胖了些,原以为只是莱尔走后,你郁闷难当,吃多了。"

她走到壁橱后,开始把各种东西往外搬。"我有好些孕妇装,都可以给你。"

我们俩便开始理衣服。她拖出一个行李箱,打开来,一个劲儿地把东西往里塞,箱子很快就满了。

"我可穿不了这个,"我拎起一件吊牌完好的衬衫说,"这可都是设计师款,我会弄脏的。"

她笑着把它们一股脑儿塞进行李箱里。"反正我又穿不到。要是怀二胎,叫人再买就是了。"她从衣架上取下一件衬衫,递给我,"来,试试这件。"

我脱下上衣,将这件孕妇装从头顶套上,穿齐整后,我走到镜子前。

我看着……满是孕态。那隆起的小腹仿佛藏都藏不住。

她一只手搭在我的小腹上,看着镜子里的我。"知道是男孩还是女孩了吗?"

我摇摇头。"我不是很想知道。"

"希望是个女孩,"她说,"我们的女儿可以成为好闺密。"

"莉莉?"

我俩一同转身,只见马歇尔站在门口,盯着我的小腹,盯着艾丽莎还搭在上面的手。他歪着头,指着我。

"你……"他一头雾水地说,"莉莉,那个……你是怀孕了吗?"

艾丽莎淡定地走到门边,一只手握着门把手。"你要是还当我是你妻子,有些事情就绝对不许说出去。这就是其中之一。明白吗?"

马歇尔挑了挑眉,往后退了一步。"好的,遵命,明白。莉莉没有怀孕。"他在艾丽莎额头上亲了一口,转而看看我,"我就不和你说恭喜了,莉莉。根本没什么可恭喜的嘛。"艾丽莎一把把他推出去,关上门,转身看着我。

"我们得筹备一个宝宝派对。"她说。

"不行。我得先告诉莱尔。"

她不屑地挥了挥手。"筹备期间又用不到他,到时再说,先当作我们之间的小秘密。"

说着,她便抽出了电脑。

得知怀孕以来,第一次,我觉得如此幸福。

第三十章

有时候,我总不住地想从公寓搬出去。虽然从艾丽莎那儿回家,只消坐个电梯,倒很是方便,但住着还是不免觉得别扭。我们在那儿住了不过一个星期就分开了,随后他便去了英国。这里还未来得及有家的温暖,就已经被玷污了。那晚以后,我甚至不敢在我们的卧室睡觉,只好一直睡在客卧的旧床上。

我怀孕的事,依旧只有艾丽莎和马歇尔知道。距我告诉他俩才过了两周,我现在已有二十周的身孕了。我知道我该告诉我妈妈,但莱尔还有不到两周就回来了。我总觉得在让其他人知道之前,应该先告诉他。希望在他回美国之前,我的肚子能瞒得过我妈妈。

或许我该接受一个现实,很有可能,我不得不在长途电话里告诉他这个消息。我已经两周没有和我妈妈见面了。自她搬来波士顿,我俩还从未这么久不见面,因此再不采取点行动,她很快就会不请自来,打我个措手不及了。

我发誓,仅这两周我的肚子就大了一倍。熟识的人如果见到我,怕是一眼就能看穿。所幸到目前为止,花店里还没人问起过。想必我仍处于尴尬期,人们可能会想:"她是怀孕了吗,还是只是胖了?"

我刚想打开公寓门，门却从里头拉开了。我匆忙拉紧外套遮挡我的小腹，好不让门里头的人——不论谁——看见，但已经来不及了，莱尔的目光落在我身上。我正穿着一件艾丽莎给我的上衣，他直直地盯着我。想要掩饰我身上穿的是件孕妇衫，显然不太可能。

莱尔。

莱尔回来了。

我的心在胸腔里剧烈跳动着。脖子阵阵发痒，我不禁伸手捂着，掌心感受到血管的搏动。

心怦怦直跳，因为我怕他。

心怦怦直跳，因为我恨他。

心怦怦直跳，因为我想他。

慢慢地，他的目光从我的小腹掠上我的脸。痛苦的神情随即在他脸上铺开，仿佛我正对着他的心脏刺了一刀。他往屋里退了一步，双手不觉捂着嘴。

他困惑得不住摇头，艰难地吐出我的名字，脸上尽是被背叛的神情。"莉莉？"

我僵在那里，一手本能地护着肚子，一手依旧捂着胸口。我怕极了，不敢动，也不敢出声。在明确他会怎么做之前，我不想轻举妄动。

他看到我眼里的恐惧，和我那急促地喘着气的样子，他伸出一只手来，让我放心。

"我不会伤害你的，莉莉。我来只是想和你谈谈。"他把门敞开，指着客厅，"看。"他让到一旁，我的目光落到他身后的一个人身上。

这一刻，感觉被背叛的，是我。

"马歇尔？"

马歇尔立即举起手来，做辩解状："我是真的不知道他会提早回来啊，莉莉。莱尔发信息给我，向我求助，还特地嘱咐我不要告诉你和伊莎。求你别离婚，我只是个无辜的旁观者。"

我甩甩头，试图厘清眼前的一切。

"我让他到这儿来见我，这样你和我说话会自在些，"莱尔说，"他是站在你那边的，不是站在我这边的。"

我瞥了眼马歇尔，他点点头。我这才放心地走进公寓。莱尔依旧有些惊讶，这不难理解。他时不时朝我肚子上瞟，随即又赶紧移开视线，仿佛单是看我一眼，都令他难过。他双手抓了抓头发，指着门厅那头，看着马歇尔。

"我们会在卧室里。你要是听见我变得……我要是开始怒喊……"

马歇尔懂得莱尔的意思。"我哪儿都不会去。"

我跟着莱尔走进卧室，不敢想象那会是怎样一种感受，全然不知自己会被什么触怒，也不知自己会做出何种反应，完完全全无法掌控自己的情绪。

有那么一瞬间，我为他感到一丝丝难过。然而，一看到我们的床，记起那一晚，我的难过便消失得无影无踪。

莱尔把房门推上，却没有关严实。短短两个月没见，他仿佛老了很多，眼下挂着眼袋，额上刻着皱纹，弓着身子。悔恨若有人形，定是莱尔此时的模样。

他的目光再次落在我的肚子上，他慢慢向前一步，再一步，很是谨慎。不过,他也理当如此。他怯怯地伸出手来,寻得我的同意才敢碰我。我微微点点头。

他向前再迈了一步,一只手小心地捧着我的小腹。

他掌心的温热透过我的上衣,我赶忙闭上眼睛。心里纵然积满了对他的怨怼,却不意味着感情已淡然。一个人伤害了你并不意味着你便从此不再爱他。最叫人痛苦的绝非一个人的所作所为,而是其间的爱。若行为本身毫无爱可言,痛苦便容易承受些。

他的手在我的小腹上抚摸着,我睁开双眼。他不住地摇头,仿佛无法理解眼前的一切。我看着他慢慢地蹲在我面前。

他的手臂缓缓绕过我的腰,嘴唇印在我的肚子上,接着双手搂着我的下背部,前额紧紧抵着我。

这一刻,我无法描述自己对他的感情。正如所有母亲所渴望的,看着他这么爱这个孩子,这再美好不过。许久以来无法和任何人分享叫我痛苦不已。纵然对他有千般怨恨,不能同他分享却同样叫我痛苦。他抱着我,我的手不觉摸着他的头发。心里的一个我想冲他大吼,想要报警,正如那晚我就该做的那样;而另一个我却不由得心疼那个抱着哥哥,眼睁睁看着哥哥死去的小男孩。一个我希望自己从未遇见他,另一个我却希望自己能够原谅他。

他松开搂在我腰上的手臂,撑住边上的床垫。他站起来,坐到床上,手肘撑在膝盖上,双手捂着嘴。

我坐在他身边,知道虽然万般不愿意,这个谈话却不可避免。
"赤裸的真相?"

他点点头。

我不知道该由谁先开始。此时我对他没什么可说的,便等着他先开口。

"我甚至不知道该从哪里说起,莉莉。"他伸手在脸上使劲抹了一把。

"或许你可以从'对不起我打了你'开始。"

他望着我的双眼,瞪大了眼睛。"莉莉,你根本不知道。真的对不起。我犯下那样的错,你都不知道这两个月我是怎么熬过来的。"

我紧咬着牙,感觉手指牢牢攥着身旁的毛毯。

我不知道他是怎么熬过来的?

慢慢地,我摇了摇头。"无知的是你,莱尔。"

我站起来,愤怒与憎恨从我体内迸溅而出。我转过身,指着他。"无知的是你!你根本不知道,你把我害成这样,我是怎么熬过来的!在所爱的男人身边,还要时时刻刻担惊受怕!一想到他对你所做的一切就浑身难受!你根本不知道,莱尔!一无所知!他妈的!你他妈的为什么要这么对我?!"

我猛地吸了口气,被自己吓到了。愤怒如同巨浪般涌来。我抹着泪水,别过身去,不敢看着他。

"莉莉,"他说,"我不……"

"别说了!"我怒吼着,转过身,"我还没说完!等我把话说完才轮得到你说你的事实!"

他握着下颌,仿佛要把不安从中挤出,低垂着双眼,盯在地板上,不敢面对我的盛怒。我朝他迈了三步,蹲在他前面,双手按在他腿上,迫使他看着我的眼睛,听我把话说完。

"没错,我是留着小时候阿特拉斯送我的冰箱贴,我也留着那些日记本。没错,我没有告诉你关于文身的事,不,我或许不该瞒着你。我还爱他,这也没错,而且我到死都会爱着他,他曾是我生命中非常重要的一部分。没错,我知道这伤害到了你。但是,尽管如此,你也无权那样对我。哪怕你是走进我的卧室,撞见我俩在床上,你还是无权对我动一根手指头,你这该死的浑蛋!"

我推开他的膝盖,站起来。"现在该你了!"我大吼。

我在房里来回踱着,心怦怦直跳,仿佛要蹦出来了。多希望它能就此跳出胸腔。如果可以,我真想此刻就放这该死的东西自由。

时间一分一分过去,我仍旧踱着步。莱尔的沉默与我的愤怒最终叠在一起,化为痛苦。

过多的泪水令我身心俱疲,这么善感也令我厌倦。我绝望地倒在床上,抱着枕头痛哭起来,枕头紧紧蒙在脸上,压得我透不过气来。

莱尔在我身旁躺下,一只手温柔地抚着我的后脑勺,想要抚慰他对我造成的痛苦。我闭着眼睛,脸仍旧埋在枕头里,却能感觉到他的头轻轻地枕在我边上。

"我的事实是,我完全无话可说,"他轻声说道,"我永远无法收回我对你所做的一切。哪怕我向你保证这样的事再不会发生,你也不会再相信我了。"他在我头上亲了一下,"你便是我的世界,莉莉。我的整个世界。那晚在这张床上醒来,发现你不在了,我就知道我再也无法把你追回来了。我来只是想告诉你我有多么后悔。我想告诉你我应下了明尼苏达州的那份工作。我是来和你说再见的。但是莉莉……"他的吻再次落在我的头上,他猛地呼了口气,"莉莉,现在我不能这么做。你已经怀了我的骨肉。我爱这个孩子,胜过我生命中的一切。不要把这一切从我身边带走，莉莉。求你了。"他泣不成声，将我抱得更紧了些。

他声音中的痛苦在我心里涟漪般荡开，我抬起浸满泪水的脸，看着他时，他的吻绝望地压向我的唇，又匆忙放开。"求你，莉莉。我爱你。帮帮我。"

他的吻又一次飞快地落在我的唇边，见我没有把他推开，他便再一次吻上我。

第四次。

第五次，他的唇触碰我的唇时，在上面停留下来。

他的手臂绕着我，将我拉向他。我的身体疲惫而又虚弱，却仍旧记得他，记得他的身体能够抚慰我的所有情绪，记得他身体的温柔，我已渴望两个月之久的温柔。

"我爱你。"他在我嘴边喃喃着。他的舌头轻柔地扫过我的舌尖，那样可恶，那样美好，却又那样痛苦。不知不觉我已平躺在床上，他正趴到我身上。他的抚摸，是我所需的全部，也是我不该屈服的所有。

他的手抚着我的头发，忽然间，记忆一下跳回那个晚上。

我在厨房里，他的手使劲拽着我的头发，拽得我生疼。

他拂去我脸上的散发，忽然间，记忆一下跳回那个晚上。

我站在门口，他的手绕过我的肩膀，他使尽颌骨所有气力，咬进我的肩头。

他的前额温柔地抵在我的额上，忽然间，记忆一下跳回那个晚上。

我躺在同一张床上，他压在我身上，头重重地砸向我的头，我缝了六针。

我的身体不再对他有回应。愤怒再一次向我涌来。他察觉到我身体的僵硬,停下来,不再亲吻我。

他松开手,看着身下的我时,我甚至什么都不用说。我们的眼睛,四目相对,其间赤裸的真相,远比口中所诉说的多。我的眼睛告诉他,我再无法忍受他的抚摸。他的眼睛告诉我,他已经知道了。

慢慢地,他点了点头。

他往后退去,从我身上下来,坐到床边,背对着我。他慢慢站起身,仍旧不住点头,知道今晚得不到我的原谅了。他便朝房门口走去。

"等等。"我叫住他。

他半转过身,从房门那头望着我。

我抬起下巴,斩钉截铁地看着他。"我希望这个孩子不是你的,莱尔。我以我的全部起誓,我希望这个孩子和你半点关系也没有。"

原以为,他的世界会坍塌得更彻底些,我错了。

他走出我的卧室,我把脸深深埋进枕头里。我原以为如果能像他伤害我一般伤害他,便能出气。

我并不能。

我反而觉得自己怀恨在心,卑鄙刻薄。

我觉得,我仿佛成了我爸爸。

第三十一章

妈：我想你了。什么时候能去看你？

我盯着这条信息。莱尔得知我有身孕已经两天了。我知道是时候告诉我妈妈了。告诉她我怀孕了倒不至于让我不安，怕的只是要同她讨论我和莱尔的境况。

我：我也想你。明天下班后去你那儿。能做点意式千层面吗？

刚给妈妈发完信息，我便收到一条新消息。

艾丽莎：上楼来和我们一起吃晚饭吧。今晚是自制比萨之夜。

好些天没去艾丽莎家了。自莱尔回来后，我便没去过。不知他住哪里，想着该是和他们一起。此刻，我尤其不想同他待在一个屋檐下。

我：还有谁会在？

艾丽莎：莉莉……我怎么会那么对你。他一直加班到明早八点。今晚就我们三个。

她太了解我。我回复她说一下班就过去。

• • •

"这么大的宝宝吃什么啊？"

我们围桌而坐。到的时候，莱莉正睡着，我把她叫醒，好抱抱她。艾丽莎并不介意，她也不希望自己准备上床睡觉时，莱莉还精神着。

"母乳，"马歇尔嘴里含着饭说，"不过有时我会用手指蘸点可乐，塞她嘴里，让她尝尝味道。"

"马歇尔！"艾丽莎大叫起来，"你最好是在开玩笑。"

"绝对是玩笑。"他说，虽然我看不出到底是不是。

"那什么时候开始添加辅食呢？"我问。想着孩子出生前，我得先做做功课。

"大概四个月吧。"艾丽莎打着哈欠说。她放下餐叉，靠在椅背上，揉着眼睛。

"今晚要不我带她，你们俩好好睡一觉？"

艾丽莎说："不用，没事的。"

此时马歇尔却说："那太好了。"

我忍俊不禁。"说真的。我就住在楼下，明天正好不上班，即使晚上没法睡，明天白天也可以补觉。"

艾丽莎考虑片刻。"我把手机开着，万一你需要我。"

我低头看着莱莉,笑着说:"听见了吗?今晚你要和莉莉舅妈一起睡啦!"

· · ·

艾丽莎把所需东西都丢进尿布包,仿佛我要带着莱莉去全国旅行一样。"她饿了会让你知道的。不要用微波炉热奶,只需把它放到……"

"知道啦,"我打断她,"打从她出生,我都给她热过不下五十瓶奶了。"

艾丽莎点点头,走到床前,把尿布包放在我边上。马歇尔在客厅,给莱莉喂最后一次奶。我俩在屋里等着,艾丽莎索性躺到我身边,把头撑在手上。

"你知道这意味着什么吗?"她问。

"不知道。什么?"

"今晚我要做爱。都四个月了。"

我皱着鼻子。"这你大可不必告诉我。"

她笑起来,倒在枕头上,又猛地坐起来。"该死,"她说,"我该刮腿毛了。印象中也得有四个月没刮了。"

我哈哈大笑,不过随即抽了口气,双手赶紧捧着肚子。"噢,我的天哪!我刚才感觉到胎动了!"

"真的吗?"艾丽莎把手搭在我的小腹上,随后五分钟,我俩都不出声,静静等着下一次动静。它又动了一次,很轻,几乎觉察不到。它一动我就笑了。

"我什么也没感觉到，"艾丽莎说，嘟着嘴，"可能还得个把星期才能从外面感觉到吧。这是你第一次感觉到胎动吗？"

"是啊，我还一直担心自己怀的是史上最懒的宝宝呢。"我双手一直捧着肚子，希望再感觉一次。我们静静地坐了几分钟，我不禁希望此时的情景有所不同。莱尔应该在的。他该是此时此刻坐在我身边，手摸着我的肚子的人。而不是艾丽莎。

这一想法几乎把我所感觉到的喜悦一下带走了。艾丽莎定是留意到了，只见她握着我的一只手，捏了捏。我看着她时，她脸上已没有了笑容。

"莉莉，"她说，"有些话我一直想和你说。"

噢，天哪。我不喜欢她说这话的语气。

"是什么？"

她叹了口气，挤出一个阴郁的笑脸。"我知道，你觉得难过，因为我哥哥没能在你身边，与你分享这一刻。只是无论他参与与否，我只是想让你知道这将是你一生中经历的最美好的事。你会成为一个很棒的妈妈的，莉莉。这个宝宝非常幸运。"

所幸此刻只有艾丽莎在，她的话让我又是哭又是笑的，一把鼻涕一把眼泪的样子像个荷尔蒙分泌过旺的青少年。我抱着她，对她说谢谢。听了这些话，我的喜悦又奇迹般地回来了。

她微笑着，说："好了，去把我的宝宝带走吧，让我和我那满身铜臭味的老公好好做次爱。"

我翻身下床，站起来。"你可真是擅长制造搞笑气氛啊。我得说这是你的特长。"

她微笑着。"不然要我在这儿干吗？好了，快走吧。"

第三十二章

过去几个月,藏了太多秘密,而最令我难过的是一切都瞒着我妈妈。不知她会怎么样。我知道,得知我怀孕她定会喜出望外。只是我和莱尔分开,不知她会作何感想。她爱莱尔,而且基于她过去处理此类情况的经历,想必会觉得他的行为可以原谅,说不定还会劝我回到他身边。说实话,这也是我一直逃避的原因,因为我害怕,有那么一丝可能,她会成功说服我。

大多时候,我都坚强。大多时候,我也十分生他的气,哪怕只是想想要原谅他,都觉得近乎无稽。但有些日子,我好想他,想到无法呼吸。想念和他在一起的种种乐趣,想念和他做爱,想念曾经对他牵肠挂肚的时刻。他总是加班,晚上进门的时候,我会冲过去,跳到他的怀里,因为我好想他。我甚至想念着,每每我这么做,他有多么欢喜。

不那么坚强的时候,我便会希望妈妈知道所发生的一切。有时,我只想开车到她家,和她一起蜷在沙发上。她会帮我把头发别到耳后,告诉我一切都会好的。有时候,就算长大了也还是需要妈妈的安慰,这样我们便可以喘息片刻,不用一直故作坚强。

车子停在她家车道上,我坐在车里,等了足足五分钟才鼓足勇气走进去。悲哀的是，我明知这样做或多或少也会伤她的心，却还是得告诉她。我不忍在她难过的时候，还告诉她我嫁给了一个或许和爸爸如出一辙的男人，这只会令她更难过。

我走进前门，她正在厨房，忙着把面条铺在烤盘里。当然，我没有马上脱掉外套。虽然没有穿孕妇衫，但没有外套的话我的肚子根本藏不住。尤其瞒不过一个母亲。

"嘿，宝贝！"她说。

我走进厨房，一手搂着她的肩，看着她把芝士铺在宽面条上面。等把面条放进烤箱，我们便走到餐桌旁坐下。她靠在椅背上，呷着一杯茶。

她面带微笑，看着很是开心，更让我不忍了。

"莉莉，"她说，"有件事我得告诉你。"

我有些不快。我来是想向她倾诉的，不曾准备当一个倾听者。

"是什么？"我犹豫地问。

她双手捧着那杯茶。"我恋爱了。"

我不禁张大了嘴巴。

"真的吗？"我问，不住摇着头，"这真是……"我想说太好了，随即又不免担心她会重蹈当年的覆辙。她看得出我脸上的忧虑，便握着我的双手。

"他人很好，莉莉。真的很好，我保证。"

我一下如释重负，看得出她说的是实话。我能看见她眼里闪烁着的幸福。"哇，"我说，全然出乎意料，"我真为你高兴。什么时候可以见见他？"

"你要是愿意，今晚就可以，"她说，"我可以请他过来和我们一起吃饭。"

我摇摇头。"不,"嘀咕着,"这时间不好。"

她立马意识到我来是有重要的事要告诉她,便捏了捏我的手。我从最好的部分开始说。

我站起来,脱掉外套。一开始,她还没反应过来,只当我脱掉衣服是想舒适些。我拉过她的一只手,放在我的肚子上。"你要当外婆啦。"

好一会儿,她瞪大了双眼,惊得说不出话来。她眼里闪着泪花,跳起来,抱住我。"莉莉!噢,我的天哪!"她说着松开我,满脸笑意,"这也太快了。是有计划的吗?你们这才结婚没多久啊。"

我摇摇头。"不是,是个惊吓。相信我。"

她笑起来,又抱了抱我,我俩坐了下来。我努力保持微笑,却怎么也不像一个即将当妈妈的人那般喜出望外。她一下就看出来了,一手捂着嘴。"宝贝,"她低声问,"怎么啦?"

在这之前,我一直故作坚强。在别人身边,我总努力不自怨自艾。但此刻,和我妈妈坐在这里,我却渴望软弱,只希望能够妥协,哪怕一会儿。我希望她包容我,抱着我,告诉我一切都会好的。而随后十五分钟里,我在她怀里尽情痛哭,便正如我所愿。我不再自顾自战斗,我需要有人为我而战。

我省去我和莱尔关系中的一些细节,却将所有要紧的事倾吐而出:他不止一次伤害我,我不知道该怎么办;我害怕独自抚养这个孩子;害怕自己或许做了错误的决定;害怕一直以来自己或许都太心软,早应该报警把他抓起来;又害怕或许是自己太敏感,不知自己是否反应过激。简单说来,我把此前不敢完全承认的一切都告诉了她。

她从厨房里取来一些纸巾,回到桌旁。待我俩都擦干眼泪,她把纸巾在手中揉搓着,低着头,拿着它一圈圈打转儿。

"你想让他回到你身边吗?"她问。

我没有说想,却也没有回答不想。

自这一切发生以来,我第一次彻底坦诚,对她,也是对我自己。或许因为她是我认识的人当中唯一一个亲身经历过这一切的人。她也是唯一能够了解我所经受的万般困惑的人。

我摇了摇头,紧接着,却又耸耸肩。"我内心的绝大部分觉得自己再也无法相信他,却又总有那么一部分舍不得和他拥有过的点滴。我俩曾经多么合拍啊,妈妈。和他一起度过的日子曾是我生命中最美好的时刻。偶尔我会觉得或许不该轻易放弃。"

我用纸巾在眼下按了按,纸上浸满泪水。"有时……真的想他时……我便告诉自己这或许不是件坏事。或许我该接受他最坏的一面,才配拥有他最好的一面。"

她搭着我的手,拇指在上面前后摩挲着。"我完全了解你的感受,莉莉。但是一个人最不愿看到的就是丢失自己的底线。请不要容许这种事情发生。"

我全然不知她这么说是什么意思。她看出我脸上的困惑,捏了捏我的胳膊,向我解释。

"我们每个人都有条底线,顶上是心甘情愿容忍的事情。我嫁给你爸爸的时候,我很清楚自己的底线是什么。不过慢慢地……随着一次次意外……我的底线越放越低。再低一点,再低一点点。你爸爸第一次打我的时候,他立刻就后悔了。他发誓说再也不会发生那种事。第二次打我，他更后悔了。第三次，就不单单是打了，下手很重。每一次，我都原谅了他。第四次，他只是扇了我一巴掌。事发时，我竟松了口气。我记得当时在想：'至少这回他没有下重手打我。还不算太坏。'"

我又一次哭了出来，她也是。她用纸巾按了按眼睛，说："每一次都会慢慢地跌破你的底线。每一次你都选择留下，下一次要想离开就更难了。最终，你会彻底丧失自己的底线，因为你会不禁想：'我都忍了五年了，再来五年又算得了什么呢？'"

我失声痛哭，她抓住我的手，紧紧握着。"别像我一样，莉莉。我知道你相信他爱你，我也知道他确实很爱你。但他爱你的方式是错误的。他没能用你值得被爱的方式去爱你。莱尔如果真心爱你，绝不会容许你回到他身边的。他会主动选择离开你，这样他才永远不会再伤害到你。这才是一个女人所值得拥有的爱，莉莉。"

我多么希望，她的这些感悟，并非来自她的过往。我一把拉过她，抱着她。

来的时候，原本以为得为自己辩解，从未想过要向她求教，哪怕一次也没有。我该更懂事一些的。过去我总觉得妈妈软弱，而她却是我所了解的最坚强的女人。

"妈？"我说着，松开她，"长大后，我想成为你。"

她笑起来，替我拂去脸上的散发。从她看我的眼神里，我知道，如果可以，她会毫不犹豫地同我换个位置。这一刻，她心疼我，远比过去心疼自己来得多。"我还有件事要告诉你。"她说。

她再一次拉过我的手。

"你给你爸爸致悼词那天？我知道你不是怯场，莉莉。你站在讲台上，拒绝为那个男人说半句好话。那是我最为你感到骄傲的时候。你是我生命中唯一一个为我挺身而出的人。在我害怕的时候，你总是那么坚强。"她说着，一滴泪从眼中滚落，"做回那个女孩，莉莉。勇敢而又大胆。"

第三十三章

"我该拿这三把安全椅怎么办呢?"

我坐在艾丽莎家的沙发上,盯着眼前一堆东西。今天,她为我办了个宝宝派对。我妈妈来了。莱尔的妈妈也大老远飞过来,不过此刻她躺在客房里倒时差呢。花店里帮忙的女孩们也来了,还有我上一份工作中的一些朋友。甚至德温也来了。自是十分热闹,不过这几周来我一直怵得慌。

"早让你列个礼物清单了,那样的话哪还会有重复的。"艾丽莎说。

我叹了口气。"要不让我妈妈把她送的那把安全椅退了。她给买的东西够多了。"

我站起来,开始收拾这些礼物。早先马歇尔说要帮我把它们搬到楼下我自己的公寓去,艾丽莎便帮着我把东西用垃圾袋装起来。我拉着袋子开口,她负责从地板上拿东西。现在我差不多有三十周的身孕了,只得烦劳她干受累的活儿。

待所有东西都装袋打包好,马歇尔便帮我往公寓送。送第二趟时,我打开艾丽莎家的大门,正准备把一个装满礼物的垃圾袋拖往电梯。然而,令我毫无准备的是,莱尔出现在我眼前,他站在门的另一头，看着我。三个月前的那次争吵后，我们便没再说过话，一下看到对方，我们俩似乎都吓了一跳。

只不过，遇见在所难免。他的妹妹是我的好闺密，又住同一栋楼，怎么可能不碰到呢？

他妈妈都特意赶来了，想必他也知道我今天办宝宝派对，只是看到我身后的一堆东西，他不免还是有点吃惊。我不禁怀疑，我刚要走，他就来了，到底是巧合还是顺便。他低头看了眼我拖着的垃圾袋，从我手中接过去。"我来吧。"

我随他。他拎起这一袋，又顺手拖过另一袋，往楼下公寓走；我回屋收拾东西。正要出门，他和马歇尔一同回来了。

莱尔提起最后一袋东西，往门口走去。我跟在他身后，马歇尔朝我使了个眼色，问我是否愿意莱尔同我下楼。我点点头。我不可能一辈子躲着他，往后该怎么走，这时谈再合适不过。

两个公寓间不过隔了几层楼，和莱尔同在电梯里的时间却异常漫长。好几次看到他盯着我的肚子看，三个月没见我怀孕的样子，不知他心里是何滋味。

公寓门没锁，我推门进去，他跟在我身后。他把余下的东西提进婴儿房，我听见他在里头整理东西，拆包装盒。我待在厨房里，清洗着根本无须清洗的东西。知道他就在屋里，我的心悬在了嗓子眼。这一刻，我倒不是害怕他，只是觉着紧张。原希望谈话前能准备充分些，因为我无比讨厌对质。然而，我又明白我们得谈谈这个孩子和我们的未来。我只是不想面对，至少眼下不想。

他穿过门厅，走进厨房。我觉察到他看了眼我的肚子，又飞快地把目光移开。"趁我还在这儿，要帮你把婴儿床装好吗？"

或许我该说不用，只是对于我腹中的孩子，莱尔也有一半的责任。如果他主动提供体力劳动，不论我有多生他的气，我都该接受。"好的。那再好不过了。"

他指着洗衣间。"我的工具箱还在里头吗？"

我点点头，他朝洗衣间走去。我打开冰箱门，就这么看着，免得他回来经过厨房时还得看到他。待他终于回到婴儿房，我关上冰箱，前额抵在上面，手攥着冰箱把手。我深呼吸着，试图理顺此刻内心的所有想法。

他看上去真好。好久没见了，我都忘了他有多好看。内心有股冲动，想要冲过门厅，跳到他怀里。我想要感受他在我嘴上的亲吻，想要听他告诉我他有多爱我，想要他躺在我身边，一手搭着我的肚子，正如我设想了无数遍的那样。

多么简单。如果就此原谅他，回到他身边，我此刻的生活会变得多么简单啊。

我闭上双眼，默念着妈妈对我说的话。"莱尔如果真心爱你，绝不会容许你回到他身边的。"

就是这句提醒，阻止了我冲过门厅。

• • •

接下来一小时，他都待在婴儿房。我躲在厨房里，一刻也不让自己闲着。只是最后回卧室拿手机充电器时，难免得经过那儿。回来走过门厅时，我在婴儿房门口停下来。

婴儿床装好了。他甚至把床单被套也铺上了。他站在边上，扶着床栏，注视着空空的婴儿床。他那样安静，一动不动，宛若一尊雕像。

他想得出神，甚至没留意到我站在门口。我不禁好奇他在想些什么。

在想宝宝吗？睡在这张婴儿床里，无法和他一起生活的宝宝。

在这之前，我甚至不确定他是否想要成为这个孩子生命中的一部分。而此刻，他脸上的神情告诉我，他想。我从未在一个人的神情里看见这般悲伤，而我甚至还未看到他的正脸。我觉得他此刻的悲伤与我全然无关，只关乎他的孩子。

他抬起眼，见我站在门口，便松开床栏，甩了甩头，回过神来。"装完了。"说着，伸手指了指婴儿床。他开始把工具收回箱子里。"趁我还在，还有什么需要帮忙的吗？"

我摇摇头，朝婴儿床走去，欣赏着它。我还不知道是男孩还是女孩，便给房间挑了个大自然的主题配色。床上用品是褐色和绿色的，上面印满了花草树木，与窗帘很是相配。日后在墙上绘上我设想的壁画，也会相映成趣。我还打算在房里摆上一些我花店里的绿植。看着一切慢慢浮现着眼前，我不禁莞尔。他甚至连床铃也装好了。我伸手按下开关，《布拉姆斯摇篮曲》缓缓流出。我痴看着它转了一整圈，随后回头看了一眼莱尔。他站在几步开外，只是那么看着我。

我看着他，不禁想到，身处局外时，人们总难免轻易下判断。那么多年来，我一直对妈妈的处境妄加评断。

身处局外，总想当然地认为如果有人虐待自己，我们会毫不犹豫地离开。如果没能切身体会他者之间的爱，我们也会轻易地说无法继续爱那个虐待自己的人。

当你亲身经历时，才知道恨那个虐待你的人绝非易事，尤其是大多时候，他们于你宛若上帝的恩赐。

莱尔的眼中燃起了一丝希望，真恨他能一眼看出我的防备暂时降低了。他朝我慢慢地迈了一步。我知道他要拉过我，抱着我，便立即向后退了一步。

就这样，我俩之间的那堵墙又树立起来。

我容许他进到这个房子里来已是极大的让步。他需要清楚这一点。

无论内心此刻多么受挫，他也只是摆出一副隐忍的表情，极力隐藏着。他把工具箱夹在胳膊底下，拿起婴儿床的包装盒，里头塞满了垃圾，都是他拆开理好的各种外包装。"我把这些拿到垃圾站去。"他说着，朝门口走去，"你还需要帮忙的话，尽管让我知道，好吗？"

我点点头，勉强咕哝了句："谢谢你。"

听到外面的关门声，我转过身，面对着婴儿床，眼里满是泪水。这一次，却不是为自己而流，也不是为这个孩子。

我为莱尔而哭泣。尽管他的处境是他自己一手造成的，我却知道他内心有多么难过。而当你深爱着一个人，只是看着他难过，也会让你心如刀绞。

我俩都没有提及此时的分居，甚至没有提及和解的可能。我们甚至没能谈谈十周后，这个孩子出世时，该怎么办。

我只是还没有做好谈话的准备，而此刻他唯一能为我做的便是耐心等候。

这耐心是他欠我的，是之前所有毫无耐心的时候，他欠下的。

第三十四章

冲完刷子上的颜料，我回到婴儿房，欣赏着这幅壁画，是我昨天大半天加今天一整天才完成的。

自莱尔过来装婴儿床那天，两个星期过去了。现在壁画刷好了，店里的绿植也搬来了一些，总算觉得婴儿房完整了。我四下望着，突然有点伤感，竟没有人在这儿和我一同欣赏。我拿起手机，给艾丽莎发信息。

我：壁画完工！你快下来看看。
艾丽莎：我不在家。在外跑腿呢。不过，明天就来看。

我皱着眉，决定给我妈妈发信息。她明天要工作，不过我知道，她想来看的心情定和我完工时的一样激动。

我：今晚想进城吗？婴儿房可算完工了。
妈妈：去不了。晚上学校里有演奏会。回来怕是很晚了。我迫不及待想看看！明天过去！

我坐在摇椅上,明知不该,但我还是做了这件事。

我:婴儿房布置好了。要过来看看吗?

一点击发送,我身体里的每一根神经突然活跃起来。我盯着手机,等着他的回复。

莱尔:当然。这就下来。

我赶紧起身,做最后的装点。我把双人小沙发上的靠枕一一抖松,又把一条壁挂捋顺。刚走到前门,就听到他的敲门声。我打开门,噢,该死。他穿着外科手术服。

我让到一边,让他进门。

"艾丽莎说你在画一幅壁画?"我跟着他穿过门厅,往婴儿房走去。

"花了我两天才画完的,"我告诉他,"只不过是上下了几趟梯子,身体却感觉仿佛跑了个马拉松。"

他回头望了我一眼,我能看见他神情中的关切。我独自一人做这些事,他不放心。他没必要担心的,我搞得定。

走到婴儿房,他呆站在门口。对面墙上,我画了一个花园,上面画满了我所能想到的种在花园里的所有水果和蔬菜。我虽不是画家,不过神奇的是,有了投影仪和透明纸,也能尽情发挥创作。

"哇!"莱尔感叹。

我得意地咧着嘴,听得出他声音里的惊叹,知道那是发自内心的。他走进房里，四下望着，不住地摇头。"莉莉。这……哇！"

若此刻面对的是艾丽莎，我会拍着手，兴奋地跳上跳下。但他是莱尔，经过这么多的事，那样或许会有些尴尬。

他走到窗边，我在那边安了个秋千。他轻轻推了下，秋千左右荡起来。

"还能前后摇摆呢。"我对他说。不知他了不了解婴儿秋千，不过我自己倒十分惊喜。

他走到尿布床旁，从架子上抽出一条尿布，摊开提在面前。"好小啊，"他说，"我不记得莱莉的有这么小。"

听他提起莱莉，我有些难过。她出生那天起，我俩便分开住了，因而没能见他同她逗乐。

他把尿布叠好，放回架子上。转身看我时，他微笑着，双手示意着房间四周。"这真的太棒了，莉莉。"他说，"这一切，你都……"他的双手扶在后腰，脸上的微笑僵住了，"你都做得非常棒。"

周遭的空气仿佛瞬间浓稠了。不知为何，一下子连深呼吸都十分困难，我需要哭一场。我非常喜欢这一刻，令我难过的是，我们原本可以让整个孕期都充满这样的时刻。和他一起分享的感觉真好，可我又害怕这会给他虚假的希望。

他来了，婴儿房也看了，我不知道接下来该怎么办。显而易见，我们有许许多多事需要谈谈，可对于从何说起或者怎么谈，我毫无头绪。

我走到摇椅旁，欠身坐下。"赤裸的真相？"我说，抬头望着他。

他长长地呼了口气，点点头，在沙发上坐下。"求你了。莉莉，求你告诉我你准备好和我谈谈了。"

知道他愿意讨论这一切，我放松了些许。我抱着肚子，靠在摇椅上。"你先吧。"

他双手交叉，置于膝盖之间，看着我的眼神那样真诚，我不得不把目光移开。

"我不知道你想让我怎么样，莉莉。我不知道你想让我扮演一个什么样的角色。我努力给你你需要的空间，但同时，你或许不知，我有多么渴望帮你。我不想在宝宝的生活中缺席。我想要继续做你的丈夫，也想努力做好一个丈夫。但我不知道你的心里在想些什么。"

他的话令我充满了愧疚。无论我们俩之间之前发生过什么，他终究是这个孩子的父亲。无论我心里怎么想，他都有权成为一个父亲。而且我也希望他做一个父亲，希望他成为一个出色的父亲。然而内心深处，我却依旧受恐惧所扰，我知道我该和他谈谈。

"我绝不会阻止你接近自己的孩子，莱尔。我很高兴你希望参与进来。只是……"

听到最后两个字，他俯下身，把脸埋进掌中。

"鉴于你的脾气，如果我心里没有一点担忧，那我该是个怎样的妈妈啊？你那失控的样子？你和宝宝单独待一起的时候，我怎么知道不会有什么激怒你呢？"

他的眼里涌起痛苦之色，仿佛会决堤而出。他无比坚定地摇了摇头。"莉莉，我绝不会……"

"我知道，莱尔，你绝不会有意伤害自己的孩子。我甚至不相信你伤害我时会是有意的，但你还是伤害了我。我想相信你绝不会做出类似的事。我爸爸虽然虐待我妈妈，但是没有虐待过我。有许多伤害伴侣的男人——甚至女人——都不曾对外人发过火。我打心里想要相信你的话,但你得理解我为何会犹豫。我绝不会拦在你和孩子之间。但你要多点耐心,给我时间重新建立被你打破的所有信任。"

他点头同意。他得知道他根本不值得我做这么大的让步。"这是当然,"他说,"这由你说了算。一切都由你说了算,好吗?"

莱尔的手又合在了一起,他紧张地抿着下嘴唇。我感觉到他还有话要说,却又不知是否该说出口。

"趁我这时想谈谈,不论你心里在想什么,都说出来吧。"

他仰起头,望着天花板。不论他想说什么,都令他十分为难。不知是问题难以开口,还是因为他害怕我可能给出的回答。

"那我们呢?"他小声说。

我把头往后靠了靠,叹了口气。我知道他会问这个问题,只是我没能给他我自己都不知道的回答。要么离婚,要么和好,我们只有这两种选择,可无论哪一种,都不是我想要的。

"我不想让你心存希冀,莱尔,"我轻声说,"如果今天非得做个选择……我很可能会选择离婚。但是说实话,我不知道如果真做了这个决定,到底是因为我此时妊娠期激素过盛,还是因为这当真是我想要的。在这个孩子出生之前做这样的决定,我觉得对你对我都不公平。"

他颤抖着呼出一口气,一手伸到脑后,用力捏了捏脖子。接着,他站起来,面对着我。"谢谢你,"他说,"邀请我过来。也谢谢这次谈话。这几周以来,我一直想着要过来,只是顾及到你的感受……"

"其实我自己也不知道会怎么想。"我坦诚地说。我想要从摇椅上起身,但不知为何,这一个星期来变得越发困难。莱尔走过来,伸手扶我起来。

如果从椅子上起个身都这么费劲,不知临盆前的这些天我该怎么办。

我站起来后,他没有立马松开我的手。我们之间不过几寸远,我知道如果此时抬头看他,内心定会有所起伏。而我不想为他动心。

他牵过我的另一只手,将两只都握在手里。他的十指滑过我的指缝,那感觉一路流进我心里。我把前额靠在他胸口,闭上双眼。他的脸颊贴着我的头顶,我们就这么站着,两个人都不敢动。我不敢动,怕自己太软弱,无法阻止他吻我。他不敢动,怕自己一动,我就会松开他。

仿佛整整五分钟,我俩都一动不动。

"莱尔,"我终于开口,"能答应我些事吗?"

他点了点头,我感觉得到。

"宝宝出生前,请你不要劝我原谅你。也求你不要试图吻我……"我把头从他胸口挪开,抬头望着他,"我希望一次只应对一件事,而此刻我唯一想要的就是平安生下这个孩子。事已至此,我不想徒增压力,或是困扰。"

他安慰地捏了捏我的双手。"一次只应对一件改变人生的大事。明白了。"

我微笑着,终于好好谈了谈,我不禁有些宽慰。我知道关于我们之间,我尚没能做最后的决定,但把一切都厘清后,还是觉得仿佛呼吸都顺畅了些。

他松开我的手。"轮班快迟到了,"他说着,用拇指指指身后,"我得去工作了。"

我点点头,送他出门。待关上门,屋里又只剩下我一人,我才意识到自己脸上竟挂着微笑。

不消说,对他使我们俩陷于这种困境,我依旧怒不可遏,因而我的笑容只是出于取得的这一点点进展。有时为了孩子,父母往往要克服他们的不同,以更为成熟的方式应对一些境况。

而这正是我们俩所做的:将我们的孩子卷入之前,学会怎么应对我们的处境。

第三十五章

我闻到烤吐司的香味。

我微笑着在床上伸起懒腰,莱尔知道我最喜欢烤吐司了。我又赖了一会儿床,才挣扎着起来,仿佛集三个壮汉之力才能把我从床上拖起来。最后,我深吸了口气,双脚移到床边,这才从床垫上起身。

起床后第一件事便是小便。现在,这真成了我生活的全部。预产期还没到,医生说或许还得一周。上周休了产假,因此我此刻的生活只有小便和看电视。

走到厨房,见莱尔正翻炒着锅里的鸡蛋。听见我走进来,他转过头。"早上好,"他说,"宝宝还不露面吗?"

我摇摇头,一只手摸着肚子。"还没,不过昨晚我上了九次卫生间。"

莱尔大笑起来。"又刷新纪录了。"他盛出些鸡蛋到盘里,又放上培根和烤吐司。他转过身,把盘子递给我,在我头上飞快地亲了一口。"我得走了。已经迟到了。不过手机一整天都会开着。"

低头看着我的早餐,我不禁笑了起来。对了,我也吃。小便、美食与看电视。

"谢谢你。"我开心地说。我把盘子端到沙发上,打开电视。莱尔在客厅里忙得团团转,找着他的东西。

"午饭时间我再来看你。今晚可能得加班到很晚,不过艾丽莎说她可以给你带晚饭。"

我白了白眼。"我没事的,莱尔。医生只说多卧床休息,我又不是个废人。"

他刚要去开门,似乎忘了什么,又停了下来。他转向我,俯下身,在我的肚子上亲了下。"要是你决定今天露面,我就给你的零花钱翻一番。"他对宝宝说。

他常常和宝宝说话。这几周来,我总算觉得自在了些,也乐意让他感受宝宝的胎动。他不时过来,只和我的肚子说话,和我反倒说得不多。不过,我倒欢喜。看着他这么殷切地想做一个爸爸,我很高兴。

我拉过沙发上莱尔昨晚睡觉盖着的毛毯,裹在身上。他在这边住了一个星期,就守着等我分娩。一开始,我对这安排还有些担心,不过确实方便不少。我依旧睡在客卧。另一间卧室现已改成婴儿房,他能睡的便只有主卧了。不知为何,他情愿睡沙发。或许那间卧室里的记忆也同样折磨着他,我俩甚至都不愿踏进去。

这几周来,日子过得倒舒心。除了现在不存在肉体关系,我俩仿佛又回到了过去的状态。他依旧忙得焦头烂额,不过只要他晚上休息,我便到楼上和他们一起吃晚饭。只是两人不曾单独吃过饭。任何感觉像情侣约会或是夫妻间才会做的事,我都尽量避免。一次只专注于一件大事,在孩子出生和我的激素恢复正常之前,我不愿对我们的婚姻下定论。我知道,我只是拿怀孕当借口,逃避那些不可逃避的,然而怀了孕,难免可以自私一点。

手机响了,我把头埋进沙发里,不满地呻吟着。我的手机远在厨房那头,感觉离这儿得有十五英尺。

哼。

我想拄着沙发站起来,却一动不动。

又试了一次。依旧坐着。

我握住椅子的扶手,把自己提起来。第三次准有好运气。

一站起来,水洒了我一身。我先是抱怨……随后吓了一跳。

我手里并未拿着一杯水。

该死。

我一低头,见水正顺着我的腿汩汩往下淌。手机还在厨房灶台上响个不停。我一路蹒跚着,走到厨房,接起电话。

"喂?"

"嘿,我是露西!快问快答。订的红玫瑰运送的时候压坏了,但是我们接了利文贝格葬礼的单子,葬礼上的花篮特意叮嘱要用红玫瑰。我们还有备份计划吗?"

"有的,打电话给百老汇那边那家花店。他们欠我一个人情。"

"好的,谢谢!"

刚想挂断给莱尔打电话,告诉他我的羊水破了,却听到露西说:"等等!"

我把手机拿回耳边。

"关于工资。是今天发,还是再等等……"

"可以等等,没关系。"

再一次,我刚要挂电话,又听见她喊了我的名字,接着抛出另一个问题。

"露西,"我冷静地说,打断她,"关于这些,我得明天再给你打电话。我的羊水刚刚破了。"

那头停顿了片刻。"噢。噢!快去吧!"

刚一挂断电话,第一次阵痛如同箭矢般射穿我的肚子。我痛苦地皱着眉,按下莱尔的号码。铃刚响一声他便接了起来。

"要我掉头吗?"

"是的。"

"噢,天哪。真的吗?要生了?"

"是的。"

"莉莉!"他激动地说,紧接着电话挂断了。

随后几分钟,我把能用得上的东西都收拾好。准备好待产包,觉得身上有些脏,便到浴室冲一下。间隔十分钟,第二次阵痛袭来。我弯下腰,捧着肚子,让水淋在我背上。第二次宫缩快结束时,浴室门呼地被推开。

"你还在冲澡?"莱尔说,"莉莉,快出来,我们走!"

"帮我拿条浴巾。"

几秒后,莱尔的手绕过浴帘伸进来。我尽量把浴巾裹好,才拉开浴帘。要躲着怕丈夫看见自己的身体,真不是滋味。

浴巾不够大。胸口倒是挡住了,却在肚子上呈倒V字形开了个口。

刚踏出浴室,第三次宫缩袭来。莱尔拉过我的手,让我深呼吸,扶着我到卧室。我镇定地拿出去医院要穿的衣服,朝他那边瞥了眼。

他正盯着我的肚子看，脸上的神情叫人捉摸不透。

目光相遇时，我停下手中的活儿。

有那么一刻，我说不清他是要皱眉还是要微笑，似乎都有，他的脸扭曲着，快速呼了口气，目光落回我的肚子上。"你真美。"他轻声说。

胸口突然一阵剧痛，却与宫缩无关。突然意识到，这是他第一次看到我光着的肚子，也是他第一次看见孕育着他的孩子的我的样子。

我走过去，拉起他的手，放在我的肚子上，就那么按着。他冲我一笑，拇指摩挲着。这是个美好的时刻，一个我俩之间甚为可贵的时刻。

"谢谢你，莉莉。"

他抚摸着我肚子的方式，他注视着我的眼睛的样子，这一切的一切，都告诉我，他感谢的不是这一刻，或是这之前的任何某个时刻。他感谢的，是我让他接近这个孩子的每一刻。

我呻吟着，弯下了腰。"他妈该死的。"

这一刻草草结束。

莱尔拿起我的衣服，帮我穿上。他拎起我让他带上的所有东西，我们便小心翼翼地朝电梯走去。电梯下到一半，宫缩又一次袭来。

"你该给艾丽莎打个电话。"车子开出车库时，我对他说。

"我开着车呢。到医院后我会给她打电话，还有你妈妈。"

我点点头。这时我完全还可以打电话，不过又难免希望还是先平安赶到医院，这个孩子似乎特别没耐心，似乎还在车里就迫不及待要登场亮相了。

平安到了医院,我的宫缩间隔缩短为不到一分钟一次。待医生做好手术准备,把我推上手术台,宫口已扩张到九厘米。大概五分钟后,便听到医生让我用力。一切发生得太快,莱尔甚至没来得及打电话。

每次用力,我都把莱尔的手攥得更紧些。有那么一刻,我想到自己握着的手对他的事业有多么重要,可他什么也没说。不论我有多用力,只是一味由着我,而我也毫不客气,只拼命攥着。

"头快出来了,"医生说,"再多用力几次。"

我甚至无法描述随后的几分钟,痛苦与艰难的喘息,焦虑与纯粹的快乐,交织在一起。当然还有压力,这么巨大的压力,仿佛欲从我体内迸溅开来。"是个女孩!"突然,莱尔说,"莉莉,我们生了个女儿!"

我睁开双眼,医生正把她抱起来。我只能勉强辨认出她的轮廓,因为眼里盈满了太多太多泪水。他们把她放到我胸前,这绝对是我一生中最美好的时刻。我忍不住摸着她红扑扑的小嘴唇、脸蛋还有手指。莱尔剪断脐带,他们把她抱走去洗澡时,我顿感一阵空虚。

几分钟后,她又回到了我怀里,裹在一条毯子里。

我就这么看着她,别的什么也做不了。

莱尔坐到我边上,把毯子掖到她脖子底下,好让我们好好看看她的脸。我们数着她的手指和脚趾。她试图睁开眼睛,在我们看来,世上再没有比这更有趣的事情了。她打起哈欠,我俩不约而同笑了,对她的爱又深了几分。

待最后一个护士离开房间，终于只剩下我们仨了，莱尔问能不能抱抱她。他把我的床头调高，好让我们俩在床上坐着舒服些。把她放到他手上后，我靠在他的肩头，我俩忍不住一直看着她。

"莉莉，"他轻声说，"赤裸的真相？"

我点点头。

"她可比马歇尔和艾丽莎的孩子漂亮多了。"

我不禁笑起来，用手肘捅了捅他。

"我开玩笑的。"他嘀咕着。

不过，我非常清楚他的意思。莱莉是个可人的宝宝，但同我们自己的女儿一比，谁能不黯然失色呢？

"我们该给她取什么名字呢？"他问。怀孕期间，我们俩的关系一直不尴不尬，因而也没来得及讨论宝宝的名字。

"我想让她随你妹妹的名字，"我说着，瞟了他一眼，"或者也可以随你哥哥？"

不知对此他会怎么想。我个人倒觉得用他哥哥的名字给我们的女儿取名对他多少是种安慰，不过他或许不这么认为。

他望了我一眼，似乎没料到这个回答。"爱默生？"他玩味着说，"女孩子叫这个名字倒还别致。我们可以喊她爱玛，或者艾米。"他扬起骄傲的微笑，低头看着她，"太完美了，真的。"他俯下身，在小爱默生额头上亲了一口。

过了一会儿，我把头从他肩上移开，好看着他抱她。见他这样逗着她，真是美好。他认识她不过五分钟，可我已经看得出他对她那深深的爱意。我看得出为了保护她，他愿意做任何事情，世上的任何事情。

直到这一刻，我才最终做了决定。

关乎他。

关乎我们。

也关乎我们一家的幸福。

莱尔在许多方面都十分优秀，聪明、体贴、上进，富有同情心，魅力不凡。

我爸爸也有过这些品质。对待他人，他或许不那么有爱心，不过有时和我在一起时，我知道他很爱我。他也很聪明，富有魅力与上进心。不过我对他的恨远胜于对他的爱，因而他的所有优点我都视而不见，所见的只有他最不堪的时候。只消目睹五分钟他最坏的样子，便彻底抵消了五年他最好的样子。

我看着小爱默生，看着莱尔。我知道自己该做对她最好的决定。为了她日后能享有我所期望的父女关系。这个决定不是为了自己，也不是为了莱尔。

这个决定是为她而做。

"莱尔？"

刚转过来看着我时，他还溢满微笑。然而，当看到我脸上的神情，他收起了笑容。

"我想离婚。"

他眨了两下眼。我的话仿佛高压电般击中他。他的脸扭曲着，低头看着我们的女儿，肩膀往前垂着。"莉莉，"他说，不停摇着头，"求你不要这么做。"

他的声音里充满了恳求，我不忍心，他一直抱着那一丝希望，盼我最终会回到他身边。这有一半是我的错，我知道，可在第一次抱着我的女儿之前,我自己也不知道会做出什么样的决定。

"再给我一次机会,莉莉。求你了。"说着,他的声音哽咽了。

我知道自己不该在这个时候伤害他。这本该是他人生中最美好的时刻,我却在此时伤了他的心。不过,我也知道,如果此刻不做这个决定,往后或许再没能让他明白为什么我不能冒险回到他身边。

我哭了起来,这在伤害他的同时,也伤害着我。"莱尔,"我轻声说,"你会怎么做?如果有一天,这个小女孩抬头看着你,告诉你,'爸爸?我的男朋友打了我。'你会怎么对她说呢,莱尔?"

他把小爱默生搂入怀里,脸埋进裹着她的毯子里。"别说了,莉莉。"他哀求道。

我在床上坐直身子,手搭在爱默生背上,试图让莱尔看着我的眼睛。"你会怎么做?要是她过来和你说:'爸爸?我丈夫把我推下了楼梯。他说那只是个意外。我该怎么办?'"

他的肩膀不住地颤抖着,自认识他第一天以来,我第一次看见他流泪。真正的泪水滚下他的脸颊,他把女儿抱得更紧了些。我也泪流满面,却还是继续往下说。为了她好。

"要是……"我的声音哽咽了,"要是她过来这么和你说呢?'我的丈夫试图强奸我,爸爸。他把我压在床上,我求他不要。但他发誓他再也不会这么做。我该怎么办,爸爸?'"

他亲吻着她的额头,一遍又一遍,泪水淌满他的面颊。

"你会怎么和她说呢,莱尔?告诉我。我需要知道,如果我们的女儿全心全意爱着的那个人伤害了她,你会和她说什么。"

一声啜泣从他胸膛里溢出。他靠过来,一手抱着我。"我会求她离开他。"他噙着泪说。他的嘴唇绝望地印在我的额头上,我能感觉到他的泪水打到我的脸颊上。他把头凑到我耳边,抱紧我们俩。"我会告诉她,她值得更好的。而且我会求她不要回头,不论他有多爱她。她值得更好的。"

泪水与抽泣,破碎的心与崩塌的梦想,将我们淹没了。我们抱着彼此,也抱着我们的女儿。虽然这个抉择很艰难,好在这个循环吞噬我们之前,我们打破了它。

他把她放回我手上,擦了擦眼睛,站起身,仍旧流着泪、喘息着。这十五分钟里,他失去了此生的挚爱。这十五分钟里,他也成了一个漂亮小女孩的父亲。

这就是短短十五分钟对一个人的影响。它可以毁了一个人。

它也可以拯救一个人。

他指着走廊,让我知道他需要点时间,让自己振作起来。朝门口走去时,我从未见过他这么悲伤。不过我知道,终有一天,他会因此感谢我。我知道,有那么一天,他会明白,我为他的女儿做了正确的决定。

门关上后,我低头看着她。我知道自己没能给她梦想中的生活:一个幸福的家庭,有爸爸妈妈一同爱她,携手养育她。但是,我不希望她重蹈我的生活。我不希望她看见她爸爸最不堪的样子。我不希望她看见他对我发火,变成她认不得的爸爸。因为不论她一生中与莱尔有过多少美好的回忆,过去的教训告诉我,挥之不去的往往只有最可怕的记忆。

循环之所以存在,是因为要打破它极为痛苦。打破一个熟悉的模式,需要莫大的勇气,承受极大的苦痛。有时候,相较于直面纵身下跳的恐惧，未来安危的不可知，待在熟悉的圈子里似乎容易得多。

我的妈妈经历过。

我，经历过。

我绝不容许我的女儿重蹈覆辙。

我亲吻着她的额头，向她许下了一个诺言："到此为止，到你我这里，就此终结。"

• • •

我穿过波伊斯顿街拥挤的人群，走到十字路口。手里推着婴儿车，慢得仿佛爬行。我把车子停在路边，收起车篷，低头看着艾米。她蹬着小脚，像往常一样笑着。她是个非常欢乐的宝宝，有着一种令人心安的力量，让人不觉入迷。

"她多大了？"一位女士问。她同我们一起等在人行道上，颇为赞叹地盯着爱默生。

"十一个月。"

"真漂亮，"她说，"她长得像你。嘴巴一模一样。"

我微笑着。"谢谢你。不过，你该看看她爸爸。她的眼睛非常像他。"

指示灯变成绿色，我们快步穿过街道，试图躲开人群。我已迟到半小时，莱尔的短信都催了两回了。他还未见过爱默生玩起胡萝卜那么开心的样子，真是一片混乱，这不，他今天便能感受一下，我在她包里放了一堆。

爱默生三个月大时，我搬出了莱尔买的公寓，找了个上班近的房子，走路就能到，很是方便。莱尔搬回了自己的公寓，不过，我常去艾丽莎那儿，加上莱尔陪爱默生的日子，我反倒觉得自己仿佛还住在他们那栋楼。

"快到了，艾米。"转角右转时，我走得匆忙，一人不得不跳到一旁，躲到墙边，才不致被撞到。"对不起。"我咕哝着，赶紧低下头，绕过他。

"莉莉？"

我停下脚步。

我慢慢地转过身，那声音仿佛直蹿到我的脚趾。这世上只有两个声音对我有过这样的影响，而莱尔的声音再没有这样的穿透力。

转身看着他时，他那蓝色的眼睛在阳光下微眯着。他抬起一只手挡在额前，笑着说："嘿。"

"嗨。"我说，内心兵荒马乱，极力想平静下来，跟上眼前的节奏。

他看了一眼婴儿车，指着问："那是……这是你的孩子吗？"

我点点头，他绕到婴儿车前，蹲下来，露出一个灿烂的笑容。"哇。她真漂亮，莉莉，"他说，"叫什么名字？"

"爱默生。我们有时也叫她艾米。"

他把一只手指放到她手中，她蹬起小脚，握着他的手指前后摇晃着。他近乎欣赏地端详着她，过了一会儿，站起身来。

"你看起来棒极了。"他说。

我上下打量了他一眼，尽量不露声色，但这并非易事。他那么精神，一如既往。只不过，这回看到他时，我心里倒没有否认他竟变得这么帅气。再不是躲在我卧室里的那个无家可归的男孩。然而……不知为何，依旧是原来的他。

口袋里的手机又发出了嗡嗡的短信振动声。莱尔。

我指着街道那头。"我们迟到好一会儿了，"我说，"莱尔已经等了半小时……"

说到莱尔的名字时，阿特拉斯的眼中流露出一丝悲伤，但极力掩饰着。他点点头，退到一边让我俩过去。

"今天是他探视的日子。"我解释道，短短几个字，却包含了比大多完整对话多得多的信息。

他眼中闪着一丝宽慰，他点点头，指着身后。"噢，我也快迟到了。上个月在波伊斯顿街开了家新餐厅。"

"哇。恭喜恭喜。什么时候我带我妈妈过去尝尝。"

他笑着说："你们真应该来。提前和我说声，一定亲自为你们下厨。"

我俩尴尬地停顿了片刻，我指着街道那头。"我们真得……"

"走了。"他笑笑说。

我点了点头，便埋头继续往前走。不知自己为何会表现得这样异常，仿佛不懂得怎么正常地同人交谈。走到几码[1]开外，我回头望了望。他还站在原地，目送着我走远。

我们拐过街角，莱尔正等在花店门口的车旁。见我们走来，他一下笑逐颜开。"你收到我的邮件了吗？"他蹲下来，解开爱默生身上的安全带。

1　1 码 ≈ 0.91 米。

"收到了,是关于婴儿游戏围栏的那封吧?"

他点点头,把她从婴儿车里抱出来。"我们不是也给她买过一个吗?"

我按下自动折叠按钮,收起婴儿车,推到他车后。"买了,不过上个月坏了,被我丢垃圾站里了。"

他打开后备厢,手指摸了摸爱默生的脸颊。"听到了吗,艾米?你妈咪救了你的命呢。"她冲他笑着,开心地拍着他的手。他亲了下她的额头,拎起婴儿车,塞进车里。我关上后备厢门,俯身飞快地亲了她一下。

"爱你,艾米。今晚见。"

莱尔打开后座车门,把她放在安全椅上。我同他道了别,匆匆往来时的街道走去。

"莉莉!"他喊我,"你去哪儿?"

我知道他原以为我会往花店走,毕竟开门晚了。或许这才是我该做的事,只是心中一个声音一直喋喋不休。我得做点什么。我转过身,接着往前走。"忘了点事情!晚上来接她,到时见!"

莱尔举起爱默生的手,同我挥手再见。一转过街角,我便快跑起来。一路上避着行人,却还是不小心撞上些人,一位被撞到的女士冲着我破口大骂,然而,看到他后脑勺的那一刻,一切都值得了。

"阿特拉斯!"我喊他。他正朝另一个方向走去,我挤过人群。"阿特拉斯!"

他停下脚步,但没有立即转身,歪着头,仿佛不愿相信自己的耳朵。

"阿特拉斯!"我又喊了一声。

这回他转了过来,发现了我。他看着我的眼睛,我们就这么望着彼此,顿了三秒。接着,我俩不约而同朝对方走去,每一步都走得坚定。我们之间隔着二十步。

十步。

五步。

一步。

我俩都没敢迈出那最后一步。

我跑得上气不接下气,使劲喘息,紧张极了。"我忘了告诉你爱默生的中间名了。"我双手搭在屁股上,长长地呼了口气,"叫多莉。"

他没有马上回应,不过眼角微眯着,嘴唇不住颤抖,仿佛不让自己笑起来。"多适合她的好名字啊!"

我点点头,笑了一下,接着愣在那里。

不知接下来该何去何从。我只是想让他知道这个,既已告诉了他,我完全没想过接下来该做些什么,或是说些什么。

我再次点点头,往四周看了看。"好吧……我想我就……"

阿特拉斯迈向前,拉着我,一下把我拉进怀里。他的手臂紧紧地搂着我,一手按着我的后脑勺。我们就那么站着,置身熙攘的街道与喧嚣的喇叭声中,路人行色匆匆,与我们擦肩而过。他轻吻着我的头发,周遭的一切渐渐淡去。

"莉莉,"他轻声说,"我感觉自己现在的生活配得上你了。所以,你如果准备好了……"

双手攥着他的夹克,我把脸深深地埋在他的胸口,仿佛自己一下子回到了十五岁。我的脖子和双颊因他的话一下变得绯红。

只是,我不再是十五岁。

我是个成年人了,肩负着种种责任,还带着个孩子,不能任由年少的情感占据我。至少,没得到一点保证之前,不能。

我松开手,抬头望着他。"你给慈善机构捐款吗?"

阿特拉斯不解地笑了起来。"好几个呢。怎么啦?"

"以后想要孩子吗?"

他点点头。"当然想啊。"

"有没有想过要离开波士顿?"

他摇摇头。"没有。从来没有。这儿一切都更美好些,记得吗?"

他的回答给了我我想要的保证。我微笑着说:"好的。我准备好了。"

他紧紧抱着我,我笑了起来。自他出现在我生命中的那天起,发生了太多太多,我从未猜到这个结局。我深切期望过,然而在这之前,我根本不确定是否真能实现。

他的嘴唇落在我锁骨上的那个角落,我闭上眼睛。他印下一个轻柔的吻,仿佛那许多年前,他第一次亲吻那个角落一样。他凑到我耳边,近乎耳语,说着:"停下来吧,不用再游了,莉莉。我们终于到岸了。"

后记

我关于生活最早的记忆始于两岁半。那时卧室没有门，只有门框上钉着的一块帘子。记得一回听见我爸爸在怒吼，我在帘子里边窥看，只见爸爸抱起电视机，直往我妈妈身上砸去，把她击倒在地上。

快三岁那年，她和他离了婚。那以后，所有关于我爸爸的回忆都是美好的。虽然他曾经无数次冲我妈妈发火，但对我和姐妹们倒从不发脾气，哪怕一次也没有。

我知道在他们的婚姻里暴力屡屡发生，但我妈妈从不曾提起。谈论这件事似乎就意味着说我爸爸坏话，她从不会这么做。不论他们之间有过什么，她都不希望我们父女关系因此受到任何影响。正因如此，对那些不把孩子卷入自己婚姻纠葛的父母，我总充满敬意。

我曾经问过我爸爸家暴的事。他对他们的关系很是坦诚。和我妈妈刚结婚那两年，他一直酗酒，待她不好，这些倒也都是先从他口中得知。他告诉我，有一次，他打了她的头，打得太用力，断了两个指关节，得到医院接上。

终其一生，他都在后悔自己那么对待我妈妈。虐待她是他犯下的最大的错误,他曾说哪怕衰老死去,他依旧疯狂地爱着她。

然而,相较于她所经受的一切,这惩罚到底还是微不足道。

决定写下这个故事时,我先求得了我妈妈的同意。我告诉她,希望把这个故事写给那些像她一样的女性,也希望写给所有不理解像她一样的女性的人。

我也曾是其中之一。

我所了解的妈妈并不懦弱。我从没想过她会是那种再三地原谅那个虐待她的男人的人。然而,当我写下这本书,慢慢走进莉莉的内心,我忽然意识到这并非如旁观者所见的那般黑白分明。

写着写着,我不止一次地想要修改故事情节。我不希望莱尔变成他最终的那个样子。因为开篇几章里,我便爱上了他,一如莉莉不可救药地爱上他一般。也正如我妈妈那时爱上我爸爸一样。

莱尔和莉莉在厨房里的第一次冲突,正是我爸爸第一次打我妈妈时的情景。她做着烩菜,他喝着酒。他没戴隔热手套就伸手从烤箱里端焙盘。她觉得滑稽就笑了。紧接着,他就狠狠地推了她,她被推出去老远,倒在厨房地板上。

她选择原谅他这一次,因为他的歉意和懊悔都那般诚恳可信,至少足以说服她:与其带着一个破碎的心离开,不如再给他一次机会。

慢慢地,随后的冲突也都和第一次类似。我爸爸一再表示悔意,一再保证没有下一次。直到有一天她意识到他的承诺不过是空头支票,可她已是两个女儿的妈妈,更没钱离开。而且不像莉莉这样,我妈妈无依无靠,那时当地没有妇女收容所,也几乎没有政府补助可言。离开便意味着失去遮风挡雨的屋檐。然而,对她而言,总比苟且留下来强。

多年前,我二十五岁时,我爸爸去世了。他绝不是个出色的父亲,当然也不是个合格的丈夫。不过,多亏了妈妈,我才得以同他建立亲密的父女关系,多亏她迈出了那必要的一步,在那个恶性循环吞噬我们之前,打破了它。那绝非易事。她离开他那年,我还不满三岁,姐姐不满五岁。整整两年,我们只能吃些豆子、通心粉和芝士。她一个单亲妈妈,没有大学文凭,无依无靠,独自抚养着两个女儿。然而,她对我们的爱给予她足够的勇气,支撑她迈出那可怕的一步。

我并非想用莱尔和莉莉的故事来定义所有家庭暴力,也不打算用莱尔这个角色来涵盖大多数家暴者的特征。情况各有不同,结局也不尽相似。我只是想通过莉莉和莱尔来讲述我妈妈和我爸爸的故事。莱尔在很多地方和我爸爸很相像,帅气、风趣、聪明又富有同情心,却又有着叫人不可原谅的行为。

莉莉的形象在很多方面也随我妈妈。她们是善良、睿智、坚强的女性,只不过偏偏爱上了不值得爱的人。

和我爸爸离婚两年后,我妈妈遇见了我的继父。他是一个优秀丈夫的缩影。从小到大,记忆中他们俩的点滴,也成了我所期望的婚姻的样子。

我结婚的时候,最令我为难的便是告诉我的生父,他不能挽着我的手陪我走向红毯的另一头,因为我打算叫我的继父陪我一起走向红毯。

之所以这么做,原因有许多。我的继父扮演了一个丈夫的角色,他在经济上承担了一个父亲的责任。这些都是我的生父没能做到的。继父对我们视如己出,却从不干涉我们与亲生父亲的关系。

记得婚礼前一个月的一天,我坐在我爸爸家的客厅里。我告诉他我爱他,但我打算让我的继父陪我走红毯。我猜想过他的反应,准备好了所有能想到的反驳,然而,他的回答却出乎我的意料。

他点点头,说:"科琳,他把你养这么大,婚礼上理应由他送你。你也不用觉得内疚,这么做是对的。"

我知道这定是令他失望了。不过,作为一个无私的父亲,他不仅尊重我的决定,而且希望我也能尊重自己的决定。

婚礼当天,我爸爸坐在观众席里,看着另一个男人陪我走上红毯。我知道大家会想为什么我不索性让他们俩都陪我走红毯,不过回头想想,我意识到这样一个决定也是出于对我妈妈的尊重。

选择谁来陪我走红毯,说到底无关我的爸爸,甚至也无关我的继父,只关乎她。我希望那个以她所值得被爱的方式倾心待她的男人,能有幸将她女儿托付出去。

过去,我总说自己仅仅为了娱乐大家而写作,而并非为了教育、规劝或是解惑。

这本书则不同。对我而言绝非娱乐,它是我写过的最折磨人心的作品。我每每想要敲下删除键,收回莱尔对莉莉所做的一切。我想要重写一个她原谅了他的情节,想要把那些情节里的她换成一位更加坚韧的女性,一个总能在正确的时间做正确的决定的角色。然而,那不是我所要塑造的角色。

那也不是我所要讲述的故事。

我想写的是更加真实地反映我妈妈所遭遇的处境,一个千千万万的女性深陷其中的处境。我想要深入探讨莉莉与莱尔之间的爱，好让我走进我妈妈的内心。当她决定离开我爸爸，离开那个她曾全心全意爱着的男人时，她的内心是怎样呢？

有时不禁会想，如果她没有做那个决定，我的人生会有怎样的不同呢？她离开了自己所爱的人，她的女儿才不至于认为那样一种关系并无不妥。她并非被另一个男人所拯救，现实里不存在一个身穿闪亮盔甲的骑士。明知自己即将踏上一条截然不同的征途，明知身为单亲妈妈会有诸多压力，她依旧主动选择离开我爸爸。因此，莉莉这个角色必得带着同样的主动权。为了他们的女儿，莉莉最终决定离开莱尔。即使存在一线可能，莱尔或能变得更好，但任何冒险都是不值得的。如果这样的冒险曾经辜负过你，便尤其如此。

写这本书之前，我对我妈妈不乏敬意。当我写完这本书，得以了解她一步一步走到今天所经受的所有苦痛与挣扎中的小小一部分，我有一句话想对她说：

等我长大了，我想成为你。

文治
磨铁图书旗下子品牌

更好的阅读

特约监制　潘　良　于　北
产品经理　苟新月
责任编辑　龚　将
特约编辑　王云欢
版权支持　高　蕙　侯瑞雪　冯晓莹
营销编辑　金　颖　于　双　胡　楠　柴佳婧
封面设计　胡崇峯

关注我们

官方微博：@文治图书
官方豆瓣：文治图书
联系我们：wenzhibooks@xiron.net.cn